멋진 한세상

멋진 한세상

초판 1쇄 발행/2002년 8월 15일
초판 13쇄 발행/2020년 5월 18일

지은이/공선옥
펴낸이/강일우
편집/유용민 김정혜 문경미 김명재
펴낸곳/(주)창비
등록/1986년 8월 5일 제85호
주소/10881 경기도 파주시 회동길 184
전화/031-955-3333
팩시밀리/영업 031-955-3399 · 편집 031-955-3400
홈페이지/www.changbi.com
전자우편/lit@changbi.com

ⓒ 공선옥 2002
ISBN 978-89-364-3667-4 03810

멋진 한세상

공 선 옥 소 설 집

창비

차 례

그것은
인생

그것은 인생

그것은 인생

유독 비가 많이 내리는 가을이었다. 비가 내리는 그 가을밤, 행복동 영구임대아파트 진입로로 빨간 소방차 두 대가 숨가쁘게 달려들어가고 있었다. 빨간 소방차가 바람을 일으키며 갈 때, 마치 기다리고나 있었던 듯, 아파트 진입로에 수북이 깔린 노란 은행잎들이 일제히 날아올랐다. 진입로 입구 쪽에서 순대와 떡볶이를 팔던 김씨는 일착으로 소방차가 짓쳐들어가고 있는 바로 그곳, 103동 1304호 밑으로 달려가 있는 참이었다. 1304호 창문에서는 검은 연기가 뭉실뭉실, 맹렬하게 새어나오고 있었다. 김씨뿐 아니라, 행복동 영구임대아파트에 사는 모든 주민들이 지금, 김씨처럼 1304호를 구경하고 있었다. 그것은 순식간에 일어난 일이었다. 어디선가, 펑 하는 소리가 들린다 싶었을 때, 불이 났던 것이다. 드디어 소방차가 불이 난 1304호를 향해 물을 뿜어대기 시작했다. 몇몇 소방관들이 1304호 유리창을 깨고 안으로 들어가려고 시도했지만, 매운 연기와 불길이 워낙 세서 엄두를 내지 못하는 것 같았다.

시월 마지막 밤의 스산한 바람이 설렁설렁 불어왔다. 바람에 날린 비가 온 얼굴을 적시고 몸속 깊이 파고들어와도 사람들은 우산을 쓰는 둥 마는 둥, 탄식과 울음과 그러고도 어쩔 수 없는 호기심으로 불이 난 103동 앞을 떠날 줄 몰랐다. 불은 아직 꺼지지 않았고 그리고 밤은 깊어갔다.

비가 온다. 아이는 가만히 빗소리에 귀를 기울인다. 비가 와서인지 빗소리말고는 어떤 소리도 들리지 않는다. 아이는 그 순간이 좋다. 비가 오면 찻소리도 다 빗소리 같아서. 그리고 비가 오면 빗물에 어리는 불빛이 더욱 좋아서. 그래서 비오는 날이 아이는 좋다. 빗물에 씻기는 불빛을 아이는 가만히 바라본다. 닫힌 창문을 통해 길 건너 가스충전소의 번쩍거리는 불빛이 방안으로 번져든다. 그래서는 오색의 영롱한 무늬를 만들어낸다. 파랑과 빨강의 불빛이, 수시로 반복되어 번쩍거리는 불빛이 유리창에 반사되면 그렇게 오색의 무지개를 만들어낸다. 그것이 아이는 보기 좋다. 빗소리와 오색의 영롱한 불빛이 마치 자기를 심심하지 않게 하려고 누군가 애써서 만들어낸 오늘밤의 선물 같다. 그래서 아이는 북쪽으로 난 창문을 오래오래 바라보다가 눈이 좀 어지럽다 싶으면 남쪽으로 난 창문으로 고개를 돌리고 빗소리를 듣는다. 남쪽 창문은 베란다창이다. 새시를 하지 않아서 넓은 창문을 열면 곧바로 비가 방안으로까지 쳐들어온다. 그래서 아이는 남쪽으로 난 넓은 창문을 조금만 열어놓는다. 오빠가 오면 또 방안에서 나는 냄새 때문에 아이를 구박할 것이 틀림없기 때문에, 오빠가 오기 전에 그렇게 환기를 좀 해두는 것이다. 바람이 세찼는지 조금 열어둔 창문 틈으로 빗물이 스며들어온다. 아이는 무릎걸음으로 다가가 창문을 조금, 빗물조차도 통과하지 못할 정도로만 열어두기로 한다. 그 정도라도 열어두어야, 오빠가 현관문을 열었을 때 이쪽에서 불어온 바람과 현관에서 불어온 바람이 한데 어울려, 방안에 고여 있는, 오빠가 화내는 냄새를 없앨 수 있기 때문이다. 아이의 유일한 희망은, 오직 그뿐이다. 오빠가 돌아와서 아이에게 화를 내지 말았으면 하는 것, 오직 그것 하나. 비가 와서, 들리는 소리는 오직 빗소리뿐, 윗집과 옆집에서 희미하게 들려나오는 텔레비전 소리도 빗소리에 묻혀 오늘은 들리지 않는다.

창문에 어리는 가스충전소의 불빛에만 의지해서 아이는 방안을 왔다갔다해본다. 깡충거리고 뜀뛰기도 한번 해본다. 그러다가 또 스르르 주저앉는다. 주저앉았다가 문득 생각난 듯이 통 튀어올라 수돗물을 틀어본다. 수도꼭지에서 가르릉, 하는 가래끓는 소리가 난다. 어둠속에서 아이는 고개를 옆으로 기울이고 눈을 꼭 감아버린다. 슬플 때면 꼭 그런 표정이 되곤 한다. 이제 얼마 안 있어 오빠가 돈을 마련해오면 물은 금방 들어올 것이다. 전기도 들어올 것이다. 방도 따뜻해질 것이다. 오빠가 그랬다. 오빠가 돈벌어오면 까짓 거, 전기, 물, 가스, 일도 아니라고. 오빠 말대로만 된다면 아이는 다시 숙제를 하면서 콧노래도 흥얼거릴 수 있게 될 것이다. 오빠는 딴것에는 곧잘 화를 내면서도 아이가 콧노래 흥얼거리는 것에는 화를 내지 않는다. 아이는 그래서 지금껏, 숙제를 하면서도, 빨래를 하면서도, 청소를 하면서도, 설거지를 하면서도, 흥얼거리는 것 하나만큼은 마음껏 할 수 있었다.

음음음, 으으음, 음음음음음, 으으음……

콧노래는 그렇게 소리내어 부르면서 정작 진짜 노래는 소리를 안 내고 그냥 입만 달싹대어 부른다. 토끼야, 토끼야, 산속의 토끼야, 흰 눈이 오며느은 무얼 먹고 사느냐……

청소도 끝내고 설거지도 끝내고 숙제에 일기까지도 마쳐놓고 나서 아이가 이불을 뒤집어쓰고 입을 달싹거리고 있으면, 오빠가 퉁명스럽게, 야, 자! 했다. 그러면 아이는 달싹거리던 입을 합, 하고 다물었다. 눈도 질끈 감았다. 오빠도 오빠 방 불을 탁 껐다. 아빠가 있었을 때는 오빠 방이 아이 방이었고 안방이 아빠와 오빠 방이었다. 아빠에게서 소식이 끊긴 지 한달쯤 지나 오빠는 아이더러, "야, 이제부터 니가 안방 써"라고 말하고 아이 방에서 아이의 물건들을 전부 안방으로 옮겼다. 그래놓고는, "이제부터 이 방을 내가 접수하겠어"라고 말했다. 아이는 안방에 옮겨진 제 책가방이랑 책이랑 옷이랑 머리핀이랑 곰인형들을 어디다 놓아야 할지 잠시 망설이다가 후닥닥, 아무렇게나 정리해버렸다. 안방에 있는 아빠 물건들이라곤 빈 술병이 전부였다. 그것들을 아이는 베란다 구석에다 한데 모아놓았다. 언젠가 돈이 필요할 때, 그것들을 한꺼번에 내다 팔 생각이었다. 그러나 맨 소주병들이고 그나마 팔아봤자 별 쓸모 없는 플라스틱병이라서 가져나가기가 좀 창피했다. 그래도 그 술병들을 보고 있으면, 아빠 생각이 나서 아이는 조금 위안이 되는 것도 같았다. 술병들에 코를 대고 일부러 냄새를 맡으면 금방이라도 아빠가 그 술병들 사이에서 튀어나올 것 같게, 술냄새는 바로 아빠냄새였다. 이제 그 술병들에서도 술냄새는 더이상 나지 않는다. 내일부터 하나씩 하나씩 밖에 내다버려야지, 하고 아이는 생각한다. 빗소리 듣는 것도 지루해져서 아이는 발딱 일어나 들어오지 않는 전기스위치를 한번 딸깍 눌러본다. 아이는 다시 벽에 등을 기대고 스르르 무너지듯 주저앉아버린다. 방바닥이 차다. 그래서 아이는 오래 앉아 있질 못하고 그렇게 통통 튀어오르는 것이다. 어두운 것은 참을 수 있어도 차가운 것은 정말 견디기 힘들다,고 아이는 생각한다. 전기가 끊어진 날, 오빠가 그랬다.

"까짓 거, 겁 하나도 안 난다 이거야. 불 안 켜버리면 된다 이거야."

아이가 오빠 말을 흉내내어 맞장구쳤다.

"양초 켜면 된다 이거야."

아이 말에 어둠속에서 오빠가 씨익 웃었다. 오빠가, 까짓 거, 이거야, 하는 소리들은 엄마가 집을 나갔을 때 아빠가 하던 말을 흉내낸 것임을 아이는 알고 있었다.

"까짓 거, 우리끼리 살면 된다 이거야."

그리고 또 이런 말도 했다.

"여편네 없어 못 사냐? 돈이 없어 못 살지."

밤늦어 포장마차를 끌고 집으로 오던 아빠는 뺑소니차에 치여 장애인이 되었다. 아이는 엄마가 집을 나간 건 장애인이 되어 더이상 돈벌이를 할 수 없게 된 아빠 때문이 아니고 오빠하고 저 때문이라고 생각했다. 컴퓨터로 자료 찾는 숙제를 못 해간 오빠가 학교에서 벌을 받고 왔다. 집에 컴퓨터가 없으면 피씨방에 가서라도 해오는 성의가 없다고, 선생님이 벌을 줬다고 했다. 엄마가 말했다.

"가난은 죄가 아니란다."

그러나 오빠는 지지 않고 엄마한테 대들었다.

"아니야, 가난은 죄야. 내가 오늘 벌받은 것도 다 그 죄 때문이야."

공짜 점심을 먹는 자기를 친구들이 따돌리는 것에 속이 상한 아이가 울 때도 엄마는 그랬다.

"가난은 죄가 아니란다."

그러나 아이도 지지 않고 엄마한테 대꾸했다.

"아니야, 가난은 죄야. 친구들이 나하고 놀아주지 않는 것도 우리집이 가난하기 때문이야."

엄마가 집을 나간 건 바로 아이와 오빠가 엄마한테 그렇게 대들었기 때문이라고, 그 충격 때문인 게라고 아이는 생각한다. 그래서 이제 아이는 집나간 엄마가 하나도 밉지 않고 자신이 미운 것이다. 엄마 없이 살 수 있던 아빠도 집을 나갔다. 아빠는 엄마처럼 말했다.

"가난은 죄가 아니란다. 다만 조금 불편할 따름이란다."

아빠가 그렇게 말할 때, 오빠는 가만히 있었다. 아이도 가만히 있었다. 아빠한테까지 대들어서, 엄마처럼 아빠도 충격을 받아 집을 나가게 해서는 안되겠기 때문이었다. 그러나 아빠는 아이가 학교에서 돌아오기 전, 쪽지 한장 남기고 홀연 자취를 감추었다.

—압빠가업서야너이드리산다명심해라부모업시사라도돈업스면못사는법이다동회가서압빠엄마를실종신고해부러라그러면정부부조금이너이아푸로나올거시다압빠를찻지마라라그거시너이드리살길이다—

오빠는 아빠가 남긴 쪽지를 보고, "뭐야, 글씨가 엉망이잖아" 했다.

"글씨 엉망인 편진 다 가짜지, 오빠?"

"그런 게 어딨어. 좀 쪽팔리는 거지."

"우리 이 편지 아무한테도 보여주지 말자."

"미쳤냐, 보여주게. 글씨라도 멋있으면 또 모르지. 어휴, 공부도 되게 못해가지구서는 우리보고는 공부하라고, 내 참. 야, 찢어."

오빠의 명령대로 아이는 아빠가 남긴 쪽지를 잘게 찢었다. 관리사

무소에서 관리비 독촉장이 날아왔을 때도 오빠는 아이에게 짧게 명령했다.

"찢어버려."

아이는 오빠가 시키는 대로 독촉장을 잘게잘게 찢었다. 독촉장을 찢을 때는 아이도 좀 두렵기는 했다.

"찢어도 괜찮아?"

"우리가 여기서 살려면 그런 거 무시해야 돼."

"무시하면 살 수 있어?"

"버티는 거야. 억지로 내몰지는 못할 거야."

오빠 말처럼 아무도 억지로 내몰지는 않았다. 그러나 독촉장을 무시하면 할수록 살기가 불편해졌다. 살기 불편하게 하는 단전단수 조치들은 하나씩 하나씩 취해졌다. 가난은 죄가 아닐지 몰라도 아빠 말처럼 불편한 게 사실인 모양이라고 아이는 생각했다.

아이는 양초를 세어본다. 딱 세 개가 남았다. 부탄가스도 세어본다. 딱 한통이 남았다. 양초가 세 개, 가스가 한통 남았으니, 됐다, 싶다. 양초를 켜려다가, 오빠가 오면 그때, 밥해먹을 때 켜야지, 하고서 아이는 그냥 어둠속에 가만히 있다. 그러나 어둡고 배고픈 건 참을 수 있어도 추운 건 정말 싫다.

"이 세상에서 제일 싫은 게 뭐게?"

아이는 목소리를 좀 높여서 묻는다. 저절로 그렇게 물어진다.

"차가운 거."

아이는 목소리를 좀 낮추어서 대답한다.

"그럼 한가지 문제 더 낼게."

높은 소리로.

"뭔데?"

낮은 소리로.

"이 세상에서 제일 좋은 게 뭐게?"

"뜨신 거."

'목소리 다르게 내기' 놀이는 언제 해도 재미있다. 아이는 혼자서 까르륵 웃는다. 재밌는 놀이는 또 있다. 음식만들기. 그러나 상상 속에서 만들어내는 음식이다. 아이는 한가지씩 한가지씩 음식을 만들어 상을 펴고 숟가락을 놓고 이윽고 먹는 상상을 한다. 그러나 먹는 상상은 만드는 상상보다 재미가 덜하다. 그래서 아이는 되도록이면 먹는 상상은 하지 않는다. 먹어버리면, 그러면 이제 음식이 하나도 남아나지 않게 되는 것이 상상 속에서라도 아이는 두렵다. 그래서 그냥 만드는 것까지만 상상하기로 한다. 아이가 상상 속에서 만들어낸 음식의 종류는 그다지 많지 않다. 그냥, 밥과 국과 반찬뿐인데도 상상 속에서 만들어내기에는 아이에게 좀 벅차다. 그래도 아이는 상상 속에서 줄기차게 밥과 국과 반찬을 만든다. 그리고 오빠가 오면 진짜로 밥과 국과 반찬들을 먹을 수 있을 것이다. 아이는 그만 상상을 접고 이불을 펴고 눕는다.

검붉은 불꽃이 이제는 위층으로 그리고 또 그 위층으로 번져나갈 기세였다. 고가사다리차가 필요할 듯했다. 하지만 고가사다리차는 이웃한 소방서에서 지원이 와야 가능하다는 말이 언뜻 나온 것도 같았다.

"집에 누가 있습니까?"

제법 윗사람으로 보이는 초로의 소방관이 주변 사람들에게 묻는 소리도 났다.

"글쎄요, 머 없겠지요. 저렇게 불길이 싸지르는데 벌써 나왔지 어째 저렇게 꼬시라지도록 있겠소?"

"아 그러니까 그게 첨에 펑 아니면 뺑 했단 말이지요?"

"틀림없다니까. 까쓰가 폭발헌 거여."

"뭔 소리, 그 집에 까쓰 안 들어간 지가 언젠데."

"왜 까쓰가 안 들어간 겁니까?"

"아, 까쓰만 안 들어가는 게 아니고 전기도 안 들어가는갑데예."

"물도 끊어졌든가벼. 며칠 전에는 그 집 가시내가 저보다 더 큰 물통을 들고 우리집으로 물을 얻으러 왔등만."

"전기도 안 들어가고 까쓰도 안 들어가고 물도 끊어진 집에서 즈그 오빠허고 가시내만 사는 모냥이드라고."

"그렇다면 지금 안에 아이들이 있다는 말 아닙니까."

"그렇지는 않을 겁니더. 가시내허고 가시내 오빠가 아침에 나간 것을 내가 본 것도 같어예."

주변 이곳저곳에서 사방 팔도 말이 튀어나왔다. 밤이 깊어질수록 빗발은 누그러진 대신 바람은 거세졌다. 순대장수 김씨 옆에서 머리를 노랗게 물들인 여자가 우산을 탁 접느라 김씨 얼굴에 빗물이 튀었다.

"아따, 아지매, 우산 좀 곱게 접으소."

"아니, 이 아저씨가? 자기가 내 옆에 뽀짝 붙어 있어놓고는 누굴 나무래?"

김씨와 노랑머리 여자 옆에서 또 누군가 거들었다.

"하여간 요즘 여자들 교양없기는."

"뭐야? 니가 뭔데 껴들어서 교양을 들먹여, 니가 뭐냐구우."

"나? 내가 나다, 왜."

그 틈에 김씨는 슬며시 빠졌다. 불구경에, 쌈구경에, 행복동 영구임
대아파트 사람들은 오늘, 구경 복이 쌍으로 터진 폭이었다.

소년은 벌을 받은 이후 함께 학교를 나와버린 용준이한테 전수받은
대로 담벼락에 몸을 바짝 기댄다. 요 며칠째 계속 비가 와서일까, 골
목에 '적당한 먹잇감'이 도통 나타나주질 않는다. 소년은 호주머니를
뒤져 담배 한대를 피워문다. 담배맛이 맵지 않다. 그동안의 연습 덕분
이다. 담배가 술술 들어가는 것이 소년에게 없던 용기를 불끈 솟게 한
다. 용기뿐 아니라, 오기도 솟게 한다. 그뿐인가. 왠지 자신이 멋있게
느껴지기도 한다. 오늘은 어떤 수를 써서라도 건수를 올려야 한다. 작
정하고 나온 것 아닌가. 저 앞쪽에서 누군가 오고 있다. 가로등 불빛
에 어리는 긴 그림자. 어른이다. 그리고 남자다. 이런 경우에는 담뱃
불을 버리는 게 낫다. 소년은 담뱃불을 얼른 버리고 고개를 푹 꺾는
다. 술에 취하지 않은 남자어른은 소년에게 두렵다. 가장 적당한 먹잇
감은 역시 아이들이다. 그 다음이 여자다. 남자가 소년을 흘깃거리며
지나간다. 소년은 후닥닥 튄다.

"좆만한 게."

남자가 소년의 뒤통수를 향해 침을 탁 뱉는다. 소년이 홱 뒤돌아본
다. 이번에는 남자가 튄다. 소년은 사라지는 남자의 뒤통수에 대고 남
자가 그랬듯이 침을 뱉어본다. 함부로 침뱉기도 담배피워물기 못지않
게 근사한 맛이 있다. 비는 참으로 성가시게 온몸에 달라붙는다. 질척
한 빗물의 감촉조차도 소년에겐 무감각하다. 큰길 쪽으로 나와봤자
기대할 것이 더 없다는 것을 알지만 소년은 빗물에 불빛이 흔들리는

차도를 바라보며 걷는다. 큰길에서는 담배를 피워물 수도, 함부로 침을 뱉을 수도 없어 더 초라해지는 것 같다. 폼은 안 나더라도 그냥, 이 휘황한 불빛에 휩쓸리고 싶은 것이 소년의 솔직한 심정이다.

생각은 늘 두 가지다. 구걸을 하느냐, 뺏느냐. 두 가지 다 소년에겐 어렵고 두렵다. 그리고 모든 두려운 일을 해낸 뒤에는 뿌듯한 만족과 쾌감이 온다는 것도 소년은 이미 지난번의 경험으로 알고 있다. 호주머니 속에 찔러넣은 손아귀에 땀이 축축이 배어온다. 손아귀에 쥐어지는 건 땀밖에 없다. 밤이 깊어갈수록 바람은 거세진다. 비바람이 소년의 얼굴로 몰아친다. 빗물이 입속으로 스며든다. 시간은 한정없이 흐른다. 전기도 들어오지 않는 냉방에서 기다리고 있을 동생을 생각하면 언제까지나 휘황한 거리에 휩쓸릴 수만은 없다. 새로운 골목을 물색해보기로 한다. 그 골목이 새로운 것도 아니다. 그러나 발길이 저절로 지난달의 바로 그 골목에 와 있다. 골목은 기역자로 꺾어져 있다. 소년은 가로등 빛이 미치지 못하는 곳까지 들어가본다. 한달 전에 소년은 바로 이 골목에서 오만원을 벌었다. 그날 이후 솔직히 겁이 나서 이 골목에 한번도 오지 않았는데, 오늘은 너무나 절박하여 발길이 저절로 이쪽으로 옮겨졌는지도 모른다. 오늘은 변태가 없어서 그나마 다행이다. 그날은 바지춤을 까내린 그 변태 아저씨 때문에 사실 오만원이라는 거금을 챙길 수는 있었지만 기분이 아주 나빴다. 자기보다 한참이나 어려 보이는 녀석이 핸드폰을 목에 걸고 있는 것부터가 건방져 보이더니 그날 소년에게 걸려들었다.

골목 쪽으로 난 창문도 없고 가로등 불빛도 미치지 못하는데 이상하게 어디선가 끊임없이 음악소리가 들려왔다. 끼익, 하는 자동차 급정거 소리도 들렸다. 세상과 단절된 듯한 골목 안에서 듣는 그 소리들은 묘하게 두려움을 없애주는 장치로 작용하고 있었다. 그때, 소년은 첨으로 담배를 피워물었다. 막 한모금을 빠는 순간 녀석이 나타난 것이다. 변태 따위는 신경 안 썼다.

그러나 그놈도 보기보다는 만만치 않은 데가 있는 녀석이었다. 호주머니를 까기 시작하는데 온갖 욕을 퍼부으면서 두려워할 줄을 모르는 것이 그랬다. 녀석은 돈을 뺏기고 도망가면서도 욕을 해댔다. 녀석이 완강하게 저항을 한 건 바로 그 변태를 믿고 그랬던 것 같았다. 그러나 가로등 밑에서 바지춤을 까내린 변태는 이쪽을 바라보며 그저 히죽거릴 뿐이었다.

"담배도 못 피우는 주제에, 개새끼. 다들 똥물에 빠져죽어라."

녀석이 남기고 간 욕보다 변태와 자신이 녀석에게 한묶음되어 욕을 먹은 게 소년은 더 기분나빴다. 그리고 한달이 지난 지금 소년은 담배로 인한 욕을 더이상 먹지 않을 만큼은 되었다. 좀전의 골목에서처럼 소년은 다시 담배부터 꺼낸다. 멋있게 한대 꼬나물어본다. 미리 연습도 해본다. 적당한 먹잇감, 다시 말해, 자기보다 어린 놈이거나, 술취한 여자거나 적당히 후려낼 자신이 있다. 만약에 먹잇감이 먹이를 충분히 갖고 있지 않으면 근사하게 한마디 내뱉어줄 것이다.

"돈이 없으면 딴거라도 있어야 할 거 아냐. 밤길 다니면서 그런 성의도 없어?"

피씨방에 가서라도 숙제 해오는 성의를 못 보여 자신은 욕을 먹었다. 그러니 밤길 다니면서 뺏길 돈도 준비 안한 인간들이 똑같은 욕을 먹어 안될 것도 없지 않은가.

아무도 지나지 않는 골목에 오늘밤도 음악소리는 들려온다. 찻소리도 뜸해지는데 음악소리만은 끊이지 않는다. 소년이 기대고 있는 담

너머에 끊임없이 음악을 틀어주는 가게가 있는지도 모른다. 드디어 기역자로 구부러진 길 저편에서 누군가 다가오고 있다. 비틀거린다. 술을 마신 모양이다. 소년은 먹이를 본 고양이처럼 움직이지 않고 그림자를 주시한다. 어른이다. 남자다. 공식처럼 담배를 버린다. 그림자가 가로등 밑으로 고꾸라진다. 토한다. 중얼거린다. 그것이 인생이야, 속고 속이는 것, 뺏고 빼앗는 것, 그것이 인생이라고. 뒷주머니에 지갑이 보인다. 소년은 그것을 낚아챈다.

니들이 그것을 알아, 인마? 술꾼의 악쓰는 소리가 좁은 골목에 길게 울린다. 큰길 쪽으로 나오니 바람이 생각보다 거세다.

아이는 이불을 펴고 누웠으나 잠이 오지 않는다. 오늘 낮에 혜미가 놓고 간 빵이 생각난다. 오빠 오면 함께 먹으려고 놔뒀지만, 아무래도 먹어야 할 것 같다. 빵을 조금 떼어먹다가, 혜미의 얄미운 얼굴이 생각나 빵이 목구멍에 걸린다. 다른 애들은 안 놀아줘도 혜미만은 아이와 놀아줬다. 왜냐하면 혜미는 어딘가 좀 모자라는 아이이기 때문이다. 혜미네 집에 가면 라면 같은 거는 얼마든지 먹을 수 있어서 좋았다. 하지만 얻어먹기만 하는 게 미안해서 요즘은 혜미네 집에 자주 가지 않는다. 어느날, 그날도 혜미네 집에 가서 라면을 먹고 왔는데, 오빠가 그랬다.

"니가 거지냐?"

"안 먹으려고 해도 자꾸 주는걸?"

사실 꼭 그렇지만은 않았다. 그날은 아이가 먼저 혜미네 집 냉장고 위에 박스째로 놓여 있는 라면을 물끄러미 바라보려니까, 혜미가, 왜 라면 먹고 싶어? 하면서 라면 한개를 끓여가지고 저는 안 먹고 아이한테만 주었다. 같이 먹자고 해도 혜미는 자꾸 저는 라면보다 김치가 맛있다고 하면서 김치를 집어먹다가 물 한모금 먹고, 또 김치를 먹다가 물 한모금을 먹고는 했던 것이다. 냉장고 위의 라면박스 쳐다본 건 빼고 사실을 말했더니 오빠가 그랬다.

"나가 죽어라."

오빠는 갈수록 말이 거칠어지고 있었다. 아이는 혜미 집에 가지 않았다. 그랬더니 혜미가 오늘 찾아온 것이다.

"방이 디게 춥다아."

"불이 안 들어오니까 그렇지."

"그러냐아, 왜 그런대?"

"돈을 안 내니까."

"돈 안 내면 그런대?"

"그런가봐. 물도 안 나와. 전기도 안 들어오고."

"그럼 밤엔 깜깜해?"

"응, 그래도 괜찮아. 양초도 있고 부탄가스도 있고, 물은 얼마 전까진 옆집에서 길어먹었는데 아줌마가 안된다 그래서 오빠가 101동 옆 약수터에 가서 길어와."

"앞으론 우리집에서 길어가라. 내가 우리 엄마한테 말해줄게."

"그치만 너희 집은 약수터보다 더 멀잖아."

"아, 맞다. 내가 그 생각을 깜박했다. 빵 먹을래?"

혜미가 포켓몬스터빵 봉지를 뜯어서 스티커는 제가 가지고 빵은 아이한테 주었다. 아이는 빵을 바퀴벌레가 파먹지 않도록 하기 위해서 비닐봉지에 꼭꼭 싼 다음 밥그릇을 엎어서 그 속에 넣어두었다.

"빵 안 먹어?"

"조금 있다 먹으려고."

"빵 지금 먹지."

"싫어."

"너 그럼 다신 빵 안 줄 거야."

혜미는 아무것도 아닌 것에 화를 냈다. 바로 그점 때문에 다른 아이들이 그애를 아주 싫어한다는 걸 그앤 모르는 것 같았다. 혜미가 아니꼬워진 아이가 저도 모르게 욕을 해버렸다.

"나쁜년."

혜미도 지지 않았다.

"거지."

"흥, 어린게 머리에 염색하냐?"

"울엄마가 해줬다, 왜? 넌 엄마도 없지이, 메롱."

아이는 그만 혜미를 현관문 밖으로 내몰아 쫓아버렸다. 이제 다시는 혜미조차도 찾아오지 않을 것이다. 혜미는 혜미 저처럼 머리카락을 샛노랗게 물들인 엄마가 있다. 우리 엄마도 머리카락을 샛노랗게 물들였을까. 아직은 까만 머리인 엄마만 생각난다. 한번 엄마가 생각나기 시작하면 그 다음부터는 가슴이 터져버릴 것 같다. 아이는 견딜수가 없어서 온몸을 이불 위로 굴린다. 작은 짐승같이 이불 위에서 몸부림친다. 정신을 차려보면, 그래서 엄마가 있나 보면, 엄마는 없다.

어느 틈에 잠이 들었던가. 아이는 울다가 지친 것이 틀림없다. 추워서 온몸이 빳빳한 게 제 몸이 마치 잘 말린 찰흙인형 같다. 만지면 부스스 뼈에서 살들이 부서져나올 것만 같다. 그래서 아이는 가만가만 손등이랑 목덜미랑 종아리를 만져본다. 그러면서 오빠가 왔는지 기척을 느끼려고 오빠 방 쪽에 신경을 모은다. 너무나 조용하다. 가스충전

소의 불도 꺼졌는지 창문에 무지개도 사라졌다. 아이는 벌컥 겁이 난다. 너무 겁이 나면 몸을 움직일 수가 없다. 그대로 누워서 오빠를 불러본다. 처음에는 작은 소리로, 그러다가 점점 목소리가 커진다. 그것은 울음이다.

"오빠아!"

방안 가득 제 소리가 공명으로 울린다. 추위와 공포가 아이의 목을 눌러오는 것 같다. 사각의 관 속에 누워 있는 것 같다. 아이는 왈칵 일어나 전기스위치를 누른다. 딸깍거리고 또 딸깍거린다. 수도꼭지를 비틀고 또 비튼다. 가스레인지 버튼을 누르고 또 누른다. 가스레인지 주위에서 차갑게 몸을 웅크리고 있던 늙은 바퀴벌레들이 일제히 가스레인지 주위로, 방바닥으로, 벽으로, 아이의 얼굴 위로 날아오른다. 와들와들 떨린다. 손을 휘젓는다. 부탄가스 한통이 나 여기 있어, 하듯이 아이의 손에 잡힌다. 가스통을 지난번에 오빠가 구해온 휴대용 가스버너에 넣는다. 가스버너 입구를 잘못 맞추었는지 치익, 하면서 가스물이 손에 묻어나온다. 냄새도 난다. 가스 새는 소리가 멈추지 않는다. 방안은 암흑이다. 아이는 양초를 찾는다. 양초는 쉽게 찾았지만 성냥이 안 보인다. 오빠 방으로 간다. 오빠가 담배를 피우면서부터 오빠 방에 라이터가 있다는 것을 아이는 안다. 방바닥을 몇번 휘저으니 다행히 라이터는 금방 손에 잡힌다. 가스불을 켜고 거기에 물을 끓여서 마시면 추위가 가라앉을 것이다. 아이는 라이터 불을 켠다. 한순간 방안이 온통 환해진다.

화재가 진압되고 난 뒤 화재원인에 대한 조사가 이루어졌다.

"세상에, 그 부모들이 도대체 사람이가?"

"애들을 버렸으니 사람이 아니제."

이제 구경꾼들이 할 일은 아이들의 부모를 성토하는 것이었다.

"애가 가스를 먹은 모양이야."

"그것들이 그렇게 불량청소년들이었구만."

아이가 가스를 흡입하다 양초에 불이 붙어 화재가 난 것으로, 화재 원인에 대한 잠정결론이 났다. 화재원인에 대한 조사도 끝나고 아이들과 아이 부모에 대한 성토도 실컷 하고 나니 이제 그곳에 모여든 사람들이 할 일은 모두 끝났다. 아이의 검게 그을린 시신이 흰 무명보자기에 덮어씌워져서 구급차에 실려 행복동 영구임대아파트를 떠났다.

소년은 골목을 빠르게 벗어난다. 지갑은 두둑하다. 여유와 자신감이 동시에 생긴다. 그 여유로 해서 소년은 골목 안에 끊임없이 음악을 흐르게 한 꼭지레코드 앞에서 발길을 멈춘다. 주인 사내가 들어서는 소년을 힐끗 째려본다.

"아저씨, 지금 나오는 그 노래 제목이 뭐여요?"

"그것은 인생이라는 것이다, 왜?"

"누가 불러요?"

"말하면 니가 아냐?"

"모르니까 묻지요."

"나가, 인마."

"아저씨, 멀쩡하게 생기셔가지구서 왜 사람한테 인상을 써요?"

소년은 여전히 생글생글하게 묻는다.

"야, 너 일루 와봐."

사내가 손가락을 까딱한다.

"왜요?"

"가뜩이나 장사도 안돼가지구 지금 열이 좀 나 있거든. 너 오늘 잘 걸렸다."

주먹이 앞으로 날아온다. 소년이 발을 건다. 사내가 넘어진다. 그것은 인생이라구? 이것이 인생이야, 인마. 욕설도 뱉어준다.

몹쓸 에미 애비 다 가도 좋다 이거다. 전기, 수돗물, 다 끊겨도 좋다 이거다. 죄없는 사람 주먹으로 치는 자, 앞으로 넘어져도 뒤통수가 깨질 것이다. 소년은 이를 악문다. 비장하게 흐르던 눈물이 거센 바람에 시나브로 말라간다. 내일은 용준이한테 가서 오늘의 무용담을 펼쳐 보일 것이다. 현장을 못 보여준 게 못내 섭섭하다. 이제 소년 앞에 놓인 인생길이 훤하게 트여오는 것만 같다.

이제 전철 안에서 한 건만 하면, 앞으로 두달은 먹고살 수 있을 것이다. 독촉장 따위 무시하기로 한다면, 석달도 너끈할 것이다. 밤이 늦어서인지 전철은 한가하다. 소년은 얌전히 빈자리에 가 앉는다. 먹잇감을 탐색한다. 가죽점퍼가 소년 옆에 앉는다.

"존 말 할 때, 꺼져."

"나 그냥 집에 가는데요?"

"거짓말하면 알지?"

손칼이 삐죽이 소년의 허벅지에 와닿는다.

역시 용준이 말대로 전철 안은 포기하는 게 나을 것 같다. 두달이 다시 한달로 줄어들었다. 그래도 그것이 어디인가. 한달은 착하게 살 수 있으니.

집에 거의 다 와간다. 비도 완전히 멎었다. 행복동 영구임대아파트 단지 안으로 들어선다. 집앞이 어쩐지 좀 이상하다. 경찰차도 보인다.

무슨 일이 났는가. 나를 잡으러 온 건가. 낭패다. 소년은 본능적으로 몸을 돌려 행복동 영구임대아파트와 반대편으로 튄다. 어둠속으로 몸을 숨기며 소년은 생각한다. 소매치기의 인생은 힘들고 험난한 길이라고. 힘들고 험난하지 않으면 인생이 아니라고. 바람이 거세게 불어온다.

—『동서문학』 2001년 겨울호

정처 없는
이 발길

정 처 없 는 이 발 길

정처 없는 이 발길

포크레인 소리는 연 사흘 끊이지 않고 들려왔다. 그 육중한 기계가 우지끈 한번 힘을 쓸 때마다 앞집과 옆집과 그 옆집들이 흔적도 없이 무너져내렸다.

"커피 남은 것 있는가?"

갑생은 마루 끝에 나앉아 포크레인의 활갯짓을 구경했다. 그랬다. 그것은 마치 거대한 동물이 빈 동네를 활갯짓하며 돌아다니는 것, 그 이상도 이하도 아니었다. 포크레인이 저 혼자 살판난 것이다. 집이 무너지고 난 뒤에는 어김없이 흰 연기가 피어올랐다. 수자원공사에서 나온 인부들이 철거된 집의 잔해들을 그러모아 불태우는 것으로 철거 작업은 완전히 끝을 맺는 것이다. 갑생의 아내는 마지막 남은 커피가루를 양재기에 쏟아붓고 커피병에 남아 있는 찌꺼기를 물로 헹구어냈다. 갑생이 커피를 양껏 들이켜고 나서 아내에게 건넸다. 아내도 말없이 커피를 입속에 털어넣었다. 커피가 들어간 뱃속이 쿨렁거리며 소용돌이쳤다. 오늘 갑생의 집은 아무 일도 없었다. 평시와 다름없이 저물녘의 커피타임도 가졌다. 그러나 평시와 다른 것이 있었다. 커피를 마시고 나서 텔레비전을 시청할 시간이었지만 오늘 갑생 부부는 사방이 어두워오는 그 시간에 불도 켜지 못하고 연기 피어오르는 마을만 우두커니 구경하는 참이었다.

"지금 뭐 허는 시간인가?"

"연속극 헐 시간이요."

"우리가 어디까지 봤는가?"

"그 뭣이냐, 인자 그 집 며느리 삼숙이가 집을 나가 살겠다고 허고 삼숙이 남편이 그러면 안된다고, 부모님을 모시고 대가족 속에 사는 것이 애들한테도 좋다고 험스로 꼬신게 그러면 그래야겠다고 허는 데까지 봤지 않어요?"

"허어, 이 사람이. 그것은 밤늦어 허는 월화드라마고 지금 시간에 허는 것이 뭣이냐고오."

"………"

"그나저나 뉴스는 꼭 봐야 쓰겄는디……"

갑생은 입맛을 다셨다.

"뭐 입맛 다실 것 좀 없는가?"

전기가 끊어져 텔레비전을 못 보니 이래저래 늘상 꿔다논 보릿자루 같기만 하던 아내한테 말이 많아졌다.

"뭣이 있을랑가."

사방을 둘러본들 아무것도 나올 리 없건만 아내는 혼잣말처럼 구시렁거리며 군입거리를 찾아 부엌으로 들어간다. 사람이 없는 마을에

타닥탁, 부시시, 우지끈 쿵 하며 불꽃놀이가 벌어졌다. 불은 하늘 높이 솟구쳤다가 이내 쿵 소리를 내며 주저앉았다. 어둠이 짙어지자 공사 사람들이 미처 소화도 해놓지 않은 채 모두 철수를 해버린 모양이었다. 불 사그라지기를 기다리자면 한데서 밤을 새워야 할 판으로 허허벌판이나 다름없이 되어버린 곳이라 일부러 불을 끌 일도 없을 터였다. 한참이 지나도 부엌에서 나오지 않는 아내를 기다리기도 민망하여 갑생은 휘적휘적 집밖으로 나와버렸다. 일을 끝마치고 돌아가던 공사 직원이 갑생을 발견하고 소리쳤다.

"오늘 저녁이라도 포크레인 들어갈 수 있어요이. 싸게싸게 뜨시요, 떠."

갑생은 공사 직원 말을 무시하고 고요히 불을 바라보았다. 전기가 들어오지 않는 제집보다 환해서 좋은 것도 같았다. 갑생은 불 곁에 쭈그리고 앉았다. 대들보와 서까래와 마룻장과 흙더미가 타들어갔다.

기봉이네 집 대들보를 보자 기봉의 부친이 그 대들보를 타고 입이 한자나 찢어지던 날이 생각났다. 그 집 상량식을 하던 날, 기봉의 부친은 막걸리에, 떡에, 돼지까지 한마리 잡았다. 온 동네 사람들이 먹고 마시고 기봉의 부친을 대들보에 올려놓고 마당 가득 우꾼하게 놀았다. 그날의 웃음소리와 음식냄새가 아직도 기억에 선명하건만 이제 그 집은 속절없이 한 모다기 모닥불로 사라져버리고 있었다.

타는 것은 그것뿐이 아니었다. 타일과 석고보드와 냉장고도 탔다. 기봉이 타일 깔아 신식 목간통 만들고 씽크대 들여서 입식부엌 만들고 냉장고를 사들여놓고 자랑하던 날들도 다 엊그제 일만 같았다. 기봉은 그 아버지가 상량식 하던 날 그랬듯이 입식부엌 만들고 냉장고 들여오던 날에도 입이 한자나 찢어졌었다.

"갑생이 성님, 돈 쪼끔 들여논게 이렇게나 좋아불그만요이. 뜨신 물에 날마다 목간허고 나무허러 날마다 산에 안 올라가도 되고 참말로 문화인이 따로 없단게요."

나무와 흙이 탈 때는 흰 연기가 솟았다가 타일과 석고보드와 냉장고가 탈 때는 검은 연기가 치솟았다. 냉장고에서는 아직도 신김치 냄새가 배어나왔다. 갑생은 연기냄새를 흠씬 들이켰다. 머리가 좀 어질어질하고 목 안이 매캐했지만 금방 괜찮아졌다. 지금 불타고 있는 집 주인 기봉은 일주일 전에 그 집을 떴다. 시내로 간다고 했다. 마을에서 아직 떠나지 못하고 있는 갑생의 집만 빼고 마지막 남은 집이었다. 냉장고는 버리고 갔으되 작년에 새로 놓은 '보이라'는 알뜰히도 뜯어갔다. 아직 정처를 잡지 못한 갑생을 생각해주느라 이삿짐도 조용조용 싸더니 막판에 갑생을 불렀다.

"갑생이 성님, 간단헌 일이기는 허지마는 나 좀 도와주씨요."

아침에 짐을 싼다기에 거들어주려고 갔더니 실상 도와줄 일이 없었다. 기봉의 마누라서껀 전주로 출가한 기봉의 여동생들이 와서 설치는 통에 아녀자들 속에 끼여들기도 뭣하여 쭈그리고 앉아 구경하고 있었더니 아무것도 안 시키기는 더 미안했는지 트럭에 보일러 올리는데 갑생의 손을 좀 빌리자 하였다. 기봉은 자기 어머니 때부터 써오던 반닫이 궤짝을 사정없이 땅에다 패대기쳤다.

"어이, 보이라는 가져감서 그것은 왜 안 가져간가?"

"땅도 버리고 가는디 요런 것이 뭔 필요가 있다요. 보이라는 아직 쌩쌩헝게 버리기가 아깝구만요. 가져가서 어디 고물상에다 팔아도 값이 솔찬헐 것이요."

"그래도 궤짝은 자네 어무니 때부터 써오던 물건이 아닌가."

"거기는 아파트라 이런 구닥다리는 벨로 어울리지가 않겠단 말이요."

아파트라! 갑생은 부러운 입맛이 절로 다셔졌다. 자신에게 갈 곳만 마련되었다면 기봉이 버리고 가는 물건들 죄다 가져가고 싶었다. 기봉은 반닫이 궤짝도 버리고 자기 마누라가 시집올 때 해온 포마이카 장롱도 버렸다. 그러면서 슬쩍 열자짜리 십장생 자개장롱을 새로 마련했노라는 자랑을 하려다가 제 마누라가 눈치를 주자 말꼬리를 흐렸다. 기봉이네가 딴 집들보다 이사를 늦게 가는 것은 아파트 입주시기에 맞추느라 그런 것임을 뻔히 알고는 있었지만, 그래도 갑생은 기봉이네가 아직 이사를 가지 못하고 있는 자체만으로도 적이 위안이 되었었다. 그런데 이제 마지막 이웃이던 기봉이네마저 이사를 가버리자 갑생은 서방 잃은 여자처럼 가슴이 허허로웠다. 이제 남은 집이라곤 갑생 자신의 집뿐이었다. 사방에서 불꽃과 연기는 피어오르는데 어둠이 짙어지자 살살 센바람이 불어왔다. 갑생은 자리에서 일어났다. 주머니를 뒤져보니 잔돈푼이 만져졌다. 담뱃값은 되어도 술값까지 하기에는 버거울 것 같았으나 그래도 사람의 정을 한번 믿어보기로 하고 갑생은 길을 나섰다.

마을과 도로를 유일하게 연결해주는 다리께에 이르자 한달 전부터 내걸린 현수막이 바람에 펄럭이고 있었다.

'다리가 철거되기 전에 이주 완수합시다.'

내일이면 다리를 철거한다는 통보를 갑생은 오늘 공사 쪽 사람한테서 이미 전달받은 터였다. 공사 직원은 다리뿐 아니라 갑생의 집도 내일이 마지막 날임을 예고했었다. 석달 전부터 푸른색 스프레이로 철거를 고지하기 시작하더니 한달 전부터는 좀더 강렬한 효과를 내려고 그랬는지는 몰라도 붉은색으로 바꿔 철거예정일을 공고했다. 마을사람 일부는 철거예정일 안에 그야말로 조용히, 아무 마찰 없이 마을을 떠났다. 조용히, 아무 마찰 없이 떠난 사람들은 예전에 마을에 함께 살 때도 조용히 사는 걸 좋아한 사람들이었다. 돈이 조용히 사는 걸 가능케 했다. 악다구니는 주로 조용한 부잣집 건너 가난한 집 지붕 위로 솟아올랐다. 그렇게 조용히 마을을 떠난 사람들은 대개 이주단지 안으로 갔다. 논밭이 많아 보상금을 넉넉히 받았지만 도시로는 나가기 싫은 사람들이 별장단지를 만들었던 것이다. 물에 잠기겠지만 고향을 뜨고 싶어하지 않는 그들은 이곳에서의 영화를 잊고 싶지 않은 사람들이라는 걸 갑생은 알고 있었다. 물에 잠기지 않더라도 진작부터 고향 같은 건 다 버리고 어디 대처로 나가 새 인생을 시작해보고 싶던 사람들은 정작 아무데도 못 가는 처지가 되어 있었다. 가난한 만큼 보상금이 얄팍했기 때문이다. 보상금이 지급되었을 때 맨 처음 달려온 사람은 농협 직원들이었다. 이쪽 채무자에게 돈 생긴 걸 아는 저쪽 채권자가 가만히 있을 리 없었다. 가진 재산이라곤 집 한채가 전부인 갑생은 보상금을 손에 쥐어볼 새도 없이 농협 융자금 갚아버리고 나자 손에 들어온 돈은 외상 술값 갚을 만큼이 고작이었다. 당장 굶어도 빚만이라도 없는 세상 한번 살아보는 걸 그렇게도 소원했건만 이제 이주를 해야 할 상황에서 또다시 빚을 져야 할 판이었다.

갑생은 사방이 연기로 뒤덮인 들판길을 걸었다. 달은 휘영한데 비적떼의 습격을 받은 것처럼 이 동네 저 동네가 스산했다. 사람이 떠난 빈 고을에 갑생 내외만 달랑 남겨진 것이다. 갑생은 왈칵 무섬증이 일었다. 정말로 저 희한하게 죽어버린 마을들을 사람들이 그리 해놨다는 생각은 들지 않았다. 필시 흉악한 짐승들이 그리 짓이겨놓은 게지 싶었다. 바람이 설렁설렁 불어오는 대로 달도 설렁설렁 휩쓸리며 갑생의 뒤를 쫓아오고 있었다. 고을은 어제 오늘 순식간에 그리 되었다. 그곳이 마을이었음을 표시해주는 건 마을 입구의 정자나무뿐이었다. 사람들이 있을 때는 정자나무는 참으로 살가운 나무였다. 먼데서 보고 있어도 왈칵 반가운 나무였다. 그런데 사람들이 떠나고 나자 나무들이 무슨 귀신의 형상인 것만 같아 갑생의 머리끝이 서늘해졌다. 이제 들판을 지나 고개 하나를 넘으면 사람이 사는 면소재지가 나올 것이다. 그곳에 가면 우선 담배와 술을 구입할 수 있을 것이다. 그러고 나서는 그곳 학교 앞에서 농기계수리점을 하는 만수한테 어떻게 돈이야기를 해볼 수도 있을 것이다. 그 집에 머슴 살 때 늘상 업어주고 놀아주던 만수가 옛정을 생각하여 그리 박절하게 대하지만은 않을 것이라는 희망이 갑생을 터무니없이 편안하게 했다. 희망은 가슴에 그것을 품고 있는 동안에는 사람을 편안하게 하는 법이었다. 최소한 그 희망이 깨어지는 순간까지는 편안할 수 있는 거였다. 만약에 그 희망이 깨어진다 해도 그리 손해날 것은 없을 터였다. 희망하는 그 순간에 편안했으면 본전은 건진 셈이니까. 그래서 지난번 그런 희망 하나 품고 서울 아들네 갔다가 돌아오는 길에 눈물바람하는 아내한테도 그리 말할 수가 있었다.

"가는 동안에 자네허고 나허고 편안했으면 되는 거이 아니겠는가?"

"인자 우리는 어디서 살아야 헌데요?"

"우리집이 여긴디 어디서 살기는 어디서 살어."

"인자 당신허고 나허고 딱 물귀신이 되어불게 생겼잖아요."

"사람 목숨이 그리 헐헌 것이 아녀. 내가 살고 있는디 감히 어느 놈이 내 집을 부술 것이여."

"그러다가 물이라도 딱 들어차기 시작허며는 인자 우리는 그대로 죽는 것이 아니어요?"

"희망을 품자고, 희망을. 죽을 때 죽더라도 사는 날까정은 사람이 가슴에 희망을 품고 살아야 허는 것이여. 시절도 희망찬 새천년이여, 이 사람아."

버릇처럼 일장훈수를 하기는 했어도 갑생은 제 소망과는 달리 희망 없는 현실이 눈앞에 딱 버티고 서 있는 것을 생각하면 그 현실이 무슨 괴물이나 되는 것처럼 간담이 다 서늘해지는 것을 어쩔 수 없었다.

간담이 서늘해진 건 그러니까 아들네 집에서였다. 농협에서 농자금 조로 어렵게 받아낸 융자금을 회사택시를 운전하던 아들이 사고를 내어 그 처리비로 대주고 말았다. 그 일 후에 아들한테 있는 유일한 기술인 운전하는 일은 할 수도 없어 호구지책으로 붕어빵을 굽던 아들이 얼마 전 이번에는 뺑소니차에 제가 사고를 당해 붕어빵 수레는 수레대로 날리고 몸은 몸대로 망가진 채 두칸짜리 지하 셋방에서 늙은 부모를 맞았다. 갑생 부부가 아들 사정 뻔히 알고 있으면서도 서울 행차를 하게 된 건 그러니까 아들네가 비록 셋방이나마 방이 두칸짜리라는 데 있었다. 아들네가 단칸방에 산다면 비싼 차비 들여가며 올라갈 생각 같은 것은 차마 하지도 못했을 것이다. 아들은 제 부모가 왔건만 일어서지도 못한 채 먼산바라기를 하고 앉아 있고 에미 없는 손주 셋은 할미 할애비를 제비새끼들처럼 입을 오물거리며 쳐다보았다. 보따리에 싸가지고 온 것이라야 양주(兩主) 옷가지하고 마당에 심었던 것 쏙쏙 뽑아 비닐에 담아온 무 몇개가 전부였다. 손주들이 걸리지 않은 것은 아니었으나 사실 맞난 것 사고 어쩌고 할 정신이 없었다.

예상을 안한 건 아니지만 막상 아들네 처소에 당도하고 보니 간담이 서늘해지면서 그 다음에는 억장이 무너졌다.

"너무 그러실 것 없어요. 다리 석고만 풀면 어디 공사장에라도 나갈 것이니까."

아들은 부모가 왔어도 꼼짝을 못하고 죄없는 제 새끼들만 밖으로 내몰았다.

"야 인마, 너희들 할아부지 할머니 오셨는데 음식 대접해드릴 생각도 안하냐? 경이 너는 어서 밥하고 명이 너는 나가서 할아부지 드시게 술 좀 받아와라."

아들은 부모 앞에서 제 새끼들한테 뙤앗뙤앗 악을 썼다. 손주들한테 아들이 하는 수작이 마음에 들지는 않았지만 때가 때이니만큼 갑생은 훈수하기를 체념한 채 담배만 피워물었다. 그러나 담배 한대를 다 피우고 나자 달리 할말도 없고 그놈의 입버릇을 더는 참을 수가 없었다.

"순도야, 희망을 잃지 마라. 사람이란 것은 말이다, 어떠한 악조건 속에서도 희망 하나만은 움켜쥐고 살아야 쓴다. 이 애비를 봐라. 여태꺼정 이 애비가 살아올 수 있었던 것도 다아 그 희망이 이 가심속에 꺼지지 않았던 결과로다 이렇게 살아오지 않았느냐. 순도야, 내 말 명심해라. 절대 비관을 해서는 안된다."

정작 아들한테 하는 소리를 손주들이 귀담아듣는 눈치였다. 아들서껀 손주들까지 경청자가 여럿이어서 갑생은 훈수하는 기분이 그런대로 괜찮았다. 그래서 얼른 자세를 고쳐앉아 둘째손자놈한테 텔레비전을 한번 켜보라고 일렀다.

"테레비 보면 세상이 보인다. 요즘 나오는 뉴스들을 봐도 알겠지만 우리만 힘든 것이 아니다. 아까 서울역을 거쳐서 올 때 봐도 우리는 그래도 노숙허는 사람들보다는 백배 천배가 낫지 않느냐.”

손주가 텔레비전을 켰다. 마침 뉴스가 나오고 있었다. 대통령과 야당총재 간에 상생의 정치를 하자고 합의했다는 정치권 뉴스가 끝나고 의사들이 또다시 파업을 하노라는 뉴스 화면이 텔레비전 가득 펼쳐지고 있었다. 아비 말은 듣는 둥 마는 둥 하던 아들이 텔레비전 뉴스는 화면이 뚫어져라 열심히 쳐다보다가 한마디 툭 내던졌다.

“아따, 있는 놈들이 더한다니까요. 없는 놈들은 얻다 하소연할 데도 없고 큰일이어요, 큰일.”

“야 이놈아, 니가 지금 이러고 있는 거는 니놈이 사고를 내서…… 아니 사고를 당해서…… 좌우당간 누구 원망헐 것도 없고 그저 내 복이려니, 내 복이 그것밖에는 안되는 것이니 허고 살아야제, 안 그러며는 니 속만 상허는 것이여. 그러니까 인자부터라도……”

어쩌다 한번 말문이 터지면 또 한없이 길어지는 것을 갑생 자신도 어떻게 주체할 수 없는 것이 좀 걸리긴 해도 한번 말 나온 김에 결론은 야무지게 내야 한다는 생각이었는데, 아내가 옆구리를 찔벅대는 통에 그쯤에서 그만 입을 다물기는 했다. 지금 자신들이 이곳 아들네 집에 온 목적이 이런 먹혀들지도 않을 훈수나 하려는 게 아니었다는 사실이 갑생은 그제야 퍼뜩 각성되었다. 그래서 갑생은 하고 싶은 말도 더이상은 참고 고즈넉하게 앉아서 시방 이곳에 자기 내외가 온 목적을 이야기할 기회를 기다리고 있는데 얌전히 텔레비전만 보고 있는 줄 알았던 아들 입에서 느닷없이 쌍욕이 튀어나왔다.

“에잇, 씨발년!”

참고 참았다 내지른 욕설이었던가. 아들 눈에 이글이글 핏발까지

서려 보였다. 손주들은 제 아비 입에서 나온 욕설이 대수롭잖다는 듯 외려 저희들끼리 마주보며 빙글거렸다. 아들이 왜 느닷없이 집나간 자기 마누라를 욕하는지는 아들 성격으로 봐서 십분 이해가 되었다. 여태껏 어디다 하소연할 데가 없어 꿀꺽꿀꺽 삼키기만 했던 울화가 제 부모를 보니까 새삼스레 설움으로 복받쳐 내지르는 소리라는 걸 모르는 바 아니지만, 갑생은 아들이 욕을 할 때 간담이 서늘해졌고 제 아비가 질러대는 쌍욕을 듣고도 빙글대는 어린 손주들의 꼬락서니가 억장을 무너지게 했다. 웬만하면 어린 애기들 앞에서 할 소리 안할 소리 가려가며 하라는 훈계 정도는 할 수도 있으련만, 귀에 낀 보청기가 맹렬히 울어대는 통에 정신이 어지러워 도통 무슨 말이건 하고 싶은 맘이 싹 가셨다. 그놈의 보청기가 한번 울면 세상만사가 딱 귀찮아졌다.

"이 보청기가 김대통령 것허고 같은 회사에서 나온 제품이라는디 무척 성능이 안 좋아야. 대통령 것이 이래불면 국사에 상당헌 지장이 초래될 것인디…… 있는 사람들이 너무 저러면 안돼야. 없는 사람들도 가만히 있는디…… 대통령님이 요새 겁나게 힘들 것이여…… 아, 이놈의 것이 왜 지랄을 헌다냐……"

혼잣말처럼 보청기를 빗대어 국사를 걱정했다. 아들은 아비 핑계대며 애한테 시켜 사온 소주병을 제 입에 먼저 털어넣으며 집나간 제 마누라만 씹어댔다. 도대체 무슨 말이건 할 엄두가 나지 않는 것이 갑생은 아무래도 이곳은 자신들이 올 곳이 아니라는 결론이 쉽게 나왔다. 곤경에 처한 아들네한테 줄 것이라고는 시골에서 뽑아온 무 서너 개밖에 없는 자신의 입장이 서럽다 해도 할 수 없는 일이었다. 그렇게나 하고 싶던 욕도 한마디 했겠다, 술 한잔 들어간 아들은 그제야 마음이 좀 풀리는 듯 늙은 부모가 상경한 이유를 물었다.

"서울에는 왜 오셨소?"

"부모가 자식 집에를 못 와야?"

싹수없는 아들의 태도에 어깃장이 나서 그러기는 했지만 갑생은 대꾸해놓고 나서 아차, 했다. 이러고 저러고 해서 우리들이 너희 집에 와서 좀 살면 안되겠느냐고 자신들이 서울에 온 내력을 소상히 설명할 수 있는 절호의 기회를 그만 놓쳐버린 것이다. 거기다가 한술 더 떠,

"너는 이 애비 핑계대고 술을 마시지마는 나는 자식 핑계대고 서울 나들이헌 것이 뭐 잘못이냐?"

"아부진 술 드시면 안되잖아요. 가뜩이나 속도 안 좋으신 양반이."

"아따 그래, 고맙다. 아비 생각해서 몸에 안 좋은 술을 니가 다 먹어주는구나."

"다아 아부지가 저희들한테 가르쳐준 대로 허는 겁니다. 아부지가 우리 어렸을 때 그랬잖아요. 백해무익헌 술허고 담배를 빨리 먹어조져서 없애부러야 헌다고."

"그래, 배우라는 것은 안 배우고 쓰잘데없는 것은 참 잘도 배웠다. 장허다!"

지하 셋방에서 아비와 아들 간에 일촉즉발 큰 쌈이 붙게 생긴 것을 늙은 아내가 갑생의 허리를 연달아 찔러대서 아슬아슬하게 진정이 되었다. 이곳이 결코 자신들이 와 살아도 될 곳이 아니라는 결론은 쉽게 났다. 오래 머물 것도 없이 그저 하룻밤 자고 일어나 손주들한테 지전 몇장 쥐여주고 보니 달랑 양주 여비만 남았다. 서울에서 내려오는 길은 쓸쓸했다. 오는 길 내내 아내는 눈물바람을 했다.

"그러게 뭣 헐라고 심사 사나운 애를 붙잡고 쓸데없는 사설만 허시

요, 허기를."

"역시 자식농사도 돈이 있어야 허는개비. 갸가 고등만 나왔어도 지 부모헌테 저 지랄은 안헐 것인디. 머슴 자식은 머슴 자식이제, 지가 어디로 가겠어?"

돈이 없어 자식들 학교 못 보낸 결과로 오늘날 이런 꼴을 당하는구나 싶어 갑생의 가슴은 천갈래 만갈래로 찢어지는 것 같았다. 인생 가는 길 아무리 험해도 순하게 살라고, 그리 살지 않으면 길이 없다는 뜻으로 이름도 순할순자에 길도자를 붙여 순도라 지어줬건만 그 이름 따라 살지 못하는 아들을 생각하니 이녁 가슴이 찢어지는 것이었다.

"뭔 수가 있겠지요. 길 나선 김에 전주 순자 집에 한번 들러나 봅시다."

아내가 한번 들러나 보자고, 짐짓 가벼운 투로 말은 하지만 그 속내가 무엇을 기대하고 있다는 건 갑생도 알았다. 그래서 툭 던지듯이 한마디했다.

"저그나 거그나."

"순자는 그래도 뭔 아빠트까지 당첨받았다 안헙디까."

"그것? 영구임대아빠트랑만."

"뭔 아빠트가 됐건 즈그 집이 생긴 것 아녀요?"

"내 말이 뭔 말인 줄을 몰러? 영구임대아빠트라 함은, 영구적으로 다 임대를 받은 아빠트라 그 말이여. 결코 내 집이라 헐 수가 없제."

갑생은 그쯤에서 입을 다물고 잠을 청하고 싶은데 아내가 자꾸 옆에서 말을 시켰다.

"집에 가봤자 당신 좋아하는 그 희망이라냐, 뭣이라냐가 전혀 없잖어요. 딸자식도 자식인디 설마허니……"

"그래서 시방 전주에다가 희망을 걸어보자 그 말인가?"

"……꼭 그런 것이 아니라…… 저기 저……"

"말 좀 똑똑히 혀. 내 보청기 성능 안 좋은 것 몰러?"

"그렇게 내 말은 이왕에 길 나선 김에 순자 새끼들도 한번 보고자프고……"

"그려? 손주새끼들 보러 가자면 또 내가 가지 뭐, 까짓 거."

갑생은 아들로 해서 구겨진 자존심 때문에 아내가 딸네 집에 가잔다고 해서 선뜻 그러자고 해지지가 않았다. 아내도 그런 갑생의 속마음을 아는지라 손주들 핑계를 댄 것이렷다. 아내는 무슨 길이 이리 험하냐며 딸네 집으로 올라가는 산동네 길을 탓했지만 갑생은 아들네를 찾아갈 때와는 달리 사뭇 보무가 당당했다. 순자는 마침 집에 있었다. 아들과 달리 일어서서 제 부모를 맞아들이는 품도 갑생을 기쁘게 했다. 딸네는 아내한테서 듣던 바와 같이 이제 곧 영구임대아파트로 이사를 가려는지 윗목에다가 짐보따리를 꾸려놓고는 있었는데, 들어설 때부터 이상한 것이 몇개 되지도 않는 세간살이들에 노란 딱지들이 붙어 있는 것이었다. 노란 딱지들과는 상관없이 순자는 그래도 제 부모를 보니 마음이 밝아지는 듯 얼굴이 환해졌다.

"그러잖아도 일간 어무니 아부지한테 가보려고 했는디……"

"그래야?"

갑생도 노란 딱지들과는 상관없이 딸이 자신들을 기다리고 있었던 것같이 말하는 게 뭔가 서광이 비치는 듯했다.

"이 사람은 일나갔냐?"

갑생은 그냥 인사조로 사위의 행방을 물었다.

"그것이 사실은…… 야들 아부지 집나간 지가…… 카드회사에서 나와가지고 딱지를 붙이니까 겁이 나서 그랬는지……"

갑생은 아들네에서는 간담이 먼저 서늘해지고 억장이 무너졌건만 딸네서는 억장이 먼저 무너지고 다음에 간담이 서늘해졌다. 딸의 말인즉슨 영구임대아파트를 하나 따놓기는 했는데 지금 살고 있는 곳 방세가 밀려 있어 이사를 하려 해도 먼저 방세부터 처리해야 한다는 것이었다. 이사야 밤도망을 쳐버리면 된다고 해도 막상 영구임대아파트 입주시 필요한 기백만원의 보증금을 마련할 길이 감감하다는 것인데 뒷말을 더 들을 필요도 없이 순자가 자신들한테 일간 오려고 했다는 것도 다른 볼일이 있어서가 아니라 그 보증금 때문이라는 사실을 알았다.

"오빠 집에 갔으면 서울역으로 가셨겠구만요. 거기서 혹시 야들 아부지 비슷한 사람이라도 못 보셨어요?"

"못 봤다."

딸은 고개를 떨구었다. 딸이 고개를 떨구는 것이 눈물을 감추기 위해서라는 것쯤 안 보고도 아는 일이지마는 갑생한테는 딸이 흘리는 눈물을 닦아줄 힘이 없었다. 갑생이 맥없는 담배나 한대 피워물고 있는데 아내가 심란한 자신을 대신하여 딸 눈물수습을 했다.

"순자야, 울지 말아라. 사람이란 것은 어떠헌 경우에도 울어서는 안 된다. 더군다나 너한테는 저 천금 같은 새끼들이 있지 않느냐. 울지 말아라, 울지 말어."

서울에서 전주 오는 길에 대면 전주에서 집으로 가는 길은 지척이건만 돌아오는 길은 실로 멀고도 아득했다.

들판을 통과하여 산마루에 올라서자 수몰선을 비켜서 새로 조성한 면소재지의 불빛이 별처럼 반짝거린다. 저 반짝거리는 불빛에 제가 켜는 불빛 하나 보탤 수는 없을까. 그러기보다는 대처로 나가는 것이 더 쉬운 길임을 갑생은 알고 있었다. 소재지 초입의 초등학교를 지나고 오일장 거리를 지나고 슈퍼와 노래방과 비디오가게를 지나 갑생은 만수네 농기계수리쎈터를 향해 갔다. 오라는 소리는 없었지만 가는 길은 바빴다.

"오시요?"

만수는 배달커피를 다방아가씨와 함께 마시고 있다가 심드렁하게 갑생을 맞았다. 그제야 갑생은 나이 사십이 넘도록 장가를 못 가고 있는 만수 처지가 새삼스레 떠올랐다. 갑생은 같이 한잔 마시자는 걸 극구 사양했다.

"오기 전에 이미 커피타임 한번 가졌네."

만수도 더는 권하지 않았다. 아가씨와 노닥거리는 재미를 자신이 빼앗은 것 같아 갑생은 공연히 미안해졌다. 미안하다 해도 한번 내친 걸음을 되돌릴 수는 없었다. 마침 만수가 먼저 말을 걸어왔다.

"서울 갔다왔다는 소식 들리던디, 잘 갔다오셨어요?"

"거두절미허고 시방 내가 아주 곤란헌 입장에 처해부렀단 말이시."

"아저씨 입장은 충분히 이해허겄는디요, 제 입장도 만만치가 않단 말이요, 시방."

"뭔 일 있는가?"

"아저씨도 알다시피 보상금 받은 것으로 이 가게 인수허고 집은 전부 빚으로 지었잖어요. 그 빚 상환날짜가 다가왔는디 돈은 없고 새로 지은 집에서 얼마 살아보기도 전에 쫓겨날 판국입니다, 시방."

"내 말은 다른 말이 아니고 그렇게 내가 곤란허게 된 이유가 말이여…… 어이, 이것이 뭔가? 종묘상도 함께 겸허는개비?"

농기계수리점 안에 새로 설치한 듯 농약과 비료와 씨앗 진열장이 있다.

"기계만 수리해서는 밥 못 먹고 살겠어서 들여놨어요."

"나 약 좀 주소."

"아저씨, 백번 말허지마는 아저씨 입장을 이해 못허는 것은 아니란 말이요. 내가 아저씨를 도와주지는 못해도 약을 줘야 쓰겄소? 절대로 이상헌 생각은 허지도 마씨요."

"아니, 내 말은 그런 것이 아니고 쥐약 좀 사가야겄다, 이 말이여. 사람이 비어논 게 쥐새끼들 세상이 되어부렀단 마시. 하루이틀을 살아도 편헌 잠을 자야제 쥐새끼들 때문에 잠자기가 아주 곤란해, 시방. 약 한병 줘야 쓰겄네."

"쥐한테는 쥐약을 써야 헐 것인디요. 농약도 말을 들을라나?"

"밥 조금 약 조금 해서 섞어노면 즈그들이 와서 먹고는 죽을 길로 가더라고."

만수는 못 미더워하면서도 선선히 파라티온 한병을 내주었다.

"약값은 나중에 줘도 쓰겄는가?"

만수는 아저씨와 나 사이에 그럴 것 없다고 손사래를 쳤다. 말인즉 슨 고마웠다. 만수가 먼저 '아저씨와 나 사이'라는 말을 해주니 한결 마음이 편안해져서 갑생은 한가지만 더 부탁해보기로 했다.

"어이, 만수, 내가 말이여, 약값 갚을 때 같이 갚아줄 것잉게, 담배 한갑허고 술 한병만 받아주소."

"진작에 말씀허시제."

돈 부탁만 아니라면 얼마든지 들어줄 수 있다는 태도였다. 어찌되었건 옛정이 아주 없어져버린 것은 아닌 모양이었다. 소기의 목적을 충분히 달성하지는 못했어도 그래도 술 담배에 덤으로 약까지 얻은 것만으로도 어디냐, 하고 갑생은 스스로를 위로했다. 산다는 것이 늘 백프로 만족일 수는 없었다. 담배는 호주머니에 찔러넣고 한손에 약병, 한손에 술병을 든 갑생은 다시 귀갓길에 올랐다. 대로변을 지나고 들판길로 접어들었는가 싶자 어느새 산마루였다. 오는 길이 심심해서 만수가 사준 됫병짜리 소주 마개를 따서 목을 축이며 왔더니 그렇게 수월하게 온 것 같았다. 언제나 생각해도 술은 참 좋은 것이었다. 힘든 일을 할 때도 술 한모금 입에 들어가면 힘든 줄을 모르겠고, 험한 길을 가더라도 험한 줄 모르게 하는 것이 술이었다.

오늘 저녁이라도 포크레인이 들어올 수 있다더니 차마 그럴 수는 없었는가. 집에 도착해보니 포크레인은 오지 않고 대신 사람이 와 있었다. 갑생은 움찔 어디로 숨어버리고 싶었지만 술이 들어가서인지 마음과는 다르게 몸이 말을 듣지 않았다.

"간 줄 알았더니 아직 안 갔소?"

"이 집 하나 때문에 공사일정에 차질이 생기는 것은 물론이려니와 제 입장이 아주 곤란합니다, 시방."

"미안허게 됐소이다. 이리 와서 술이나 한잔 허실랍니까?"

갑생은 공사 직원과 차분하게 속에 있는 말을 하고 싶었다. 내가 안 가려고 해서 안 가는 것이 아니고 갈 곳이 없어서 못 가고 있다. 지금 이 순간에도 이사비용이라도 조달해볼까 하고 면소재지까지 갔다오는 길이지만 수월치가 않았다. 자식들 얘기는 할 것도 없다. 아들네, 딸네로 해서 천지사방을 헤매다가 왔지만 어디 한군데 늙은 자기들이 가서 살 곳이 없더라. 시간을 조금만 더 달라. 그리고 여유가 된다면 이사비 정도를 어떻게 좀 해줄 수는 없겠느냐. 공짜로 달라는 것도 아니다. 자리잡게 되고 형편 풀리면 꼭 갚아주겠다……

공사 직원은 갑생이 따라주는 술을 사양했다. 갑생은 혼자 자작을 하는 수밖에 없었다. 그럴 의도는 없었건만 술병 옆에 나란히 놓여 있는 농약병을 보고 공사 직원이 겁을 먹은 모양이었다.

"어르신 입장이 난처하다는 것은 알지만, 여러 사람 곤란하게는 마십시오."

"이것? 쥐 잡을라고 가져왔소이다. 만수라고 혹시 아요? 내가 그 집 머슴을 살었는디, 그놈 어려서 내가 업어준 정을 안 잊어불고는 술도 사주고 담배도 제일 비싼 것, 디쓰 뿌라스로다가 사주고 약을 한병 외상으로 줍디다. 인물은 좋은디 아직 장가를 못 갔어…… 한잔 안허실라요?"

공사 직원은 아무래도 농약병이 거슬리는 듯 경계를 늦추지 않는 표정이었다. 공사 직원의 그 표정이 갑생에게 그 결심을 하게 했는지도 몰랐다. 저들이 무서워하는 것은 바로 나의 죽음일 수도 있겠다는 생각이 퍼뜩 갑생의 머리를 스치고 지나갔다. 갑생은 아내를 시켜 양재기를 가져오게 했다. 그 양재기에다 술을 먼저 따랐다. 그리고 파라티온 뚜껑을 땄다.

"지금 뭐 하시는 겁니까?"

"보면 모르시요?"

"어르신이 이렇게 나온다면 할 수 없지요."

"많이도 필요없소. 한 이백이면 충분허요."

"보상금은 이미 다 지급됐습니다."

"안된다면 허는 수 없지요."

갑생은 양재기에 손가락을 넣고 휘휘 저었다.

"협박을 하시는 겁니까?"

"어쩌겠소. 이래 죽으나 저래 죽으나 죽기는 매한가질 것인디."

"그래요? 그러면 하는 수 없지요. 저는 책임 못 집니다."

공사 직원이 일어서려 했다. 다급해진 건 갑생이었다.

"이보시오, 그러지 말고 이사비 정도라도 어떻게 안되겠소?"

"이백은 곤란합니다."

"백번 양보해서 백팔십만 해주씨요."

"글쎄요, 성금이라도 모아 드릴 수 있는 방법을 건의해보기는 하지요."

역시 죽을 각오를 하면 살길이 보인다는 게 틀린 말은 아닌 성싶어 갑생의 얼굴에 잠깐 회심의 미소가 스쳤다. 때아닌 호기도 생겼다.

"고맙소. 고마운 김에 내가 술 한잔 대접해드리리다."

"술 안 먹는다고 했잖습니까."

"사람 하나 살아났는디, 기분 안 좋소?"

그제야 공사 직원의 얼굴이 밝아졌다. 일어서려는데 취기가 후끈 올라왔지만 갑생은 공사 직원을 집에서 멀지 않은 학교 앞 양조장으로 안내했다. 양조장 문은 닫혀 있었다.

"아니, 이것들이 다들 어디를 간 것이여."

"다들 떠났습니다."

"왜 떠났다요?"

"수몰이 되잖습니까. 어르신네도 이제 이사비 받게 되면 떠나셔야 합니다. 아시겠지요?"

"이런 싸가지없는 것들, 즈그만 살겠다고 내빼부러?"

갑생은 열리지 않는 양조장집 대문을 몇번 흔들어보고 발로 차기도 하다가 포기하고 휘적휘적 걷기 시작했다.

"어디로 가십니까?"

"내가 어디로 가야 허는 것이요?"

"어디로 가실 건데요?"

"……어디로 가야 허는 것이요?"

갑생은 길을 걸어가며 혼잣말처럼 물었다. 어디로 가야 허는 것이요, 어디로 가야 허는 것이요…… 공사 직원이 뒤돌아서 가버린 것도 모른 채 갑생은 인적 없는 밤길을 하염없이 갔다. 노래까지 부르며 갔다. 오늘도오 걷는다마아는 정처 없는 이 바알길…… 갑생과 함께 가는 것은 휘영청 뜬 달뿐이었다.

—『창작과비평』 2001년 봄호

나비

나 비

나비

　이사를 한 날 밤, 남편은 아직 집안이 제대로 정리되지 않은 어수선한 속인데도 술 한잔을 하자 했다. 남편은 기분이 좋으면 늘 술부터 찾았다. 태옥은 간단하게 술상을 봤다. 얼마 전 남편이 남쪽으로 출장을 갔다가 그곳에서 맛본 소주가 기가 막히다며 박스째 사가지고 온 '천년의 아침'이란 상표의 소주 한병과 구운 오징어와 저녁반찬으로 먹고 남은 도토리묵과 사과 한접시가 전부인 술상이었지만 남편은 대단한 진수성찬을 대하듯 입이 헤벌어졌다.

　"좋지?"

　"좋지 그럼."

　내 집이 생겼는데 안 좋을 리 없었다. 남편은 술 한잔을 먼저 비운 뒤 태옥에게도 한잔을 권했다.

　"피곤해."

"술 한잔 마시면 훨씬 좋아질 거야."

피곤하면 잠부터 자고 싶은 것이 태옥의 버릇이었지만 남편이 하도 기분좋은 어투로 권하는 술인지라 한잔 받아마시긴 했다. 한잔이었는데 취기가 금방 올라왔다.

"어때?"

"좋아."

태옥이 좋다고 하자 남편은 지체하지 않고 또 한잔을 내민다.

"술이란 게 말이야, 기분좋을 때 마시면 몸에도 아주 좋은 거야."

"난 그만 할래. 나 술 못하는 거 알면서 왜 자꾸 주는 거야?"

"이 집에서는 이제 정말 애 낳고 살자, 우리."

남편은 태옥이 묻는 말에 대답은 않고 딴말을 하면서 입이 헤벌어지는 것이 기분이 좋기는 좋은 모양이었다.

내 집을 장만한 후에 아이를 갖기로 약속했는데, 이제 집을 장만했으니 약속대로 아이 가질 일만 남았다는 사실이 남편은 너무도 행복한 모양이었다. 그렇게 행복해하는 남편의 잔을 태옥은 거절할 수 없었다. 그래서 또 한잔을 받아마셨다. 소주 두 잔에 나가떨어져버린 태옥의 몸 곁으로 남편의 몸이 밀착해 들어왔다. 자신의 몸이 뜨거운 게 남편의 손길 때문인지, 취기 때문인지 태옥은 분간하기 어려웠다. 남편은 태옥의 맨살을 만지는 것보다 인조견 속치마로 감싸인 몸을 만지길 즐겼다. 인조견의 매끄러운 감촉을 광적으로 좋아하는 남편에게 태옥은 처음에는 저항감을 가졌다. 태옥은 다 벗은 자신의 몸을 보여주고 싶은 욕구도 있었다. 그런데도 남편은 태옥에게 한사코 끈 달린 인조견 슬립을 입으라고 했다. 그러곤 태옥의 몸보다 그 속옷에 더 탐닉하는 것이었다. 그리하여 옷장 속에는 겉옷보다 야한 속옷들이 넘쳐났다. 남편의 성적 기호가 그러하니 할 수 없는 일이라고 포기하고 나니 이제 태옥도 남편이 속옷에 감싸인 자신의 몸을 만지는 것에 익숙하게 되었다.

술이 들어가서인지, 내 집을 장만한 흥분 때문인지 남편은 매끄러운 인조견 속옷을 입은 태옥의 몸을 신혼 첫날밤에 그랬던 것처럼 탐욕적인 눈길로 바라보았다. 그러면서 한마디 하는 걸 잊지 않았다.

"야아, 지금 입은 그거는 꼭 나를 위해 만들어진 옷 같애."

"나는 없고 옷만 있어?"

"무슨 섭섭한 소리를 해. 당신이 입으니까 옷도 빛나는 거야."

새 집으로 이사한 첫날밤의 정사는 어쨌든 뜨거웠다.

"애야, 너희 친정아버지 제사가 이번달 보름이 맞지? 내가 너희 이사한 집에도 못 가봐서 미안하다. 건 그렇고, 너 이번에 친정 가면 누에 좀 구해올 수 없겠니? 아버지 당뇨에는 누에가 그만이래다."

"누에요?"

"그래, 요새도 누에 치는 곳이 있을란가는 모르겠는데 시골 가서 혹시 구할 수 있으면 좀 구해와봐. 아 참, 그러구, 누에똥도 있으면 가져와라. 누에똥 베개가 또 고혈압에는 그만이래지 뭐니. 그럼 애써라, 끊는다. 아 참, 애, 그런데 농약 안 친 뽕 먹인 누에로다가 구해와야 한다, 알았지?"

시어머니의 전화는 늘 그렇게 일방적이었다. 인사치레건 뭐건 자신이 해야 할 말이나, 하고 싶은 말만 하고는 이쪽에서 뭐라고 대답할 기회도 주지 않고 전화를 끊는 것이다. 그뿐인가. 몸에 좋다는 것은 시골에 다 있는 줄 알고, 그래서 시골 태생의 며느리에게 그것들을 부

탁하기만 하면 다 되는 줄 아는 양반이 시어머니였다. 남편을 임신했
을 때도 한겨울에 수박이 먹고 싶다고 말만 하면 시아버지가 오밤중
이라도 나가서 수박을 구해오너라는 말을 자랑처럼 하곤 했으니 오죽
하랴. 자신이 떡 내놓아라 하면 떡이 나오고 밥 나와라 하면 밥이 나
오게 하는 도깨비방망이의 재주를 가졌다고 믿는 시어머니 앞에서 요
즘 같은 세상에 어디서 누에를 구해오느냐는 말은 차마 나오지 못했
다. 더군다나 농약 안 친 뽕 먹인 누에라니. 농약 친 뽕 먹는 누에가
이 세상에 어딨냐는 소리도 입속에서만 뱅글거렸다.

　요즘 회사 분위기도 심상치 않고 바쁘기도 하다는 핑계로 남편은
태옥 혼자 친정에 가게 했다. 남편 말에 전적으로 수긍해서가 아니라
혼자 가는 것이 자신이나 친정 사람들한테 더 편할 것 같기도 했다.
　갈수록 친정집은 적막해져가는 느낌이었다. 평소에도 그렇지만 부
모님 제사에조차도 형제들이 다 모이기가 날이 갈수록 어려워졌다.
언니와 동생은 오빠 말대로 출가외인이라 그렇다 쳐도 둘째오빠와 남
동생이 빠진 제사 분위기는 적막하다 못해 서글픈 느낌마저 들었다.
자식들이 그러한데 제사에 참석하지 않은 조카들을 탓해서 무엇 하
랴. 올해 대학입시에서 실패한 큰조카가 부모님 뵐 면목이 없다고 집
에 잘 들어오지도 않고 밖으로만 나돈다는 말을 하면서 올케는 눈물
지었다. 사실을 말하자면 이번 제사에 태옥이 참석한 것도 어쩌면 시
어머니의 부탁이 있어서였는지도 몰랐다. 물론 집을 장만하고 살 만
큼 여유가 생긴 탓도 있었다. 작년까지만 해도 부모님 제사건 명절이
건 친정집에 발걸음하기가 그리 수월치 않았던 건 사실이었다. 형제
들 오지 못한 것을 무턱대고 서운해할 수도 없는 것이 부모님 제삿날

인 줄 번연히 알면서도 오지 못하는 그 사정을 태옥이 잘 알고 있기 때문이었다. 아이가 셋이나 되는 둘째오빠는 작년에 직장에서 정리해고되었고 생활전선에 나선 올케와의 사이도 그리 좋지 않다고 했다. 서른이 넘은 막내 남동생은 주식을 하다가 그나마 벌어둔 것 몽땅 까먹고 돈도 없는 애가 강원도 정선 카지노장엘 드나든다는 소식을 들었다. 어려서부터 유독 내기놀이를 좋아하던 애였다. 형제들끼리 재미로 화투를 칠 때조차도 남동생은 유별나게 굴었다. 딴 돈을 다른 형제들은 당연히 다시 내놓곤 했는데 그애는 한번 제 것이 된 것은 절대로 내어놓지 않았고 무슨 투전판에 온 사람처럼 이마에 핏대까지 세우곤 했다. 남동생이 이혼한 사유가 그애의 노름벽 때문이라는 건 그애의 아내 된 사람이 말하지 않아도 다른 형제들이 이미 짐작하던 바였다. 막내를 생각하면 태옥은 가슴이 절로 저려왔다. 그애가 아직 초등학교에도 들어가기 전에 아버지가 돌아가셨고 그애가 겨우 초등학교 6학년이었을 때 어머니마저 돌아가셔서 부모의 정이 그리울 수도 있었다. 막내가 잘못된 생활습관을 가진 것이 마치 부모 대신 그를 돌보지 못한 자신들의 책임인 것 같아 다른 형제들도 막내를 생각하면 태옥처럼 그저 저리는 가슴을 다독이거나 어쩌다 막내 얘기가 나오면 다들 입을 다물어버리고는 했다. 막내에 대해서 무슨 얘기를 한다는 건 서로에 대해 상처를 입힐 수도 있을 터이기에.

제사를 지내고 음복까지 마치고 나니 달리 할말도 없어 오빠는 아버지 영정을 물끄러미 바라보며 담배만 피우고 올케와 태옥은 가만가만 제사 뒷정리를 했다. 정리를 다 하고 나서도 태옥이 오빠한테 무슨 말이건 붙여볼 엄두가 나지 않게 분위기가 가라앉아 있었다. 올케가 민망한 듯 텔레비전을 켰다. 텔레비전이 침묵이 주는 긴장을 어느정도 완화시켜주었다. 문득 태옥은 옛날에도 텔레비전이 있었다면 이런 경우에 참 좋았을 것이라는 생각이 들었다. 논임자가 이제 더이상 농사를 지어먹을 수 없다는 통보를 해왔을 때, 아버지와 어머니와 여섯 남매가 호롱불 아래서 무슨 말을 나눌 염도 없이 넋놓고 앉아 있던 저녁이 태옥은 아프게 떠올랐다. 하기야 전기도 들어오지 않는 집에 텔레비전이 다 무슨 소용이람. 거기에 생각이 미치자 태옥은 쿡쿡 웃음이 나왔다. 뜬금없는 웃음소리에 오빠가 태옥을 돌아보았다. 태옥은 얼른 변명처럼 웃음에 대한 해명을 했다.

"옛날 생각이 나서."

"옛날?"

오빠가 옛날? 하고 묻는 것은 그 옛날이란 것이 오빠에게는 웃을 건덕지 하나 없는 순 고통의 기억뿐인데 웬 생뚱맞을 옛날이라니? 하는 뜻이리라.

"생각하면 좋을 것 하나 없는 옛날이래도 난 이제 와 생각해보면 가끔 웃음도 나오고 그러더라구."

"야야, 옛날 얘기는 하지도 마라. 옛날은 무슨……"

오빠의 태도에 태옥이 무안해할까봐 그랬는지 올케가 뒷수습 투로 거들어준다.

"애기씨 맘 나는 이해하겠네. 옛날 생각하며 웃는 거 보니 애기씨도 이제 서울사람 다 됐나봐요. 테레비에도 나왔잖아, 그때를 아십니까 라던가? 도시사람들 옛날하고 시골 되게 좋아하더라구. 내 생각하기에 도시사람들이 왜 그런고 하니 고향이 그리워서 그런 거 같애. 앞집 며느리도 그런 말 하더라구. 자기는 도시내기여도 시골 되게 좋아하는데, 요즘 시골이 옛날 시골 같지 않아서 싫다구. 자기는 아궁이에 불때고 싶은 게 소원인데 도시하고 똑같은 입식부엌이래서 서운하다구. 그래서는 자기 시아버지한테 불때는 아궁이 하나 만들어달라구 때를 썼다네, 호호."

"지랄하네."

웬만해서는 험한 말을 입에 올리지 않는 오빠의 거친 한마디에 올케가 그만 움찔 웃음을 거두고 말았다. 더이상 옛날 얘기는 할 것도 없었다. 아니, 해서는 안될 것 같았다. 아무 말도 안하고 텔레비전만 보고 있기는 여전히 민망한 노릇이어서 자연스레 태옥은 시어머니가 부탁한 누에 얘기를 꺼낼 수밖에 없었다. 날 밝으면 또 오빠는 하우스 일 보랴, 요즘 맡고 있는 마을 이장일 보랴, 바쁠 것이었다.

"오빠, 저기요, 혹시, 어디서 누에 좀 구해볼 수 없을까?"

오빠가 웬 뜬금없는 누에냐? 하는 투로 태옥을 건너다본다.

"저기, 그러니까 우리 시아버지가 오래 전부터 당뇨가 좀 있으시거든. 당뇨 있는 사람들이 또 고혈압도 있다네? 그런데 누에가 당뇨나 고혈압에 좋다고 우리 시어머니가 어디서 좀 구했으면 하더라구. 그런데 우리 시어머니 사람 웃기는 재주는 또 비상해. 세상에, 나한테 누에 구해오라시며 하시는 말씀이, 농약 안 친 뽕 먹인 누에여야 한대. 그렇게 무식해도 또 시아버지한테건 아들들한테건 여왕대접을 받고 살아요, 내 참."

"애기씨, 그런 사람들보고 뭐라 그러는 줄 알아요? 공주병……"

올케가 또 아차, 싶은지 오빠 눈치를 살폈다.

"태옥이 너, 어디 가서든 시어른들 말 막하고 그러지 마라. 그게 어디서 배워먹은 버릇이냐. 당신도 마찬가지야. 어디 할말이 없어서 어른들 흉을 보고 다니냐. 도시사람이라면 응당 누에에 대해서 아는 바가 없어 한 소리를 가지고."

"오빠느은, 친정이나 되니까 내가……"

태옥은 그만 눈물이 핑 돈다. 오빠가 태옥의 눈물을 무마하려고 그랬는지 얼른 운을 뗐다.

"울 것까지는 없고. 그래, 누에가 얼마나 필요하시다더냐. 요새 누에금이 좀 비싸다고는 하더라."

"누에 키우는 데가 있긴 있어?"

"누에 찾는 사람이 너희 시어른들뿐인 줄 아냐?"

그러면서 오빠가 어딘가로 전화를 걸었다.

"건호냐? 나다. 응, 태옥이가 왔어. 오늘이 제사잖냐. 응, 아니 괜찮아. 뭘 또 그러냐? 응, 어쨌든 내일 태옥이 데리고 가마. 응, 끊는다."

"건호 오빠야?"

"응, 그 집에서 누에농사 짓잖냐."

"원래부터 그 집 뽕밭 많은 건 알지만 세상에, 아직도 누에농사 짓는 집이 있긴 있었구나. 누에 말 나오니까 생각나네. 나 자꾸 옛날 말해서 안됐지만 옛날에 우리 누에 엄청 키웠잖어, 오빠. 에구, 징그러워."

"누에, 징그럽지요?"

태옥의 말을 이해 못한 올케가 단지 누에의 형상을 징그럽다는 줄 알고 한 말이었다.

"니가 누에 말할 때부터 나는 징그러웠던 참이다."

"세상에, 남자도 누에 징그러워한다요?"

속 모르는 올케 말에 오빠와 태옥이 마주보고 웃을 수밖에 없었다. 웃을 수밖에. 울지 못해서 그냥 웃을 수밖에. 왜 아니겠는가. 그놈의 누에만 바라보고 인생을 설계하던 오빠였는데. 그런 속내를 모르는 올케는 그저 세상에나, 소리를 연발한다. 뱀도 잡는 양반이 누에 보고 징그럽다고 하네, 세상에나!

방안에 소독을 해서 온 집안 식구들 눈에 눈물이 질척거린다. 눈물 질척거리는 게 어디 소독을 해서뿐인가. 아버지가 또 객지로 돈을 벌러 나가야 할 날이 바로 내일이었다. 식구들은 낮에 누에섶 씻느라고 몸이 물에 젖은 솜같이 피곤한데도 눈과 코에 달라붙는 소독약 때문에도 편한 잠을 못 이루고 있을뿐더러 특히 어머니는 또 한번의 아버지와의 이별이 코앞에 닥쳐오니 숫제 잠잘 생각은 하지 않고 초저녁부터 마루 끝에 나앉아 있었다.

태숙, 태옥, 태란은 숨을 죽이고 작은방에 한무더기로 누워서 두 눈을 깜빡이며 잠 오기만 기다리고 있다. 손도 퉁퉁 불어터졌다. 누에섶 씻으면서 지난 겨울 내내 엉겨붙어 있던 손등의 때가 알맞게 불어서 조약돌로 쓱쓱 밀었더니 깨끗해지긴 했는데 마르고 나니 손은 마치 소처녑처럼 되었다. 그래도 보송보송한 느낌이 참 좋기는 했다. 태숙이 제 친구한테서 얻어온 구리무를 발랐더니 향긋한 화장내가 코끝을 간질이는 느낌도 좋았다. 방안에 소독을 해서 집안 구석구석에 있던 벌레들이 다 기어나와 죽어 있었다. 그중에는 작년에 누에가 기어들어가서 고치집을 지었다가 그곳에서 부화된 흰나비들도 있었다. 그것들은 보통 나비들보다 굵었다.

이제 얼마 있으면 어머니는 잠업시험소에서 나온 누에씨를 받아올 거였다.

"올해는 몇깍쟁이나 받을란가?"

아버지는 눈이 매워서인지 마을회관에 가 잘 모양이었다. 아버지가 회관에 갈 요량으로 마루에 나가 신발을 신으며 어머니한테 물었다. 아버지와의 마지막 밤인데도 아버지가 집에서 자지 않고 회관으로 가는 게 못내 불만인 것이 틀림없는 목소리로 어머니가 받았다.

"깍쟁이는 무슨, 올해는 장으로 받을라요."

"갈수록 고치수매금도 싸지고 있다등만은. 그러고 뽕도 없잖여."

"모지래면 사다 쓰제 머."

"작년에도 맥없이 욕심부렸다가 그 욕을 보고 또?"

"고생 안허고 뭔 일이 된다요?"

아버지는 자신도 없는데 어머니 혼자 깍쟁이도 아닌 장으로 받아 누에를 키우겠다고 하니 걱정이 되는 모양이었다. 아버지는 남의 논 소작으로 부치느니, 차라리 객지 나가 돈을 벌어와서 논을 사겠다고 했다. 더군다나 올 일년만 넘어가면 큰아들 태영이 대학에 가야 했다. 둘째 태석이 중학교 졸업반이고 셋째 태숙은 만약에 집안 형편이 되어주기만 하면 내년에는 저도 중학교에 가고 싶은 눈치였다. 학교에서 진학희망자 조사용지를 가져와 어머니 아버지한테 말도 안하고 본인이 서명하여 보호자 도장란에 아버지 도장을 몰래 훔쳐다가 찍는 것을 태옥이 보았다. 태숙은 아무에게도 말하지 말라고 태옥에게 단단히 주의를 주었다. 태숙은 얼마 전에도 집에서 달걀을 훔쳐내다가 태옥에게 들킨 적이 있었다. 신학기가 시작되어 필요한 학용품값을 조달하려고 그랬다지만, 훔쳐낸 달걀은 공책이나 연필을 사고도 남을 양이었다. 나중에 쌀이 담긴 박바가지에 모아둔 달걀이 감쪽같이 없어진 것을 안 어머니가 태숙과 태옥을 번갈아 노려보았다. 당사자인 태숙은 말을 못하고 우물거리는데, 대뜸 태옥이 나섰다.

"오빠들도 있고 태란이도 있는디 어째 우리만 갖고 난리단가?"

"도독질헐 사람이 느그배끼는 없다!"

"혹시 모르제. 구랭이가 다 묵어부렀는지도. 구랭이뿐이간디, 쥐새끼도 있제."

태옥은 입을 야물딱지게 옹그리고 어머니한테 반박했다. 그렇게 하는 것은 태숙이 훔쳐낸 달걀을 팔아 공책 사고 연필 사고 남은 돈을 입막음용으로 태옥에게 뇌물 먹인 것에 대한 의리였다.

감자씨 넣고 동부씨 넣고 집안 소독도 해놓고 누에섶, 누에채반도 다 씻어놓고 나서 아버지는 마을 청년 두 명과 함께 여수로 떠났다. 바다를 메워 공장을 짓는 곳에 노무자로 간 것이다. 아버지가 그렇게 객지로 나가 돈을 벌지 않으면 논이 없는 아버지로서는 큰아들 대학 공부 시킬 여력이 없는 형편이었다. 지금 태영이 고등학교에 다닐 수 있는 것도 실은 아버지가 재작년까지 서울로 인천으로 떠돌며 벌어온 돈 때문에 가능한 일이었다. 처음 아버지가 객지로 나간 동기는 논 살 돈을 벌기 위해서였다. 그러나 아버지가 논 살 돈 벌려고 객지를 떠도는 동안 자식들이 커버렸다. 논 살 돈이 자식들 학비로 들어갔고 이제 또 아버지는 고향에서 살고 싶은 이녁 의지와는 상관없이 식구들을 놓아두고 혼자, 맨주먹으로 자식 학비 벌려고 집을 나선 것이다.

아버지 없는 집안에 어머니와 여섯 명의 자식들이 남았다. 아버지가 집에 없는 것이 오히려 정상인 듯, 아버지 없는 생활이 다시 시작된 것이다. 아버지가 해야 할 일을 어머니와 여섯 자식들이 해야 했지만 어머니는 언제부턴가 아들들에게는 일을 시키지 않았다. 위의 두 오빠들은 공부해야 된다고 일을 시키지 않았고 남동생은 또 막내라서 어리다고 그랬다. 죽어나는 건 가운데 있는 딸들이었다. 살구나무에 살구가 조롱조롱 열리고 보리밭에 보리가 막 영글어갈 즈음, 동네에 봄누에씨가 당도했다. 마을회관에 높이 달아맨 스피커가 직직거리면서 누에씨 받으러 오라는 방송을 했다. 어머니는 감자밭에 북을 주다 말고 쓰고 있던 머릿수건으로 몸에 묻은 먼지를 탈탈 털어내고 손을 정갈히 씻은 뒤 회관으로 갔다.

어머니가 받아온 누에씨는 채송화 씨앗처럼 까맣고 윤이 난다.

"아이갸."

어머니는 닭날개 깃털로 누에씨를 살살 쓸어주며 오져죽겠다는 듯이 감탄사를 연발한다.

"어매는 뭣이 그렇게도 좋은가?"

태옥이 물으니,

"이것이 인자 느그 오빠 대핵교 학자금이여. 느그 아부지가 번 것으로는 논을 사고 나는 누에 키워서 느그 오빠들 대핵교까지 갈칠란다."

"우리는?"

세 계집애들이 입이 뾰로통 나와서 볼멘소리를 하자,

"느그 오빠들만 잘되야봐라. 느그들 인생사는 자동으로 펴질 것인게."

"어째 오빠 인생이 우리 인생이대?"

태옥의 삐죽이는 소리를 더는 들을 것도 없다는 듯이 어머니는 누에씨만 바라보며 연신 흡족한 웃음을 흘리는 것이었다. 작은오빠는 학교에 남아 공부하느라고 저녁참이 되어서야 자전거를 타고 집으로 왔다. 큰오빠는 읍내에서 막차를 타고 온다. 아직 초등학생인 6학년 태숙과 5학년 태옥은 집에 가봤자 일만 기다린다는 것을 알고 있으므로 하교길에 한정없이 해찰을 했다. 태숙과 태옥은 연년생이라 마치 친구 같기도 하다. 수업이 먼저 끝난 3학년 태란이 학교 앞 정미소에서 또 한정없이 두 언니들을 기다렸다. 저도 집에 가봤자 일만 하게 될 것임을 알고 있어서라기보다는 언니들한테 붙으면 저한테도 뭔가 부스러기가 떨어질 것이라고 기대해서가 분명했다. 태란이 기다리고 있을 것을 뻔히 아는 태숙이 교문 뒤에 숨어서 태옥에게 태란을 먼저 집으로 돌려보내라고 속닥거렸다.

"저 가시내, 오늘도 우리 기다리고 있는갑서야. 니가 가서 존 말로 집에 가라고 해라이."

태란이 있으면 자기 몫이 그만큼 줄어들 것을 알고 있는 태옥은 태란에게 다가갔다. 태숙이 분명 좋은 말로 보내라고 했는데도 태옥은 태란 곁에 가까이 가면 저도 모르게 신경질이 솟구쳤다.

"야, 가시내야, 뭐 얻어묵을 것 있다고 기달리냐?"

"행이, 언니이."

속없는 태란이 언니 태옥을 보자 아양을 떤다.

"존 말로 헐 때 얼릉 가야."

"나보고만 뿡 따라고?"

"누가 너보고 뿡 따래냐? 뿡은 우리가 딸 텡게 너는 가서 돼지 밥이나 주고 요강이나 시쳐봐."

"언니들은?"

"우리는 학교 남아서 헐 일이 있어."

"피이, 그짓말."

"존 말로 헐 때 가라고 혔다아!"

"언니들은 순 노랭이 깡패들, 나쁜년들, 도독년들…… 아아앙."

태란은 막무가내였다. 신작로 가 미루나무를 붙잡고 대성통곡을 했다. 태옥이 울지 말라고 달래고 얼러보다가 그래도 태란이 울음을 그치지 않자 한대 쥐어박았다. 그제야 태숙이 슬그머니 나타났다.

"존 말로 하랑게 왜 애기를 때리냐?"

"이년이 말을 안 듣고 우리를 순 노랭이 깡패람시로 욕을 허잖아. 우리허고 나이 차이도 허벌나게 많이 나는 년이."

그래도 태숙은 맏딸답게 태란을 점잖게 달랬다.

"태란아, 언니가 뭣 사주까? 꽈배기 사주까? 아님, 풍선껌 사주까?"

태란이 눈에 눈물을 달면서도 입가에는 웃음이 살포시 묻어난다. 달걀 팔아 생긴 태숙의 비자금이 점점 바닥나고 있었다. 세 자매가 책보를 끌러 미루나무 밑에 부려두고 돈이 얼마나 남았나 셈을 해보았다. 백육십원이 남아 있었다. 백육십원이면 한사람의 기성회비 값이다. 어머니는 오빠들이 돈 달라 하면 그 즉시로 돈을 꺼내면서도 딸들이 돈 달라는 소리는 뉘 집 개가 짖냐, 식으로 듣는 시늉도 안하고 일부러 먼산바라기를 했다. 그리하여 세 딸은 기성회비를 제때 내본 적이 한번도 없었다. 돈을 다시 헝겊쪼가리에 잘 싸서 태숙의 골마리 속에 갈무리해두고 나서 세 자매는 풍선껌을 불어대며 집으로 가는 신작로를 의좋게 걸어갔다. 세 자매가 가는 그 길로 막걸리를 실은 딸딸이가 퉁퉁거리며 지나갔다. 먼지를 부옇게 일으키며 버스가 굼실굼실 먼데 모퉁잇길을 돌아서 이쪽으로 오고 있으면 바람의 방향에 따라서 먼지가 어느 쪽으로 날아가는지 알 수가 있었다. 그러면 먼지 안 나는 쪽으로 세 자매가 똑같이 옮겨서 걸어갔다. 우편 집배원이 지나가다가 멈춰서서 세 자매가 사는 동네에 온 편지와 신문을 맡겼다. 그 편지와 신문을 살펴보다가 오빠 정태영에게 온 편지를 발견했다.

"아이갸."

태숙이 눈을 반짝 빛내며 어머니처럼, 아이갸, 했다. 성질 급한 태옥이 태숙에게서 얼른 편지를 빼앗았다.

"양정금이한테서 온 것이그만."

눈도 하나 깜짝 안하고 태옥이 편지를 뜯었다. 양정금은 작년에 태옥이 사는 마을에서 떠난 우물갓집 큰딸이다. 다른 여자애들은 초등학교만 마치고 서울로, 부산으로 돈벌러 갔는데 정금은 그래도 이곳에서 중학까지는 마쳤다. 그런데 정금의 아버지가 남의 빚보증을 잘못 서서 집안이 쫄딱 망해먹고 야반도주를 하다시피 고향을 떠났다. 아버지와 정금의 아버지가 동네에서 가장 친하게 지내서였는지 정금은 태옥의 집을 이녁 집처럼 편하게 드나들었다. 정금은 큰오빠와 나이가 같은 동네 유일한 처녀였다. 태옥이 소리내어 편지를 읽었다.

"보고픈 친구에게. 고향 떠난 지 일년이 넘어가는 이때사 펜을 들어 몇자 적어보네. 늦었다 허물 말고 읽어주소. 꿀꺽."

태옥은 저절로 입에 고인 침을 삼켰다. 태숙이 태옥에게서 편지를 뺏었다.

"오빠헌티 온 편지여. 읽지 마라."

"치이, 저도 궁금함서 그래."

"궁금해도 오빠 편지여."

"도로 붙여노면 되제."

"우리 선생님이 나쁜 짓 허는 것보다 나쁜 짓 감추는 것이 더 나쁘댔어야."

사뭇 공자님처럼 근엄한 표정으로 태숙이 편지를 수습하여 책보 속에 찔러넣었다.

어머니는 새치름히 들어서는 세 딸을 도마에 뽕을 썰다 말고 앵글아 보았다. 태숙이 어머니한테 편지를 내밀었다.

“뭣이여?”

“오빠 편지여.”

“느그들이 뜯어봤냐?”

“태옥이가.”

“넘의 편지를 왜 뜯어봐.”

그러면서도 어머니는 이미 개봉된 편지를 쑥 빼들었다.

“오살.”

어머니는 먼저 욕부터 한마디 뱉어내고서 타령조로 편지를 읽기 시작했다.

“고향 떠나 우리 식구는 서울로는 못 들어가고 서울 근처 남양주군에 정착을 하게 되었다네. 오살, 서울로 간다더니, 서울로는 못 갔그만. 어디 보자⋯⋯ 그래설라무네, 아버지께서 드디어 취직이 확정되야 우리집은 이제야 겨우 웃음꽃 피우고 살게 되었어. 비스꼬스라는 섬유를 만들어내는 회사야. 즈그 아부지가 취직이 되얐단다. 뭔 비스깨뜨 공장이라네? 과자공장인가? 하여간 잘되얐네. 어디 보자, 그래설라무네, 어머니께서도 일을 그만두시고 집에서 살림만 하시게 되어 훨씬 안정이 깃들이게 되었다네⋯⋯ 그 이편네, 팔자 늘어졌네⋯⋯ 어디 보자⋯⋯ 자네는 어떻게 허고 산가. 한번 보고 싶네. 뭣이여? 이것이 뭔 말이여? 가시내가 머시매헌티 핀지 씀서 별말을 다 써놨네 그랴.”

참다 못한 태옥이 버럭 비명을 질렀다.

“어매 소리는 좀 빼. 그 언니 소리만 내란 말이여.”

“뭣이여? 느그들 시방 내 옆에서 뭣 허고 있냐? 어매 핀지 다 읽고 밭에 가야 허는디 태숙이는 밥헐 생각도 안허고 태옥이는 이슬 내리기 전에 뽕 좀 더 따와야 허고 태란이는 짐승들 밥 주잖고서."

어머니의 엄명에 따라 각자에게 주어진 일거리가 있는 곳으로 세 자매는 쫓기는 병아리들처럼 흩어졌다.

"오빠, 혹시 정금이 언니라고 기억나요?"

"누구? 정금이?"

"응, 오빠 동창. 왜 옛날에 우물갓집에 살다 서울로 이사간 집 딸 말이야."

"정금이는 왜?"

오빠 태영은 짐짓 태연하게 물었다.

"아, 아니야, 그냥 생각나서."

"실없기는."

태영이 운전하는 타이탄트럭을 타고 누에를 구하러 가는 길이다. 국도를 한참 달리다가 시멘트로 포장된 농로에 접어들었다. 길이 낯익다.

"이곳은 오빠 친구 건호 오빠네 동네잖아."

건호는 태영과 절친한 사이였다. 누에가 세벌잠을 자고 나면 뽕을 엄청나게 먹어댔다. 당연히 뽕이 부족했다. 어머니가 이녁 집 뽕밭에 비해 누에 욕심을 더 부린 데 원인이 있었다. 뽕이 부족해 누에농사를 망치면 오빠 인생도 어떻게 될지 모를 형편임을 잘 알고 있던 오빠가 친구 건호에게 부탁을 한 모양이었다. 건호네는 뽕밭이 넉넉하여 오히려 뽕이 남아돈다고 했다. 아침부터 온 식구가 뽕을 따러 이 동네로 온 적이 있었다. 봄누에 뽕은 가지째 쳐다가 리어카에 싣고 와서 온 식구들이 밤새 뽕줄기를 훑어야 했다. 세벌잠 잔 누에의 식욕은 정말 상상을 초월할 만큼 왕성했다. 뽕을 줄기째 얹어주면 누에들은 그 줄기만 남겨두고 뽕잎을 모조리 갉아먹었다. 며칠 동안 쉬지 않고 뽕잎을 먹고 난 누에들 몸이 어쩐지 굼뜨다 싶을 때쯤 통통하게 살찐 누에들의 몸빛깔이 투명한 노란색을 띠기 시작하면서 몸을 오그리면 이제부터는 뽕따기의 고역으로부터 벗어날 때가 되었다는 신호였다. 새 채반에 신문지를 깔고 짚으로 짠 누에섶을 올린 뒤 누에섶 골골마다 누렇게 익은 누에들을 한움큼씩 골고루 뿌려주면 섶 사이사이로 누에들이 기어들어가 고치를 짓기 시작했다. 그때쯤 되면 마당 구석에는 누에똥이 산만큼 수북이 쌓이게 마련이었다. 비라도 오는 날이면 누에똥과 누에 송장과 뽕잎 줄기가 함께 썩어들어가는 냄새가 온 집안 가득 진동했다. 아무리 썩는 냄새가 진동해도 방안에 들어가면 흰누에고치들이 눈부셔서 절로 입이 벙글어지곤 했다. 그러나 뽕이 부족하면, 배가 고프면 누에들은 고치 지을 염은 죽어도 하지 않고 그냥 늙어만 갈 뿐이다. 그러니 세벌잠 자고 난 누에에게 먹일 뽕이 없으면 온 집안에 근심이 드리워졌다. 다 된 누에가 밥을 못 먹어 고치를 못 짓고 애벌레인 채로 늙어가는 모습을 바라보기란 차마 눈뜨고는 못 볼 형상이었다. 다른 식구들이 그랬으니 그 누에농사의 성공 여부가 곧 자신의 진학문제와 결부되어 있는 큰오빠임에랴. 그렇게 친구에게 뽕부탁을 다 했을 것이다.

"정금이가 오빠 친구랑 결혼해서 지금 저기서 살고 있다는 거는 너도 알고 있지?"

"정말? 정금 언니가 건호 오빠랑 결혼했어?"

태옥은 건호가 결혼했다는 소식은 들었지만 정금과 결혼한 줄은 정말 까맣게 모르고 있었다.

"그래, 정금이 고향 떠나고 나서 많이 외로웠나보더라. 그래서 고향 친구들한테 편지를 썼는데 끝까지 답장해준 사람이 건호였대. 계속 편지 주고받다가 결혼까지 골인한 거지."

"맙소사!"

"뭐가 맙소사야, 인마?"

"아, 아니야."

어머니는 정금에게서 온 편지를 어떻게 했을까. 그 편지가 온 다음 날이었던가. 어머니가 부엌 아궁이 속으로 뭔가를 휙 던져넣는 것 같았다.

"그것이 뭣이단가?"

그때만 해도 궁금한 건 못 참는 성질을 가졌던 태옥이 물었다.

"뭣이긴 뭣이여, 검부락지지."

그러나 불속에서 타들어가는 것은 검불이 아닌 듯했다. 그러나 딱히 무엇인지도 분간이 되지 않았다. 그리고 태옥에게 또하나의 비밀이 있었다.

봄누에를 수매하고 나서 한여름 지나면 막바로 가을누에가 들어왔다. 이제 봄누에 수매한 것과 가을누에 수매한 것을 합하면 큰오빠 태영이 대학에 진학할 수 있는 금전적 준비는 완료되는 셈이었다. 아버지가 이번에 여수 공장 짓는 데로 떠난 것은 아버지의 마지막 객지살이가 될 것이었다. 이제 아버지는 더이상 객지살이를 해도 좋을 만한 나이가 아니었다. 그러니 이번만큼은 어떡하든 큰아들 대학진학 학자금을 누에농사 지은 것으로 하고 아버지가 번 돈으로는 논을 사야 했다. 이번 기회를 놓치면 아버지로서는 평생 소원이던 논을 영영 가질 수 없게 될지도 모른다. 그리고 논이 있어야 나머지 자식들을 안정적으로 교육시킬 수 있는 기반이 마련되는 것이었다. 생활비서껀 자식들의 학비문제도 급했지만 농군으로서의 꿈이 더 강했던 아버지는 여수에서 노무자로 일해서 번 돈을 그리 쉽게 내놓을 처지가 아니었다. 평생을 남의 논만 부치다가 이제 번듯한 논을 살 수 있는 가능성을 눈앞에 둔 아버지는 휴무일에도 자진해서 특근을 하느라고 집에 올 수 없었다. 어머니는 어머니대로 산밭에 심은 서숙과 감자로 끼니를 때우는 한이 있어도 누에 쳐서 아들들 대학까지 보낼 야심찬 계획을 세워놓고 있는 터라 세 딸들은 부모가 자기들한테 관심 기울여주지 않는 욕구불만을 달걀 훔쳐내어 군것질하는 걸로 달래던 나날이었다. 달걀이 없어질 때마다 어머니는 "이녀러 인쥐들!" 하고 말 뿐, 매를 든다거나 험한 욕을 하지는 않았다. 매를 들지 않고 욕을 하지 않는 대신 혹독하게 일을 시켰다. 그것이 어머니가 달걀 훔쳐낸 딸들에게 내리는 체벌이었다. 그러나 집에 돈이 귀해지자 어머니는 씨암탉을 시장에 내다 팔아버렸다. 세 딸들의 돈줄이 딱 막혀버린 것이다. 순식간에 세상 사는 재미가 없어져버린 듯했다. 이제 태숙에게 붙어봤자 나올 것이 아무것도 없음을 안 태옥과 태란은 그저 학교 끝나면 배가 고파서라도 집으로 직행할 수밖에 없었다. 길에서 노닥거려봤자 나오는 것도 없으면서 집에 오면 어머니한테 싫은 소리만 듣게 될 것이 뻔했다. 그렇게 일찍 집에 와서 책보자기 던져두고 시커먼 정재로 가 부뚜막에 앉아 식은밥에 물을 말아먹고 나오는 참인데 우편 집배원이, 편지요, 하고 양철사립문 안으로 편지봉투를 휙 던져놓고 간다. 태란은 어머니 따라 뽕 따러 가고 태숙과 두 오빠들도 아직 학교에서 오지 않았다. 직감적으로 정금에게서 오빠한테 온 편지라는 게 느껴지자 태옥은 가슴이 쿵쾅거렸다. 편지를 들고 냅다 뒤껼으로 달려갔다.

"보고픈 친구에게. 편지를 보냈는데도 일자 소식을 주지 않는 무정한 그대를 생각하며 나는 또 펜을 들었네. 보고픈 그대, 나는 이제 곧 서울로 가게 될지도 모른다네. 부모님의 권유가 있었지만, 한 집안의 장녀로서의 책임감이 있는 사람으로서 나는 서울로 갈 거라네. 서울 가면 구로공단에 취업해서 가정경제에 보탬이 되려고 해. 그대는 대학교에 진학을 하는가? 남자니까 아마 그럴 테지. 정남이한테 진학의 길을 열어주자면 내가 취업전선으로 나가야만 한다네. 다 큰 딸을 내보내기 두려워하는 것이 세상 부모들의 한결같은 마음인지라, 나도 그동안 집안살림만 해오던 참이긴 하지만 그래도 장녀라는 책임이 있다는 것을 잘 알고 있다네. 우리집 형편은 많이 피진 못했어. 아버지께서 직장을 잡으실 때 빚을 내서 돈을 좀 대셨거든. 직장 문턱이란게 좀 높잖아. 중풍이 걸리는 회사라는 소문도 있지만 이 회사 들어오려는 사람들이 줄을 서 있대. 이 회사 들어오지 못한 사람들이 퍼뜨린 헛소문 덕에 그래도 아버지께서 이마만한 직장을 수월히 잡으신 게 천만다행이지. 아버지께서 내가 보고픈 친구에게 편지를 쓰려니까 자네 아버지에게 아버지의 소식을 전해주라는 부탁을 하셨네. 아버지께서는 자네 아버지가 이곳으로 오기만 하면 언제든지 취업의 길을 모색해보겠다고 말씀하셨어. 지금 집안은 다 무고하신가도 묻고 계시네. 무소식이 희소식이라지만 그래도 그대에게선 왜 이다지도 일자 무소식인지. 건호랑 찬수랑 점례한테서는 소식이 왔더군. 어젯밤에는 고향산천이 파노라마처럼 꿈에 나타났다오. 소식을 기다리며……1973년 9월 열이렛날, 정금 씀."

봉투 겉면의 주소는 경기도 남양주군 구리면 도농리 72번지로 되어 있었다.

편지를 다 읽고 나서 태옥은 좀 허망한 기분이 들었다. 기대한 만큼 별 재미가 없는 내용 때문이었다. 어쨌거나 남의 편지를 뜯어본 죄책감으로 편지를 호주머니에 구겨넣고 슬그머니 앞마당 쪽으로 나오는데 어머니와 태란이 울면서 집으로 들어섰다.

"아이구, 이런 망할 이핀네."

어머니가 마루에 주저앉아 탄식했다. 태란이 태옥에게 와락 무너지면서 입으로는 이르듯이 쫑알거린다.

"경자 엄매가 어매보고 도독년이래. 눈깔을 빼서 우렁장을 해묵어분디야."

"어째서야!"

"즈그 집 뽕을 어매가 따갔다고 억지소리 험시로."

"어매가 참말로 경자네 뽕 땄소야!"

"저년이 정신이 돌아부렀는가비. 워어리, 저년 저 억지소리 허는 년 가서 콱 물어부라."

어머니의 악 받치는 소리가 태옥의 귀에 아직도 선하다. 태옥이 그날, 호주머니에 쑤셔넣었던 정금에게서 온 편지는 어떻게 됐을까. 아버지는 어머니가 그 수모를 당한 것이 필시 집안에 남편이 없어서인 게라고 단정짓고는 여수생활을 정리하고 집으로 돌아와버렸다. 돌아와서는 경자 엄마한테 가서 아버지 특유의 점잖은 말로 따졌다. 경자 엄마는 단박에 눈을 내리깔고 아버지 앞에 백배사죄했다. 그러나 아버지가 돌아온 것까지는 좋았지만 집안에는 여전히 돈이 없었다. 이제 집안에서 돈 나올 구멍은 가을누에 수매대금뿐이었다. 아버지가 돌아와서 좋은 건 무엇보다 세 딸들이었다. 아버지가 돌아오자 어머니는 세 딸들에게 퍽 온순해졌고 세 딸들이 해야 할 일도 훨씬 줄어들었다. 봄누에 때와 마찬가지로 가을누에 때도 뽕이 좀 모자랐다. 가을누에가 봄누에보다 뽕을 훨씬 덜 먹는데도 그랬다. 이번에도 아버지는 모자라는 뽕을 따러 아들 친구 건호네로 갔다. 뽕을 따다가 땅벌에 쏘였다고 했다. 땅벌에 쏘인 아버지는 꾹꾹 눌러담은 부대를 리어카에 싣고 어두운 밤길을 오다가 리어카와 함께 언덕 아래로 굴렀다. 정말로 어이없는 죽음이 아버지를 덮친 것이다. 그해 가을누에 농사는 그걸로 끝이었다. 꿈이요 희망이던 누에치기는 이제 아버지를 죽음으로 내몬 원수가 되었다. 꼭 그렇지 않았다 하더라도 그해 가을누에 수매금은 아주 형편없었다. 서울 근방에 인조견 공장이 생겨서 이런 생사는 점점 전망이 없어질 거라고 동네사람들이 말했다. 아버지의 장례를 치르고 나서 어머니는 뽕나무밭의 뽕나무를 전부 캐내버렸다. 당연히 오빠는 대학진학을 포기하고 고향집에 눌러앉았다. 아버지 없이 산 세월이 너무 한스러워서였을까. 어머니는 당신이 죽으면 아버지랑 한정없이 같이 있을 수 있어 좋을 거라는 소리를 버릇처럼 뇌더니 말이 씨가 되었는지, 오빠가 결혼하고 얼마 안되어 세상을 떠났다. 뇌종양을 앓았는데 아주 많이 힘들어하다가 막상 임종시엔 아버지 옆으로 간다는 생각 때문이었는지 편안한 얼굴이었다. 오빠는 펜팔을 통해 사귄 지금의 올케와 결혼했다. 그런데 정금에게서 온 그 편지를 어떻게 했을까. 태옥은 암만해도 그 편지의 행방이 떠오르지 않는다. 혹시 그 편지들이, 어머니가 처리한 편지와 태옥이 잃어버린 편지가 모두 오빠에게 전달되었다면 오빠는 군이 펜팔을 할 것도 없이 정금과 계속 편지를 주고받다가 결혼을 했을지도 모를 일이었다. 건호와 정금이 결혼할 수 있었던 게 단지 편지 때문이었다면, 그러면 오빠에게도 정금과 결혼할 수 있는 가능성은 있었던 것이 아닌가. 그러나 이제 와서 오빠가 정금과 결혼하지 않았대서 불행하다고 할 것은 없었다. 오빠와 올케는 다른 형제들보다 부부 사이가 그다지 나빠 보이지는 않았다. 그러면 된 것 아닌가. 태옥은 그만 편지 생각은 거두기로 했다. 대신 오빠하고 단둘이 있을 때, 그 얘기는 하고 싶었다.

"오빠!"

"말해."

"엄마가 오빠들이랑 우리 딸들 차별대우했다는 거 알어?"

"후후, 그랬냐?"

"오빠는 한번도 달걀 주고 공책 사본 적 없지?"

"공책을 왜 돈 주고 사지 달걀을 주고 사냐, 인마. 아, 말은 들은 적 있다."

"세상이 이래요, 정말. 세상 불공평하다는 게 이럴 때 나타난다니까. 오빠들이 돈 내고 공책 살 때 태숙 언니랑 나랑 태란이는 달걀, 그것도 훔쳐낸 달걀 가지고 공책 사고 연필 샀어. 물론 남은 걸로 사탕이나 과자를 사먹기도 했지만 말야."

"봐라, 인마. 그래도 너희들이 그 고생을 한 보람이 있어 오빠들보다 지금은 더 잘살고들 있잖냐."

오빠를 비난하려고 옛날 얘기를 꺼낸 것도 아닌데 오빠는 자꾸 지나간 얘기는 하고 싶어하지 않는 듯해 태옥도 그만 입을 다물고 말았다. 하기야 오빠로서도 자신들과 여동생들이 어머니한테 다른 대접을 받았다는 사실이 그리 기분좋은 추억일 수만은 없을 터였다.

정금은 사십대 후반의 평범한 농촌 아낙네 모습 그대로였다. 오빠를 대하는 품도 스스럼없는 동기동창생이었다. 오빠 친구 건호도 건

실한 농군의 모습이었다. 정금이 태옥에게 웃으며 말했다.

"이 누에가 우리집 소자여, 소자."

논농사는 지어봤자 빚만 지는데 누에농사는 그렇지 않다고 했다. 태영이 차를 가지고 온 것을 번연히 알면서도 건호가 술 한병을 꺼내 들고 와 평상에 앉았다. 태옥에게도 한잔 할 것을 권했지만 술을 잘 못할뿐더러, 술이 좀 징그러운 술이어서 단호히 사양했다. 누에술이 었는데 예전엔 손에 쥐고 그렇게도 주물럭거리던 벌레건만 딱히 오랜만에 봐서라기보다는 그 벌레로 술을 담갔다는 사실 자체가 요즘 아이들이 흔히 하는 말로 참으로 엽기적이었다.

"이것이 없어서 못 판다."

그 엽기적인 술병을 건호가 자랑스러운 듯 들어 보였다. 시어머니가 원하는 것을 굳이 설명하지 않아도 정금이 알아서 싸주었다. 그것은 살아 있는 누에를 그대로 말려 가루로 만든 누에분말이었다. 누에술, 누에분말, 말고도 뽕잎차라는 것이 있었다. 뽕나무 열매인 오디로 담근 오디주도 있고 뽕나무 뿌리 달인 것을 주스처럼도 만들어놓았다. 어디 그뿐이랴. 시어머니 말처럼 누에똥 베개라는 것도 있긴 있었다. 태옥은 갑자기 상전이 벽해 된다는 말이 떠올랐다. 정말로 뽕밭이 바다가 되어버린 것만큼이나 놀랍게 변해버린 누에들의 쓰임새였다. 누에라면 으레 고치로는 비단실 자아내고 남은 번데기는 삶아먹거나 볶아먹고 그러고도 남은 누에똥은 그저 논밭에 거름으로나 쓰이면 다행이었다. 그러던 누에분비물이 이제 사람이 베고 자는 베갯속이 되다니, 피식, 웃음이 다 나왔다. 정금이 대신 운전해주겠다고 해서 태영은 건호와 평상에 앉아 술을 마셨다. 태옥은 좀 지루했다. 오늘 안으로 서울로 돌아가고 싶기도 했다.

"오빠, 술 더 마실 거예요? 나 그만 서울 가고 싶은데."

"그래? 그럼 정금 언니한테 운전해달래서 가라. 나는 여가 좋다야."

태영을 그곳에 놔두고 정금이 운전하는 오빠 차를 타고 친정집으로 오는 길에 태옥이 슬며시 물었다.

"혹시 그전에 남양주군에 살지 않았어요?"

"그래, 근데 그걸 태옥이가 어떻게 알어?"

"그전에 오빠한테 편지 보냈던 거 생각 안 나요? 그때 주소가 남양 주군 구리면 도농리라 씌어져 있던 게 생각나요."

"내가 그랬나?"

"제가 실은 지금 그곳에 살거든요. 그래서 생각이 나더라구요. 그전에 언니가 오빠한테 보낸 편지에 씌어져 있던 주소하고 어쩐지 비슷한 게, 틀림없이 그 자리가 그 자리인가 싶어서."

"지금 그 자리가 아파트단지가 됐지, 아마?"

"그래요. 제가 얼마 전 거기 아파트를 한채 사서 이사했어요. 처음으로 내 집을 장만한 거죠."

"좋겠네."

말은 좋겠다, 하면서 정금의 낯빛이 왠지 어두워지는 것 같았다.

"아저씨랑 아주머니 지금도 거기 사세요?"

"어머니만 서울 동생 집에 살고 아버진 돌아가셨어. 산업재해를 입으셨거든. 많이 아프셨는데 그래도 나중에 회사에서 보상금은 받았어. 그 보상금 받아내려고 아버지랑 그 회사에서 일했던 사람들 피터지게 싸웠지. 원진레이온이라고 혹시 들어봤어?"

"신문에서 본 적 있어요. 직업병 많은 회사라지요?"

"응. 지금은 그 회사도 문닫고 중국으로 갔대. 돌아가신 아부지만 불쌍하지 뭐. 에구, 말하면 뭐 해. 속상해, 정말. 난 그래서 되도록이면 울아부지 생각 안할라 하잖아. 생각하면 속상하고 불쌍해서."

여태 씩씩하던 정금의 목소리가 순간적으로 갈라져나온다. 옆에서 보니 굵은 눈물이 투둑, 핸들 위로 떨어져내린다.

"언니 편지에서 그 회사 들어가면 중풍 걸린단 소문도 있다,란 얘기를 읽은 것도 기억나는데."

"내가 그랬어? 근데 난 암만 생각해도 내가 태영이한테 편지 쓴 건 기억이 안 나네."

정금은 고개를 갸우뚱하며 기어를 이단에서 삼단으로 바꿔넣었다. 태영이 운전할 때의 느낌과 달리 사뭇 편안한 게 정금의 운전솜씨는 상당히 수준급이었다. 앞만 보고 운전하던 정금이 문득 물었다.

"그런데, 내 편지를 왜 태옥이가 읽었어? 그 편지 지금도 있어?"

"네? 그게 그러니까……"

태옥은 어떻게 말을 해야 할지 좀 망설여졌다.

"훔쳐봤구나!"

"맞아요."

"그리고 어떻게 했어? 오빠한테 건네주긴 했어?"

"모르겠어요, 어떻게 했는지."

정금은 골똘히 생각에 잠기는 눈치였다. 그러다가 갑자기,

"저어기, 혹시 몰라서 하는 말인데, 내가 오빠한테도 편지했단 말 아무한테도 하지 말아줘, 알았지? 어디다 이미 했어?"

"아뇨, 아무한테도 안했어요."

"휴우, 다행이다. 애아빠가 이 양정금이한테는 전무후무하게 자기 하나뿐인 줄 아는 사람이거든."

올라오는 길에 서울 시댁으로 먼저 갔다.

시어머니는 태옥이 가져온 누에가루와 누에똥을 보고 흡족해했다. 당뇨에 정말 효험이 있는지 어떤지는 모르겠지만, 남편을 위해 뭔가를 하고 있다는 사실이 시어머니를 만족스럽게 하는지도 몰랐다. 시어머니는 무슨 특효약이라도 되는 듯 태옥이 가져온 것들을 시아버지 앞에 펼쳐 보였다. 시아버지도 고개를 끄덕이며 태옥에게 고맙다는 인사를 했다. 누에가루와 누에똥 베갯속을 앞에 두고 좋아하는 노인들 앞에서 고치 짓던 시절의 누에를, 거름으로 쓰이던 시절의 누에똥의 과거를 들먹일 필요는 없었다. 노인들에게 필요한 건 누에가루이고 베갯속으로 쓰일 누에똥이지, 고치 짓는 누에도, 고치 짓던 시절 얘기도 아니기 때문이다.

남편은 자신의 부모에게 먼저 들렀다 오는 태옥을 다른 날보다 유독 사랑스러운 눈길로 바라보았다. 그 눈길이 바로 태옥이 인조견 속치마를 입어주길 바란다는 걸 태옥은 경험으로 알고 있었다. 태옥은 속치마의 매끄러운 감촉을 즐기는 남편의 손길을 느끼며 이곳이 어디일까를 생각했다. 이곳이 바로 그곳일까. 그러나 속치마의 감촉에 취해 있는 남편에게 당신이 좋아하는 이 속치마의 옷감을 바로 이곳에서 만들었다는 소리는 하지 못했다. 당신이 그렇게도 좋아하는 이 매끄러운 옷감 만들려다가 누구는 죽었고 누구는 병들었답니다, 그리고 무엇보다 이 옷감 나오고 나서 우리집 누에농사도 망해갔더랍니다. 그러나 태옥은 그저 밀착해오는 남편을 한번 깊이 안아주기만 할 뿐이었다. 그들에게 당장 필요한 건, 그리고 좋은 건 아픈 과거가, 어두운 옛날 얘기가 아니라 지금 바로 이 순간의 달콤함이기 때문이었다.

지금 당장 필요한 건 달콤함을 배가시킬 인조견 속치마의 매끄러움이지, 그 매끄러움의 과거가 아니기 때문이다.라고 애써 생각하면서도 태옥은 이상하게 남편이 거북해졌다. 태옥이 자기를 밀어내는 기척을 느꼈는지 남편은 밀착해오던 손길을 멈추고 태옥을 뜨악하게 바라보았다. 태옥은 인조견 속치마를 벗어 남편에게 던져주고 겉옷을 걸치고 방을 나왔다. 착한 남편이 태옥을 뒤따라나와 근심스레 묻는다.

"왜? 시골에 가서 무슨 일 있었어?"

"………"

"그럼 우리 기분도 그런데 술이나 한잔 할까? 술상은 내가 봐올게."

남편이 봐온 술상 위에 번데기 통조림이 놓여 있다.

"어제 한잔 하려고 사왔는데 그냥 잤어. 당신 오면 하려고."

남편이 통조림 뚜껑을 딴다. 그 순간 태옥이,

"조심해, 다쳐."

남편이 태옥의 소리에 놀라 정말로 절반쯤 딴 깡통 모서리에 손을 베이고 말았다. 반쯤 열린 번데기 통조림 속으로 남편의 손에서 나는 피가 뚝뚝 떨어진다. 번데기들이 핏물에 잠기고 있었다. 끝내 나비가 되지 못한 애벌레들이. 그리고 그런 애벌레들이야 우리는 모르는 일이야, 하는 듯이 거대한 아파트단지는 조용했다.

—『문학동네』 2001년 여름호

관가행차

관 가 행 차

관가행차

날씨는 코를 베어갈 듯이 춥다. 날이라도 풀리면, 명절 분위기라도 가라앉으면 가자고 해도 어머니는 이를 작신작신 갈아마시며 오늘 가자 한다. 오늘, 하필이면 오늘같이 추운 날. 정말로 날은 이상스럽게 춥다. 귀기가 서린 듯 하늘은 잔뜩 찌푸려 있으면서도 어느결엔가 귀신의 웃음인 듯, 눈흘김인 듯 허연 햇발을 보인다. 흐리려면 아예 흐려버리든가, 햇빛을 보이려면 확실히 보이든가 하지 않는 날씨가 기분조차 사납게 한다. 처음에는 행차를 떠나자고 해놓고도 행차준비에 꾸물거리는 어머니한테 부칠은 울컥 역정이 돋았다. 그러나 아예 포기하고 부칠은 시누대 울타리 옆에 진을 치듯 퍼질러앉아버린다. 부칠은 늘 속이 상한 상태에서 살았다. 뭔지 모르게 속이 상해서 만사가 귀찮아졌다. 자신이 왜 속이 상해 있는지 뻔히 알면서도 알은체를 해주지 않는 어머니가 부칠을 더 속상하게 했다. 부칠은 서울 나가 산

30년 동안 연애를 안해봤단 건 거짓말이고 결혼은 진짜 거짓말할 필요도 없이 딱 한번 했건만 그 결혼이 지난 가을에 파투가 나고 말았다. 48년에 유복자로 태어난 부칠은 산비탈 한뼘지기 천수답만 바라보고 살 수도 없어서 열여섯 나던 해부터 읍내에 나가 목공기술을 배웠다. 부칠은 그 기술로 무작정 서울 올라가 아파트 문짝 숱하게 만들었다. 그 돈 벌어다 얻다 썼는지는 이제 와 기억에도 없다. 아니, 일부러 기억을 안해버리는 게 낫다 싶다. 왜냐하면 돈 생각하면 제 돈 들고 튀어버린 여자들 생각에 남는 것은 괴로움뿐이기 때문이다. 언젠가부터 부칠은 과거란 기억을 안해버리는 것이 가장 좋은 수다,라고 생각해오던 참이다. 여러가지로 과거 말해서 좋을 거 하나도 없었다. 부칠아, 똥칠아, 너 돈벌어 얻다 뒀냐, 누가 물으면 금이빨 하나 쏙 내놓으며 웃고 말 뿐. 나 돈벌어 이빨 박아넣은 것밖에 아무것도 없다고.

일은 지난 가을에 터졌다. 아내가 언제 어디서 보도사도 못한 아이를 하나 안고 와서는 눈물로 하소연했다. 부칠은 아내를 원망하지 않았다. 모든 것이 다 그놈의 아임픈가, 아엠에픈가 부칠로서는 발음하기도 힘든 그 화상 땜에 생긴 일이라고만 생각했다. 그것만 안 터졌어도 아내 데리고 살 집 하나 못 구하진 않았을 테고 아내가 생판 모르는 놈의 씨앗을 낳는 일도 없었을 것이기에. 저한테 자식팔자 없는 것 모르고 애 낳아주지 않는다고 아내만 타박했던 것을 부칠은 진심으로 반성했다. 칠쟁이 황씨를 동무삼아 서울역에 둥지를 틀어 열두달 하고도 보름을 살다가 부칠은 노모 혼자 사는 고향으로 돌아왔다. 상거지 부칠이 돌아왔다고 이장서껀 해서 집안간에 조촐한 술잔치도 했다. 술 마실 건덕지 없어서 부칠이 온 것을 핑계삼아 결국 지들 잔치

한다는 말을 어머니가 안했더라도 부칠은 이웃들의 소란스러움이 고 맙고도 귀찮았다. 또 귀찮고도 고마웠다. 어머니는 아들 사정이야 어쨌든 이녁 아들 제 품에 돌아온 것만 좋아라 했다. 그런 어머니가 야속해서 부칠은 일부러 꼼짝도 안했다. 사실은 설 쇠기 전에 집 옆구리에 받쳐진 작대기 들어내고 새로 바람벽도 만들어야 하고 왕바람 들어오는 문짝 돌쩌귀 다시 달아야 하고 사람새끼 대신 천지에 널린 개새끼들 몰아넣을 개집도 지어줘야 하건만 만사에 역정이 돋아 부칠은 석달을 방구석에 처박혀 있었다. 상놈 손 양반 손 되기는 딱 석달 걸렸다. 손 움직거리지 않으니 보들보들한 것이 그랬다.

어머니는 땟국물이 반드르르하나마 유일한 외출복인 한복 치마저고리에 나일론 버선을 꿰어신고 드디어 마루로 나왔다. 백내장이 끼여 앞이 보이지 않는 눈으로 열심히 고무신을 찾는다. 할 수 없이 부칠이 퍼뜩거리며 달려가 어머니 발에 코고무신을 꿰었다. 어머니가 손에 들고 있던 헝겊쪼가리를 치마 속에 찬 색동주머니에 집어넣는다.

"어머니, 왜 수건을 거기다 넣으세요?"

서울 것 다 버렸어도 그놈의 말씨만은 쉽게 버려지지 않아 부칠은 자기도 모르게 서울말을 썼다. 제 입에서 고향말 나오는 것도 부칠을 속상하게 했다. 서울 살아서 건진 건 그래도 입에 오른 서울말씨뿐이지 않은가. 그거라도 지니고 있어야 그나마 위안이 되는 것 같아서 부칠은 어머니가 야야, 서울말 간지럽다, 해도 부득불 서울말을 썼다. 어머니는 부칠이 서울말 쓰지 않는 그날이 되어서야 부칠이 완전히 서울 잡것들 잊어버리는 거라고 했다. 그래서 부칠이 서울말을 쓰면 어머니는 뚱한 표정으로 씰룩거리곤 하는 것을 부칠은 못 본 체하고서, 일부러 비오는 날, 어머니 날씨가 참 좋습니다, 또박또박한 서울

말씨로 어머니 가슴에 염장을 질렀다.

어머니는 손수건을 들고 있다가 사람이 나타나면 그것으로 얼른 입을 가려야 했다. 어머니의 윗입술은 보통 사람들처럼 붙어 있지 않고 반으로 갈라져 있기 때문이다. 사람들은 그런 어머니를 '째보'라고 불렀다. 옛날에 어머니가 나무를 해서 머리에 이고 오면 콩알만한 아이들이 째보야, 째보야, 주먹감자를 먹였다. 주먹감자만 먹이면 좋은데 인절미 먹으라고 돌멩이를 던지면 불쌍한 어머니는 나무둥치를 땅바닥에 부려놓고 거기에 머리를 묻었다. 그래도 돌멩이는 어머니의 엉덩이에 내리꽂혔다. 아무리 몸이 성타 해도 아비 없고 째보 어미를 둔 부칠이 당해낼 도리가 없는 무서운 동무들이었다. 어른보다 아이들이 더 무서웠다. 엉덩이에 무수한 돌멩이 세례를 받고 온 날 어머니는 아궁이에 불을 때며 징글징글한 사람의 새끼들이라고, 개새끼들은 저리 간다고, 욕을 퍼부어댔다. 어머니가 욕하는 소리는 불이 아궁이에 빨려들어가는 소리와 비슷했다. 그런데 요즘은 그런 아이들도 없다. 아이들이 전혀 없는 건 아니지만 있다고 해도 겨우 한두 명, 서너 명이니, 늙은 어머니가 나무를 해서 이고 와도 아이들은 그저 호젓이 걸어갈 뿐이다. 옛날 아이들 많던 시절이 좋았다고들 하지만 부칠과 어머니는 지금이 좋다.

어머니가 왜 입을 가려야 할 손수건을 골마리에 차고 다니는 돈주머니에 넣었는지를 부칠은 알았다. 어머니는 바로 그 손수건으로 지폐를 쌌던 것이다. 지금은 창피한 것보다 돈 잃어버리는 것이 더 무섭다. 아무리 그래도 손수건은 꺼내야 할 것 같았다. 어머니 입 때문이 아니라 매운 바람 때문에 어머니 눈에 자꾸 꾸적꾸적한 눈물이 달라붙어서 어머니를 성가시게 했다. 동구밖으로 나서는데 날씨가 추워서인지 명절기간이라서인지 길에 나다니는 사람이 없다. 아니나다를까, 동구 주막집 마당에서 동네 사내들이 왁자하게 윷놀이를 하고 있다. 부칠은 본능적으로 움츠러든다. 지금은 어른이 된 윷놀이하는 사람들 중에 예전에 어머니한테 돌을 던진 금택이, 필주, 만갑이들이 끼여 있다. 이상하게 돌을 던지지 않은 아이들은 커서 다들 객지로 나갔거나 공무원이 됐거나 이곳에 남았더라도 조용하게 사는데 돌을 던진 치들 중에 주막집 마당에서 윷놀이를 하는 금택이라든가 만갑은 아직도 좀 사나운 데가 있다. 술을 엄청나게 마시고도 경운기를 거세게 모는가 하면 윷놀이를 하고 나서도 곱게 끝내지 못하고 꼭 쌈들을 해댄다. 인생을 그렇게 사납게 사는 것이 습관이 되어버린 것 같다. 부칠은 주막집 앞을 재빠르게 지나간다. 뒤처지는 어머니 땜에 속이 좀 탄다. 드디어 올 것이 오고야 말았다.

똥칠아이, 똥칠아이, 누군가 주막집 마당에서 큰 소리로 불러놓고 낄낄 웃었다. 낄낄 웃는 것이 아마 금택인 것 같았다. 사람 놀려놓고 웃는 것이 이미 취미가 되어버린 사람을 두고 화를 내봤자 소용없는 일이었다. 어머니가 변소에서 일보다 낳아서 그런 이름을 갖게는 되었지만 그래도 부칠은 버젓한 이름 두고 똥칠이라고 부르는 인간들에게 번번이 화가 났다. 상대를 안해버리면 평화가 유지된다는 것을 부칠은 알고 있었기 때문에 어머니가 상종 못할 인종들이라고 욕을 해도 못 들은 체했다. 금택은 한때 도시에 나가 채권장사로 돈을 벌어 읍내에 비디오가게를 차린 적이 있었다. 어찌된 일인지 금택은 비디오가게를 말아먹고 요즘 비디오가게 하다 남은 비디오 보며 살았다. 필주는 군대시절에 무기를 빼내다 들켜 감옥살이를 한 10년 하고 나왔다. 평생 감옥 살 것을 그래도 아버지가 경찰 출신이라 그만큼만 살다 나왔다고도 했다. 필주도 금택이네 방에서 옷 벗은 여자들 나오는 비디오 보는 재미로 살았다. 손주 볼 나이에 비디오 속에 나오는 여자들한테 남편들을 빼앗겼다고 금택이나 필주 마누라들이 또 잔뜩 성깔들이 돋아서는 요번 설 명절에 동네굿을 좀 했다. 비디오를 공터에 쌓아놓고 불을 질러버린 것이다. 이제 비디오 보는 재미도 없어져버린 금택과 필주와 만갑은 저렇게 주막집에 나와서 윷이나 놀고 쌈질하는 것으로 낙을 삼고 있다. 자꾸 똥칠아이, 똥칠아이, 불러도 부칠은 뒤도 안 돌아보고 제 갈길만 갔다.

어쩐지 심상치 않더라, 했더니 기어코 눈보라가 들이치기 시작한다. 왜 하필 오늘 나서려 하느냐고 부칠은 어머니를 다그치고 싶은 마음 굴뚝 같지만 묵묵한 어머니 얼굴을 바라보니 그런 마음이 쑥 들어간다.

"당숙 계시요?"

택호는 신천이요 촌수로는 조카뻘이고 나이로는 부칠보다 열살 많은 이장이 온 것은 한참 텔레비전에서 재미난 연속극이 나오고 있을 때였다. 어머니는 눈에 뵈지도 않는 텔레비전을 아주 옹골지게 쳐다보고 있었다. 뭐가 눈에 보여요? 하고 물으니 어머니는 소리난게 본다,고 한다. 부칠은 언제까지 촌에 들어앉아 있을 수도 없는 일이고 설만 쇠면 다시 읍내든 어디든 나가 목공소든 가구공장에든 취직을 해야겠다는 말을 어머니한테 할까 말까 망설이는 참이었다. 어머니가 싫어하는 일은 되도록이면 하지 않으려는 게 부칠의 마음이었다. 그러나 막말로 어머니 돌아가신대도 장사지낼 돈조차 없이 살 수는 없는 일 아니냐고, 마음을 다져먹고 오랜만에 어머니 듣기 좋으라고 어무니이, 하려는 참인데 아들 속은 아랑곳없이 텔레비전에 넋을 놓고 있는 어머니한테 부칠은 은근히 부아가 나서 딴에는 노기서린 목소리로 어머니를 불렀다.

"야야, 가만있어봐라이. 시방, 저것이 임금 어무닌가분디, 메느리가 맘에 안 든게로 아조 내쳐불라고 안허냐, 시방. 저것이 어뜨케 될 성싶으냐, 인자?"

"어뜨케 되긴 어뜨케 되라우, 죽제 인자."

누가 하는 소린고 하고 어머니가 부칠을 돌아보았다. 어머니 말에 대꾸를 하면서 들어선 사람은 이장이었다. 어머니는 노기를 감추느라 입을 좀 씰룩이며 이장을 맞았다. 흰머리가 성성한 이장이 10년 연하 검은머리의 당숙에게 먼저 세배를 하듯이 엉거주춤 앉으며 고개를 숙였다. 부칠도 덩달아 고개를 푹 조아렸다. 좁은 방안에 세 사람이 앉으니 그야말로 개다리소반 자리 정도가 남았다. 딱 그 자리에 벽의 못에 걸려 있던 소반을 내려놓은 어머니가 알사탕 한움큼을 받쳐냈다. 이장이 흰 알사탕 한알을 맛없게 까먹으면서 쓴 표정을 지었다. 부칠이 어눌하게 물었다.

"술 받아줄까요?"

"아니, 내 말은 그렇게 내가 꼭이 술을 마시고 싶다는 것보다도 오늘 내가 술을 안 먹고는 도저히 헐 수가 없는 이야기가 있다 그 말입니다요, 당숙."

부칠은 두말없이 벽장 속에 넣어두었던 소주병을 꺼냈다.

이장이 급하게 소주 한잔을 입에 걸쳤다.

"그렇게 오늘날 내가 뭔 일로 당숙 집에를 왕림하였는고 허니, 대명천지에 당숙 땅이 국가 땅으로 넘어가부렀다는 것이 아닙니까요이."

이장 입에서 순식간에 몰려나온 말들이 도무지 헛갈려서 부칠은 눈만 꿈벅꿈벅, 담담한 어조로 물었다.

"우리 땅이 국가 땅이 되어부렀다면 국가가 우리 땅을 언제 사부렀다요?"

어머니의 백태 낀 눈이 날카롭게 빛을 발했다. 이제야 고향말이 조금씩 섞이기 시작하는 아들 말투가 반가워서가 아니라 이장 입에서 나온 뜬금없는 말 때문이란 걸 알 정도의 눈치는 부칠에게도 있었다.

"그것이 뭔 소린고 허니 국가서 일제 토지조사를 헐 때 당숙네가 신고를 허지 않아서 주인 없는 땅이 되어가지고 국가가 몰수를 해부렀다는 말이요."

그 말까지 듣고도 부칠은 당최 이해가 안 가 다시 한번 천천히 물었다.

"왜 국가가 남의 땅을 암말도 안허고 가져가분다요?"

"내동 이얘기를 해도 그러네. 그렇게 그 말이 뭔 소린고 허니 신고를 허라고 헐 때 안허니까 아하, 그러면 이것은 주인 없는 땅이로구나, 그러면 우리가 관리를 해야겄구나, 이 땅은 국가 땅이요, 허고 등기부등본에다 도장을 찍어놔부렀다는 소리요, 시방."

이장 말이 갈수록 요령부득이 되었다. 설명을 하면 할수록 더 그렇다. 부칠은 제 머리를 꽝꽝 두어 번 때렸다. 머리가 심히 복잡해지면 하는 버릇이었다.

"술을 한잔 묵으면 죄없는 머리 찔 것도 없이 알아듣기가 쪼끔 더 수월해질 것인디."

혼자서 술 마시는 것이 미안하다는 소리를 이장은 그렇게 에둘러 했다. 어머니가 본격적인 술상을 보려고 윗목에 죄다 들여놓은 부엌

세간살이들을 달각거렸다. 달각이는 소리는 바로 어머니 손이 떨리는 소리였다. 그리고 손을 떠는 것이 음식 내놓기 아까워서가 아니란 것도 부칠은 알고 있었다. 아니, 아깝기도 한 것은 사실이었다. 전부 이번 설에 이웃들한테서 들어온 것이었는데 그것을 어머니는 설에 절반 쓰고 보름 사흘 전에 있을 아버지 제사에 쓰려고 절반 남겨두었던 것이다. 윗목, 털털거리는 냉장고에 두었던 오징어 한마리도 꺼내고 돼지고기도 꺼내서 냉장고 옆에 있는 가스버너에 냄비를 올려놓고 돼지고기에 고추장, 파, 설탕, 간장을 넣고 볶았다. 지글지글한 소리가 맛있게 났다. 정작 설날은 적막했건만 초닷샛날, 방에서 기름냄새가 났다. 부칠도 어머니도 이장한테 그렇게 해주면 국가로 넘어간 땅이 다시 이녁 땅으로 돌아올 것만 같은 기분이 들었다. 그냥 이장이 한번 말만 하면 저절로 그렇게 될 것 같았다. 이장이 말해주기 전에는 그 땅이 자기 땅이었는데 이장이 말을 한 순간에 자기 땅이 국가 땅으로 넘어가버린 것 같았다. 앞이 침침한 어머니가 뭣이 뭣인지도 모르고 볶은 돼지고기 한점이 소주와 함께 이장의 목구멍으로 넘어가는 것을 부칠은 침을 꼴딱하면서 지켜보았다.

"당숙도 들제 왜 쳐다보기만 허요?"

이장이 들라고 한 고깃점을 들지 않으면 또 무슨 사단이 날 것 같아 부칠은 얼른 한점 집어들고 씹지도 않고 꿀꺽 삼켜버렸다.

"술도 한잔 허제. 괴기만 묵어서 쓰간디요."

그래서 부칠은 또 못 먹는 술을 한잔 꿀꺽 했다.

"본시 맨정신으로만 살기에는 세상이 겁나게 복잡 안헙디여? 술기운이라도 있어야제 그나마 전디고 살제 어디 살겠드라고?"

이장은 작년 한해 하우스농사 다섯 동을 하다가 태풍에 네 동을 날

려버리고 이번 설을 한 동에서 난 것으로 쇠었다. 꼭 그 때문인지 아니면 다른 일 때문인지는 모르겠지만 그의 심정이 지금 말이 아닌 것은 확실해 보였다. 같은 집안간이라고 다른 사람들 앞에서는 늘 실갑게 대해주던 이장이 막상 일대일로 맞대면하면 자기만 아는 사람으로 돌변하는 것이 부칠은 늘 어리둥절했다. 딴사람들 앞에서는,

"우리 당숙이 아부지도 없이 뒷간에서 나긴 했지만 저 정도면 우리 집안 위신은 지키고도 남는 거 아녀? 나는 우리 당숙이 살아 있는 것만도 감사허게 생각하요."

그러다가 듣는 사람들이 없을 때면 이마에 주름을 잔뜩 모으고는 부칠에게 당숙, 돈 좀 없는가요? 하고 술값, 담뱃값을 구하곤 하는 식이었다.

"올해는 나도 이장일 작파허고 공공근로사업이나 나가볼까 허요."

"그래서 국가 땅으로 넘어가분 땅을 어뜨케 해야 찾을 수 있답니까?"

"그렇게 그것이 보통 복잡헌 일이 아니란 말이요. 동네에 젊은것들이 몇 있다고는 해도 도시 동네일을 볼라고 허들 안허요."

돼지고기 한접시가 금방 바닥이 났다. 금방 바닥난 돼지고기가 아까운 게 아니라 이장이 딴말만 하면서 먹은 것이 아까웠지만 부칠은 내색은 못하고 이장 입만 안타까이 쳐다보았다. 좁은 방안은 연기와 열기가 무슨 수증기처럼 공중에 떠서 부칠의 바로 앞에 앉은 이장 얼굴이 뿌옇게 보였다. 남들은 붉은 벽돌로 집을 새로 짓네 어쩌네 야단들이지마는 이녁 집은 정재가 내려앉아 겨우 비집고 들어가 아궁잇불 지피는 데나 쓰고 음식은 일회용 가스버너를 윗목에 모셔두고 끓여먹는 중이었다. 동네사람 누가 와서 보고는 참말로 빠꿈살이하고 있다

고 혀를 차고 가기도 했다. 어머니가 땡땡 언 오징어 한마리를 펄펄 끓는 물에 폭 담갔다. 이장이 그것을 곁눈질한다. 오징어 먹고 나면 알 아듣게 이야길 해주려나. 부칠은 꼬굴꼬굴해지는 오징어를 안타깝게 바라보았다. 데쳐진 오징어를 썰어 접시에 담아놓고 어머니는 초장을 만들었다.

"어따, 할매, 초장에다는 참지름을 치면 안되야요."

이장은 요리하는 데도 간섭했다. 눈이 어두운 어머니가 참기름병을 식초병으로 잘못 안 모양이었다. 참기름이 섞인 초장은 확실히 칼칼 한 맛이 덜했다.

"이 집은 완전 완룸식이구만요. 완룸이 뭔지 아요? 한간디서 밥도 끓여먹고 잠도 자고 똥도 싸고 허는 디가 완룸이다요. 부루스타 저것 이 부엌이고 요강이 화장실 아니요, 시방. 역설적으로다가 없이 살면 편해부러요, 안 그러요?"

이장은 껄껄 웃었다. 그러더니 오징어 한접시를 야무지게 비우고 일어섰다. 그는 끝내 더이상의 아무 얘기도 해주지 않고 비척거리며 제집으로 갔다. 거의 다 갔나 싶을 즈음에 비칠비칠 되돌아온 이장이, "이 사건을 풀라며는 어디로 가야 쓸라냐, 당숙 잘 들으시요, 군청에 를 가야 허요이, 군청에를. 군청 어디냐 허며는, 그렇게" 하다가 그만 고꾸라지고 말았다. 거기까지만 알아도 되었다. 실제로 이장도 거기 까지만 하고 제집으로 완전히 돌아가버렸다. 부칠의 집에서 두 집 건 너 이장 집에서 술취한 이장이 제 마누라 부르는 소리가 들려왔고 부 칠은 이장의 주먹에 심하게 얻어맞은 것처럼 가슴 한복판이 얼얼해서 한동안 마당 가운데 오도마니 서 있었다. 금택이나 만갑을 만나면 그 들의 말이나 행동이 또 그렇게 자신의 폐부를 찌르는 것처럼 아팠다.

그들은 둘 다 김가고 자기는 마가(馬家)라서 그럴까. 그렇다면 이장은 나랑 같은 마간데도 내가 이렇게 아프단 말이지. 부칠은 당최 엉뚱한 데로만 흘러가는 생각을 털어내듯 머리를 둘둘 털었다.

두 모자는 이장이 남기고 간 술상을 말없이 치웠다. 도마를 행주로 닦아 벽에다 걸고 상도 그렇게 했다. 접시는 신문지로 닦은 뒤, 물이 반쯤 담긴 양푼 속에 담가두었다. 낡은 냉장고를 여닫고 조금 있으니 모터 돌아가는 소리가 맹렬하게 났다. 그 냉장고도 실은 작년에 누가 버리려고 마을 공터에 내놓은 것을 부칠과 어머니가 낑낑대고 들어다 놓은 것이었다.

어머니가 울고 있는 기척이 느껴졌으나 부칠은 제 힘으로 무얼 어떻게 해야 할지 몰라 그냥 잠자코 눈만 껌벅거릴 뿐이었다. 불을 끄고 누워서 냉장고 돌아가는 소리만 열심히 들었다.

"야야, 자냐?"

"보고도 모르요?"

"낼 나랑 군에 가자."

"어머니, 시방 잠이 한하고 오요."

니가 한양말 안 쓴게 좋다, 하고서 어머니는 더이상 말을 안했다.

부칠은 머리 아픈 일이 있으면 잠을 자버리는 것이 버릇이 되어놔서 실제로 잠이 쏟아졌다. 잠이 오는 와중에 왜 꼭 조카이장만 만나고 나면 자신한테 손해날 일이 생기는 것일까,를 심각하게 생각해보았다. 해답이 떠오르지 않아 부칠은 생각하기를 중단하고 그대로 잠속으로 굴러떨어져버렸다.

부칠이 아침에 눈을 떴을 때 어머니한테서 징징 우는 소리가 났다. 그리고 보니 어머니는 이제껏 한숨도 못 잔 듯했다.

"어머니도 참, 못 말리는 분이라니까. 한숨도 못 잤으면서 왜 날 안 깨우요?"

부칠은 마치 자신이 어머니를 '겁나게' 생각해주는 것처럼 입에 침도 안 바르고 어머니를 타박했다. 그 말만으로도 금방 얼굴에 희색이 도는 어머니가 아침밥상을 부칠 앞으로 밀어놓았다.

"어머니는 안 드실라요?"

"나는 안 묵어."

마음은 저도 안 먹고 싶은데 부칠은 손이 저절로 밥 쪽으로 옮겨갔다. 어머니가 밥상을 치우는데 이 가는 소리가 났다.

"어머니, 왜 이를 가세요?"

"없는 이를 어뜨케 갈어?"

하긴, 하면서 부칠은 픽 웃었다. 그 소리는 바로 어머니 가슴에서 나오는 소리란 걸 그제야 깨달았기 때문이다. 어머니가 징징 우는 소리를 내고 없는 이를 바득바득 가는 것이 아무래도 어제 이장이 와서 하고 간 얘기 때문인 듯했다.

"어머니, 걱정 말아요. 어머니한테는 이 아들이 있잖어요?"

그 한마디에 어머니가 얼마나 힘을 얻는가를 부칠은 알고 있었다. 뭘 어떻게 하겠다는 생각 없이 그냥 한번 해보는 소리였지만 바로 그때부터 어머니는 아들이 서울말도 완전히는 버리지 않았고 언제 떠날지 모르니까 일을 서둘러야 한다고 생각한 모양이었다. 아들 있을 때 일을 해결하고 말리라는 결심이 선 듯 어머니는 부칠 앞으로 바짝 다가앉았다. 부칠은 좀 겁이 났다.

"오늘 군에 좀 다녀와야 쓰겄다. 군에 가야 해결을 볼 수 있담스로."

버스는 쉬이 오지 않았다. 군에 가서 뭘 어떻게 알아봐야 할지도 부칠은 알 수 없었다. 눈을 몰고 오는 바람이 홑바람인 부칠의 정강이며 목 언저리를 파고들었다.

"춥지야?"

"예."

대답해놓고 또 부칠은 이녁 머리를 세게 한방 쳤다. 어머니가 바람이 불어오는 쪽으로 옮겨섰다.

"어머니도 참, 어머니가 그쪽 선다고 불어오는 바람이 안 부나요 뭐?"

그래도 어머니는 묵묵히 서 있기만 했다. 드디어 퍼런 군내버스가 굼실굼실 산모롱잇길을 돌아오고 있는 것이 보였다. 버스가 서자 부칠은 반가운 마음에 냉큼 안으로 뛰어올랐다. 부칠은 자리를 잡고 앉아서야 어머니가 아직도 버스에 다 못 오르고 끙끙대고 있는 것을 알았다. 하지만 이런 날씨에 굳이 길을 나서자고 한 사람이 어머니였기 때문에, 부칠은 속으로 거 보세요, 괜히 고생하실 거면서 뭣 하러…… 하는 생각에 어머니를 물끄러미 바라보다가 아차, 이게 아니다, 싶어 자리에서 벌떡 일어났다. 그때는 이미 어머니가 차 안으로 완전히 들어오고 난 뒤였다. 자리에 앉아서도 어머니는 줄곧 말이 없었다. 부칠은 그 순간부터 뭔가 정신을 차려야 한다고 생각했다. 정신 차려서 오늘 일을 해결해야 하리라. 정신을 한군데로 모아서, 정신을 한군데로 모아서…… 그러다가 부칠은 깜빡 잠이 들고 말았다.

군청에 다다랐다. 군청에 들어오는 사람이 두 모자뿐이 아닌데도 유독 수위가 두 사람을 불러세웠다. 어머니는 손으로 입을 가렸다.

"어디 가실라구 그러요?"

"어디를 가야지요?"

"어디를 가는데요?"

"그, 그러니까……"

"말을 허슈."

부칠의 가슴이 떨렸다. 아마 추위 때문인 게라고 부칠은 이녁 가슴을 두 손으로 부여안았다.

"우, 우리 땅이 국가 땅으로 넘어가부렀다고 해서……"

아차, 했다. 그러나 저절로 나오는 사투리를 부칠도 이제는 더 어찌해볼 수 없었다.

"누가 군청으로 가라 헙디까?"

"이장이, 우리 조카이장이……"

"땅문제라…… 그것은 아매도 지적과로다가 가서 알아봐얄 것 같은디?"

"지, 지적과가 어디……"

"저쪽 민원실이라고 써진 데로 가보슈."

어머니와 부칠이 수위에게 구십도로 고개를 꺾어 감사의 인사를 했다. 지적과를 찾기란 그리 어렵지 않았다. 부칠은 떨리는 가슴을 부여안고 지적과 앞으로 갔다.

"무슨 일로 오셨죠?"

"그, 그렇게……"

"말을 하세요."

안경 쓴 젊은 여자가 서류를 매만지며 빨리 말하기를 종용했다.

"우리 땅이 국가 땅으로 넘어가부렀다고 해서……"

"지적도 떼러 오신 게 아니구요?"

"지적도를 띠어야 허는 일인가요?"

여직원은 대꾸하지 않았다. 부칠은 가슴이 떨리고 이마에서는 자꾸 땀이 났다. 내 땅이면 어떻고 국가 땅이면 어떤가, 그 땅 짓고 사는 사람이 임자면 되지, 싶은 생각에 부칠은 모든 것 다 포기하고 다시 집으로 가고 싶었다. 좀 있으면 차도 끊어질지 모른다는 생각이 들자 더욱 그랬다.

"어머니, 그냥 차부로 가십시다."

"왜야?"

"어디다가 말을 해야 헐지 암것도 모르겠어서 머리에 땀이 다 나오잖아요."

"땀나는 게 대수냐? 그러믄 내가 말헐란다."

"그러세요, 그럼."

부칠은 민원실에 길게 놓인 소파에 주저앉아버렸다. 어머니가 다시 서류에 코를 묻고 있는 여직원에게 다가갔다.

"우리 땅이 국가 땅으로 넘어가부렀다고 혀서……"

"할머니, 손 내려놓으시고 말을 확실하게 하세요. 말을 알아듣게 하셔야지."

여직원이 어머니 얼굴 한번 처다보지 않은 채 말했다.

"우리 땅이 국가 땅으로 넘어가부렀다고 안혀요."

"누가 그래요?"

"간밤에 이장이 와서 그럽디다."

"이장은 어떻게 알았대요?"

여직원이 어머니를 흘끗 쳐다보았다. 어머니는 여전히 입에서 손을 떼지 않은 채였다.

"할머니, 손 내려놓고 말씀하시라니깐요."

어머니가 손을 내려놓자 여직원이 다시 말했다.

"손 가리셔도 괜찮아요."

부칠의 조마조마한 가슴이 금방이라도 터져버릴 것 같았다. 저런 대접 받을 것을 뻔히 알면서도 굳이 군청에 나오자고 한 어머니를 이해할 수 없어서 부칠은 고개를 절레절레 흔들었다.

여직원은 한참을 또 제 일 보는 데만 정신을 쏟았다. 그러더니 뒷자리에 앉은 남자에게 가서 뭐라고 소곤거리는 것 같았다. 그 남자가 어머니한테 왔다.

"무슨 일인지 자세하게 말씀해주시죠."

"우리 땅이 말이요, 국가 땅으로 넘어가부렀다고 안허요. 그 땅이 어떤 땅인디, 우리 영감이 죽기 전에 사서 이날 입때까지 내가 농사지어 묵던 땅이 왜 국가 땅이란 말요. 세상에 이런 날벼락이 어디 있다요. 선상님."

"주소가 어떻게 되시죠?"

"곡성군 석곡면 방죽굴이요."

"할머니 사시는 곳말고, 국가 땅으로 넘어가버렸다는 그 땅 번지 말입니다."

어머니가 부칠을 돌아보았다. 부칠이 총알같이 일어났다.

"한강쟁이요, 한강쟁이."

"지명말고요, 지번을 말씀하셔야죠."

부칠의 입이 딱 막혔다.

"이건 여기서 해결볼 수 있는 사항이 아닌 것 같구요, 일단 재무과로 가보셔야겠습니다."

남자는 재무과가 있다는 건물을 친절하게 일러주었다. 부칠은 남자가 일러준 대로 어머니와 재무과가 있는 건물로 터벅터벅 옮겨갔다. 군청 마당에서 어슬렁거리던 수위가 알아보고는 말을 건넸다.

"일은 다 보셨소?"

"재무과로 가야 헌다고 허는디……"

"재무과요? 재무과를 찾아가시는구먼. 재무과가 어디 있는고 허니, 바로 보이는 저 속으로 들어가서 삼층에 올라서며는 맨 끝방이 재무과올시다."

어떻게 된 것이 수위는 민원실의 남자와 다르게 가르쳐주었다.

"저어기, 민원실서는 삼층이 아니고 이층이라 허던디."

"누가 그럽디까? 강계장이 그럽디까? 재무과가 이층서 삼층 올라간 지가 언젠디……"

수위가 얼굴에 달라붙는 진눈깨비를 입바람을 불어 털어냈다. 수위를 따라 부칠도 입바람을 불었다. 얼굴에 달라붙는 눈 때문이 아니라 속에서 열이 치받치는 느낌 때문이었다. 아무튼 재무과라는 것이 있다는 건물로 들어서서 먼저 이층 복도를 좌악 훑었다. 아무래도 수위말이 맞는 모양이었다.

"아이, 뭔 딸각다리를 이렇게 올라간다냐?"

어머니는 숨이 찬지 한계단 오르고 멈추고 한계단 오르고 멈추고를 반복했다. 그런 어머니와 보조를 맞추기가 갑갑해서 부칠은 저 혼자 냉큼 올라가 민원실 남자가 말한 삼층의 맨 끝방 쪽에다 시선을 고정시키고 걸어갔다. 거기 재무과가 분명히 있었다. 부칠은 재무과 문을 열고 안으로 들어가 후끈한 난로 열기에 떨리는 가슴을 진정시키고서 아무나 붙잡고 말문을 트려는데 바깥 복도에서 자기를 찾는 어머니의 가녀린 목소리가 건너왔다. 꼭 어미 찾는 강아지가 낑낑대는 소리같이 여겨져 부칠은 픽 웃음이 나왔다.

"어무니, 나 여기 있어요."

"어디?"

"여기요."

눈이 어두운 어머니가 아들 목소리 나는 곳을 가늠하려고 주의깊게 고개를 숙였다.

"여기 있다니까요."

부칠이 불쑥 어머니 손을 잡으며 말했다. 어머니는 깜짝 놀라서는 후들 몸을 떨었다. 아까부터 두 사람을 지켜보고 있던 공무원이 친절하게 물어왔다.

"무슨 일로 오셨습니까?"

"그, 그렇게……"

절대로 사투리는 쓰지 말아야 했는데 부칠은 어머니 앞에서는 그렇게 잘 나오던 서울말이 공무원들 앞에서는 맥을 못 추고 죽어버린다.

"말씀하세요."

"우, 우리 땅이 국가 땅으로 넘어가부렀다고 해서……"

"주소가 어떻게 되지요?"

"곡성군 석곡면 방죽굴……"

"아니요, 국가 땅으로 넘어갔다는 땅 주소요."

"그, 그렇게, 한강쟁이."

"주소 말입니다. 주소를 알아야 지번을 알 수 있고 그래야 어떻게 된 내력인지를 추적할 수가 있거든요."

부칠과 어머니는 서로를 물끄러미 쳐다보았다.

"그 마을 이장이 누구죠? 방죽굴이라 하셨나요? 행정명은 아닌 것 같고 리 이름을 말씀해주시죠. 마을 이장한테 전화해서 물어보면 알 수 있을 겁니다."

공무원은 친절했다. 부칠의 입에서 절로 감사하다는 소리가 나왔다.

"그래요, 그럼. 이 일은 저쪽 재산관리계로 가서야 하거든요. 그쪽으로 가시죠."

여태 뭔가 일을 잘 봐줄 것 같던 그가 느닷없이 발딱 일어서서 나가며 재산관리계라고 씌어진 명패가 놓인 책상 앞으로 두 사람을 인계했다.

"무슨 일로 오셨죠?"

똑같이 친절한 물음이 이쪽으로 건너왔다. 그리고 똑같은 대답이 부칠의 입에서 지렁이처럼 꾸무럭꾸무럭 기어나왔다.

"그, 그렇게……"

창밖에서는 눈발이 고봉밥 쏟아붓듯이 뭉텅이로 쏟아져내렸다. 부칠은 집에 갈 생각은 아예 꿈도 꾸지 말아야 할 것 같았다. 군청 직원들도 눈구경에 다들 넋들을 뺐다.

"아따, 눈 한번 푸지게도 오네. 아 참, 무슨 일로 오셨다구요?"

부칠은 그만 말문을 닫고 말았다. 사투리로 해야 할지 서울말로 해야 할지 헷갈려서가 아니라 정말로 이제 더이상 아무 말도 하고 싶지 않아졌기 때문이다. 아무 말도. 논이고 뭐고 이제 누가 자신들을 집까지 데려다주는 사람만 있으면 그이에게 고개 숙여 감사의 절을 올리리라는 생각만이 가득 차오를 뿐.

"자, 여깄소. 여그가 긍게 산 이공공 다시 허고도 삼번지요이. 야물 게 간수허씨요."

면소에 간 길에 이장이 떼어다준 지적도에는 이녁 논 모양이 이쁘게 그려지고 거기 한문으로 번지수가 씌어 있었다. 이제 그걸 가지고 가면 어째서 그 땅이 국가 땅으로 넘어가버렸는지의 내력이 나오게 될 것이다.

"어머니, 댕겨올라요."

어머니는 자리에 누워 손으로만 어여 가라 손짓했다. 지난번 군청 행찻길에 버스 끊어진 모진 길을 밤새워 걸어오다가 호되게 감기에 걸린데다가 이틀 전 변소길에 낙상까지 입은 어머니는 아들 혼자만 관가에 보내는 것이 못내 아쉬웠다. 그 땅이 어떤 땅인데 그래 주인한테 말 한마디 없이 나라에서 꿀걱해버렸다는 말이냐. 어이, 인자 한강쟁이논이 우리 것이 되았네, 하고서 입가에 흡족한 웃음을 베어물던 남편 얼굴이 떠올라 어머니의 눈에 눈물이 꾸적하게 달라붙었다. 멀리 신마산(新馬山)까지 가서 멸치를 떼어다가 산골짝, 골짝까지 지고 다니며 행상을 하던 시절도 함께 떠올랐다. 인자 우리도 더이상 장사 안허고 농사만 지어서 묵고 살게 되었단 마시. 남편의 우렁우렁한 목소리가 금방이라도 들리는 것 같았다. 그 남편이 어떻게 죽었는지는 떠올리고 싶지도 않았다. 나라에서 시키는 대로만 하고 산 남편이었다. 하마 첫닭이 울었던가 안 울었던가 싶은 때, 밖에서 누가 부르는 소리에 나간 남편이 오정때가 다 지나도록 돌아오지 않았다. 그리고 어디선가 들려오던 그 소리. 타다다다다, 볶아치던 그 총소리. 그 총소리에 남편이 저세상으로 갔다는 사실은 꿈에도 몰랐다. 그리고 그때 뱃속에 새생명이 들어섰다는 사실도 어머니는 아직 모르고 있었다. 지나간 일들을 말해보라면 어제 일인 듯 또박또박 말할 수도 있을 것 같은데 몸은 자꾸 아득하게, 아득하게 떨어져내리고 있었다. 떨어져내리는 것 같으면서도 또 둥실둥실 떠오르고 있었다. 어머니가 그러고 있는 사이, 방에 불 세게 때놓고 어머니 먹을 미음 한냄비 오지게 끓여서 머리맡에 놓아둔 부칠은 행찻길에 올랐다. 다행히 찻길은 눈이 녹았다 하였다. 마당재만 올라채뜨리면 거기서부터 찻길까지는 씽씽 날아가면 될 것이었다.

이번에는 차 안에서도 졸지 않았다. 행여 잠결에 손에 들고 있는 지적도를 놓칠까봐서가 아니라 어머니 땜에 마음이 편치 않아 부칠은 잔뜩 인상을 구긴 채 군청으로 갔다. 이번에는 수위한테 약간만 고개 숙여 인사하고 곧장 재무과가 있는 건물로 직행했다. 두 번 걸음이라 한결 익숙한 것이 부칠의 마음을 적이 안심시키는 바도 있었다. 무엇보다 손에 들고 있는 지적도라는 확실한 물건의 위력이 큰 것 같았다. 사람이 손에 아무것도 들지 않은 것보다 뭣에 쓰일 물건인지는 모르지만 하여간 뭔가를 들고 있다는 사실이 그렇게도 든든한 것이었다. 이제 이것만 들이밀면 그자들도 자신의 말을 듣는 둥 마는 둥 그리도 무색을 주지는 않을 것이다. 부칠은 댓바람에 삼층까지 날아버렸다. 어머니 때문에 우울했던 기분도 말끔해졌다.

"어이, 관리계장, 여기 좀 보소."

다짜고짜 부칠이 내민 지적도를 훑어본 직원이 다른 직원을 불렀다.

"그러니까, 시방 여기, 이 논이 아저씨 것인데, 국가 땅으로 넘어가버렸다는 말씀인가요?"

"그렇습니다."

공무원들이 일순간 부칠을 빤히 쳐다보았다. 부칠의 입에서 그들도 놀랄 만큼 정확하고 야무진 표준말이 세련되게 흘러나왔기 때문이다. 말만으로도 공무원들의 야코가 단박에 죽은 것 같았다. 그들이 어서 어서 더 말을 시켜주기를 부칠은 고요히 기다렸다.

"그런데 말씀입니다이, 이 번지수의 내력을 알자면 등기소에 먼저 가셔서 말입니다, 등기부등본을 한통 떼어다 주실랍니까?"

"그, 그러믄 드, 등기소가 어디 있다요?"

공무원의 말본새가 금세 등등해졌다. 그것은 부칠의 야코가 죽는 순간과 동시였다.

"가까워요. 군청 앞 노타리에서 오른쪽으로 카브를 놀면 매일시상이 나오지요이, 매일시장 지나 궁전예식장 옆골목 보면 광주지방법원 곡성지원이라고 있어요, 거깁니다."

부칠은 그만 고개를 구십도로 수그리고 말았다. 부칠은 허겁지겁 군청을 나와 등기소에 가서 등기부등본을 한장 뗐다. 그것을 손에 들고 또 눈썹이 휘날리도록 군청으로 내달렸다.

"장곡천 준화가 누굽니까?"

"저는 잘 모르겠습니다."

이제 부칠은 어지간히 공무원과 말하는 데도 익숙해졌다. 쓸데없이 주눅들고 쓸데없이 뻣뻣해질 필요도 없다는 것을.

"장곡천씨가 바로 마분칠씨 부친 되시는 것 아니겠습니까?"

"저희 아부지는 마준홥니다."

"그러니까 내가 여기서 말하고자 허는 것은 장곡천 준화라는 사람이 마준화라는 사람임을 입증할 만한 자료가 있어야 헌다 이 말입니다. 그리고 그 마준화씨가 마분칠씨 부친이라는 증거가 있어야 하는 겁니다."

"어뜨케 해얍니까?"

부칠은 더이상 말이 더듬거려지지 않으니까 좀 살 것 같았다.

"해방된 연도나 이듬해라도 호적개명을 안하셨던가요?"

어쩐지 공무원이 자신을 나무라는 것 같아 부칠은 얼른 고개를 숙였다.

"죄송허게 되었습니다. 아부지가 워낙에 험하게 돌아가셔논게 어무니가 미처……"

부칠의 눈에서 그만 뜨거운 것이 솟아나고 말았다. 생전에 아버지 얼굴 한번 못 봤다는 사실이 그제야 가슴에 턱하니 가로울대를 쳤다.

"우실 것까진 없을 것 같고요이. 왜냐허면는 일단 호적부를 떼어보면 장곡천 준화씨가 마준화씨라는 사실이 입증될 테니까요. 그러면 일은 간단하게 해결되는 거 아닙니까? 잠깐만 기다려보십시오이. 제가 호적부에 가서 한번 확인을 해보지요."

정말로 잠깐만 기다리라더니 잠깐 사이에 호적부를 다녀온 직원이 심히 난감한 표정으로 말했다.

"호적부가 단기 4283년 10월 3일 화재로 인하여 다 소실되어버려서 이전에 사망한 사람들에 대한 호적을 확인할 수가 없다는데, 이거 일이 곤란하게 되야부렀습니다."

술을 못 마신 이장은 심심해서 못 견디겠는지 하품을 늘어지게 하며 부칠이 내놓은 등기부등본을 들여다보았다. 그러다 문득 무르팍을 탁 쳤다.

"당숙 집에 혹시 등기권리증 있소?"

"그것이 뭐다요?"

"논문서 말이요."

"어디가 있을 건디요."

"그것을 찾아야 헌다 말이요. 그러고 말이요, 당숙, 내가 오늘 당숙 집 일이 걱정되야서 법무사무실에를 잠깐 들러서 문의를 해본 바에 의하면 말입니다. 그것을 말허기 이전에 당숙이 나헌테 술을 한잔만 사주며는 내가 당숙 일에 협조를 아끼지 않을 것인바, 일이 어렵게 되어부렀다고 칩시다요. 그러며는 소송을 걸 수배끼는 수가 없을 것이고 무릇 모든 소송에는 증인이란 것이 필요허지요이. 증인도 필요허고 요새는 또 뭔 서명부도 판사의 판단에 영향을 미칠 수 있는 좋은 자료가 된다등만요. 당숙이 서명용지를 가지고 댕김스로 이렇게 말을 허씨요. 오십년간이나 지어묵고 산 논인 것은 당신들이 잘 알지 않느냐. 그 땅은 일본놈 땅이 아니고 한국사람 마준화 것이다. 그것은 동네사람 전부가 다 아는 일 아니요? 일은 간단허지라우. 동네사람들이 입증허는데 누가 뭐랄 것이요."

딴은 이장 말이 하나도 빈틈없는 백프로 정답이었다. 쇠뿔도 단김에 빼랬다고 말 나온 차에 소송까지 갈 일을 대비하여 서명부를 작성하기로 하였다.

부칠은 이장에게 줄 술을 사러 주막으로 갔다. 주막집에서 금택이 서껀 논다니 필주, 만갑이 술추렴을 하고 있었다. 그들을 안 봤다면 모를까 보았으니 부칠은 여차저차해서 내가 지금 이런 일을 하고 있노라, 명색이 한동네서 큰 깨복쟁이 친군데 멋지게 할 것도 없이 간단한 싸인 정도만이라도 서명을 좀 해달라, 부탁했는데 금택이 '찟자'를 놓았다.

"맨입으로야?"

"너하고 나하고 어떤 사인지 너 아냐?"

필주는 화투장 든 손을 찌를 듯이 앞으로 내밀며 밑도끝도 없는 소리를 했다.

만갑이만 유일하게 아뭇소리 않고 이름자를 박아주었다. 필주가 한 말이 요령부득이라, 만갑의 서명을 받으며 부칠이 필주에게 말했다.

"우리는 동창 사이잖여."

"역사를 통 모르그만이. 너하고 나는 원수 사이여, 마."

뜬금없는 소리에 부칠은 필주를 바로 보지 못하고 금택을 보았다.

"그 말이 뭔 말인고 허니 부칠이 너는 왼쪽이고 필주는 오른쪽이라 이 말이여."

한동네 살면서 쉬쉬하며 지낸 일이 이런 일 앞에서 불거지리라고는 미처 생각 못한 것이 불찰이었다. 얼굴도 못 본 아버지는 부역자, 빨갱이요, 필주 부친은 또 토벌대 출신이 아니던가. 필주는 쐐기를 박듯이 말했다.

"내가 너를 죽이지 않고 놔둔 것만도 감사허게 생각해라. 어째서 내 아부지 원수의 자식인데 그대로 놔두고 봄서 살았느냐, 그것은 바로 내 인생이 불쌍드키 절뚝발이 신세인 니 인생도 불쌍해서 그런 것이다. 잠자는 사자의 코털 그만 건드리고 후딱 꺼져 이 빨갱이 쌔보 자식아."

부칠이 오기 전 이미 술에 취해 있던 필주였다. 금택과 만갑이 필주의 양쪽에 서서 부칠을 쌔려보았다.

"하여간 느그 마가들 땜에 김가들 신세 좆된 사실만 알아둬라, 등신아."

부칠이 고개를 푹 숙이고 들어서자 이장이 부칠의 안색보다 술부터 살폈다.

"서명받기는 포기해야는갑소."

"뭔 일 있었던개비요?"

"우리 마가들 땜시 즈그 김가들 신세가 좆되았다고 안허요."

"신경쓰지 마시요. 다 옛날간날 지나간 일인디 속없는 어떤 놈들이 맥없이 뜨신 밥 묵고 씨알배기없는 소리 허고 자빠졌던가비요. 말이야 바른 말이제, 김가들이 즈그 살라고 맥없는 마가들 꼬나바쳐서 한날 한시에 마가 열다섯 집이 한지사를 지내게 된 것은 삼동네 사람들이 다 아는 사실인디…… 당숙이 역사를 통 모르구만요."

"나는 암것도 모르요. 참말이요."

"에 또, 그것이 뭔 역사냐 허며는 인자부터 내가 이야기를 헌다 치며는 말이 상당히 길어지는디, 대략적으로 말허자면 여가 여순반란 사건 때 반란군 지나가는 길목이었소. 거기 마가들 몇이 반란군들한테 묻어서 산으로 안 들어가부렀소? 반란군 찾아내라고 토벌대가 들이닥친게 김가들이 마가들을 찍어분 것이제. 그 통에 죄없는 당숙 아부지도 희생이 된 것이요. 다 지나간 일을 가지고 트집을 잡고 지랄들을 허는 것이 사람들 영 못쓰겄구만. 입에 지름칠을 충분히 안해준게 내 입에서도 막 헛소리가 나올라 허요. 사실은 그런 것이 중헌 것이 아니고 시방 당숙 논을 찾어오는 것이 급선문디."

이장이 허옇게 웃었다. 잠깐 역사라는 고랑창에 빠졌다가 현실로 기어나오듯 부칠도 퍼뜩 정신을 차렸다. 서명부 작성하기는 그른 것 같고 집에 가서 논문서 찾는 일이 더 급하다는 결론이 섰다.

어머니는 아침녘까지 백내장 걸린 눈이지마는 또렷하게 뜨고서 신음소리도 내고 했는데 해거름부터 통 눈을 뜨지 않았다. 해 넘어가니

어머니도 주무시려나보다, 하고 내버려뒀는데 어째 사람이 흔들어도 몸에 힘이 하나도 안 들어가는 느낌이었다.

"눈 좀 잠깐 떠보시랑게요. 뭣이냐 허믄, 논문서 있지라, 그것 좀 얼른 내놔보씨요. 급허단 말이요."

어머니 손이 슬며시 한번 올라갔다 내려뜨려졌다. 어디를 가리키는 것도 같았다. 부칠의 눈이 어머니 손 있는 데서 그 손이 가리키는 방향으로 천천히 이동했다. 혹시나 하는 마음에 반닫이 문을 활짝 열어젖혔다. 낡은 옷가지 몇벌이 전부였다. 반닫이 안은 그냥 횅했다.

"어디냐고요오."

숫제 부칠의 입에서 울부짖음이 새어나왔다. 어머니는 다시 반닫이 쪽을 가리켰다. 부칠은 반닫이 속의 옷들을 다 끄집어내었다. 그것들을 툴툴 털어냈다. 좀약을 쌌던 신문쪼가리가 가루가 되어 비늘처럼 떨어졌다. 부칠은 이제 거의 반미치광이처럼 악을 썼다.

"없어요, 없어. 잠깐 눈떠보는 게 뭐가 어렵다고 고집을 부리시요, 진짜."

부칠은 엉엉 울면서 어머니가 가리키는 방향의 모든 물건들을 끄집어내어 홀홀 털어냈다. 그렇게 해서 반짇고리 속에서 누렇게 바랜 종이 한장을 발견해내었던 것이다. 이제 내일 날이 밝는 대로 지적도와 등기부등본과 논문서인 등기권리증을 가지고 군에 갈 생각을 하니 부칠의 가슴 한켠이 등등해져왔다. 서류의 종류가 많아진 만큼 뱃가죽에 힘도 더 들어갈 것을 생각하니 부칠은 관청 드나들기도 은근히 재미있어지는 것 같았다. 다만, 어머니가 좀 걱정되는 것이 흠이었다.

새벽참쯤 되었을 때 어머니가 팥죽 같은 땀을 흘리고 나더니 정신이 좀 맑아지는지 마른밥을 찾았다. 부칠이 밥을 짓느라 딸각거리고 있는데 어머니가 논문서 어디 됐냐고 한다. 오늘 군청에 가지고 가려고 챙겨됐다고 하니 어머니가 벽력같이 악을 쓰는데 부칠은 그만 들고 있던 쌀함박을 엎을 뻔했다.

"그것을 누구 코앞에 들이밀라고 허냐, 시방. 논문서까지 주고서 인자 어뜨케 논을 찾을라고, 그것 이리 내놔라, 내놔."

"이것이 있어야 논을 찾는단 말이요."

"안 내노며는 그때 내놔도 안 늦어, 이눔아."

"누가 이걸 뺏어가요?"

"논까지 뺏어가는디 종이짝 하나 못 채가?"

부칠은 픽픽 웃었다. 웃으면서도 할말은 다 했다.

"나를 뭘로 보고 그러시요. 어무니가 나를 똥칠이 취급하니까 인간들이 모다들 그러는 것 아니요? 내 말이 틀렸소? 지 아부지 죽은 내력도 모르는 등신을 만들어놓고, 에잇……"

분하고 억울한 심정을 가눌 길 없어 부칠은 엉엉 울었다. 울면서도 지적도와 등기부등본과 논문서를 야무지게 챙겨가지고 나오는 것은 잊지 않았다. 동구밖을 나서는데 오늘도 주막집으로 출근하는 금택이 또 뒤에서 똥칠아, 똥칠아, 어저께는 미안하다, 서명부를 내밀어봐라, 하는 것을 내가 니들 아니면 죽을 줄 아냐 하고서 주먹감자를 날려 무시하고 쏜살같이 내달렸다. 칼같이 날선 눈길도 두려울 것 없었다. 마부칠 앞을 가로막을 자 그 아침에 누구도 없었다.

"당수욱, 당수욱, 잠깐 기달려보씨요…… 당수욱…… 할매가 할매가…… 이 족보도 가지고 가…… 그보다도 할매가, 할매가 숨넘어가요오……"

이장이 부르는 소리도 부칠의 귓가에는 메아리로만 들렸다. 필시

저 자가 내 가는 길을 가로막으려 저러는구나 싶어 부칠은 인정사정 볼 것 없이 들입다 내빼버렸다. 그렇게 달렸더니 속이 다 후련해져서 부칠은 읍내로 가는 버스에 올라타서는 비죽이 웃음을 베어물었다.

제적부등본, 구토지대장, 인후보증서, 장흥마씨 족보. 직원이 필요한 증빙서류를 열거했다. 그제야 아침에 이장이 숨넘어간다 어쩐다 하면서 족보, 뭐라고 했던 것이 떠올랐다.

"그 정도까지만 필요한가요?"

"우선은 그렇습니다."

직원이 오늘따라 친절하게 느껴지는 것이 다 서류의 힘인 듯했다. 지적도에서부터 시작해서 등기부등본, 등기권리증에 제적부등본, 구토지대장, 인후보증서, 장흥마씨 족보까지라. 직원은 그 정도만 있으면 증빙서류로서는 충분할 것 같다고 말했다. 오히려 서류가 그 정도까지만 되는 것이 서운한 사람은 부칠이었다. 조금 더 있어도 상관없는데, 소리가 입속에서 뱅글거렸다. 이제 군청에만 오면 기분이 좋아지는 느낌마저 들었다. 자신이 똥칠이도 아니고 부칠이도 아니고 마분칠(馬糞漆)이라는 어엿한 한자이름으로 불리는 것도 그렇게 흡족할 수가 없었다. 그리하여 부칠은 자신이 마분칠로 불리는 한에 있어서는 일년이고 이년이고 관청에만 들락거려도 괜찮을 성싶었다. 마침 점심시간이라 자리를 비우는 군청 직원을 향해 부칠은 안녕히 다녀오라고 공손히 인사하였다. 부칠을 거들떠보는 사람은 아무도 없었다. 그래도 상관없었다. 그들이 점심을 마치고 올 때까지 부칠은 민원인용 소파에 앉아 고요히 기다릴 심산이었다. 실내는 따뜻했고 소파는 편안했다. 그리하여 부칠은 깊숙한 잠의 나락으로 빨려들어갔다.

"이봐요, 마분칠씨, 마분칠씨, 어머니가 돌아가셨다는데요. 일어나

보세요."

부칠은 누가 자기를 깨우려고 장난하는 소린 줄 알았다. 그러다가 정신을 차리고 다시 들으려는 순간, 부칠은 그것이 확실하게 어머니의 부고임을 그제야 알았다. 땅거미가 내리고 공무원들이 퇴근하는 시간이었다.

—『황해문화』 2000년 여름호

홀로어멈

홀 로 어 멈

홀로어멈

며칠째 비가 오고 있다. 온 세상이 그저 빗물에 젖어 있을 뿐이다. 온 세상이 비에 젖어 꼼짝을 안한다. 닭들한테 비 피할 집을 마련해주지 못했다. 닭들은 한방울의 비라도 덜 맞기 위해 자꾸 살구나무 밑으로, 밑으로만 꼬여든다. 아, 저 살구나무. 정옥은 처음에, 그러니까 나무에 꽃이 피고 파란 열매가 맺힐 때까지, 그 열매를 따서 '매실주'를 담글 때까지도 저 나무가 살구나무라는 것을 몰랐다. 파란 매실로 술 담그는 것은 알고 있었으므로 파란 열매를 따서 소주를 부어 '매실주'를 담그려고 했다. 그것이 어떤 열매든 파란 열매 따서 술을 담그면 다 매실주인 줄 알았다. 정옥이 '매실'을 한 광주리 가득 따놓고 소주를 사려고 읍에 나간 사이 친구 순아가 제 신랑하고 정옥의 집에 와 보고는 배꼽을 잡고 웃어댔다고 했다. 사흘들이 소주 세 병 사고 아이들 여름옷 한벌씩 사고 긴 머리가 눈을 가려서 눈을 자꾸 이상하게 치뜨는 버릇이 생겨버린 둘째딸의 머리띠를 사고 자두 천원어치 사서 하루에 한번 있는 버스를 타고 정옥이 집에 와보니 둘째가 일러줬다.

"엄마, 주리 엄마가 그러는데 이 매실이 매실이 아니라네요."

정옥은 일단 머리띠부터 건넸다. 둘째는 엄마가 사온 머리띠가 자기가 원하던 분홍색이 아니고 검정색인 것이 마음에 안 들어서 더는 말을 하지 않으려 했다.

"그럼 무엇이라더냐?"

붕어같이 입을 내밀고는 아이는 아뭇소리 안했다. 이것을 담그려고 소주를 세 병이나 사왔는데. 무엇보다 순아 부부한테 매실이 아닌 것으로 매실주를 담그려고 한 자신의 무지가 우세스러워 정옥은 얼굴이 발긋발긋 달아오르는데 딸이 입을 봉해버리자 득달같이 달려들어 머리띠를 빼앗고 말았다.

"그럼 무엇이라고 하더냐고오?"

"안 가르쳐줘요."

"너까지 엄마를 무시하는 거냐?"

"머리띠 분홍색으로 바꿔다주세요. 그럼 가르쳐줄게요."

"관둬라. 머리띠? 아나, 머리띠."

정옥은 머리띠를, 돈 천원을 그 자리에서 작살내버렸다. 둘째 눈에 금세 눈물이 고이는 것을 못 본 체하고 정옥은 그 길로 언덕배기 순아네 집으로 세살배기를 업은 채로 달려갔다.

"야, 순아야, 왜 우리 딸 앞에서 내 무색을 주고 그러냐?"

순아 부부는 천성이 착한 사람들이라 고릴라같이 푸푸거리는 정옥을 그저 순한 얼굴로 바라볼 뿐이었다. 순아 신랑이 자기 집에 담가둔 매실주병을 꺼내와 정옥 앞에 놓고 차분히 앉으며,

"자아, 그 집이 담그려고 한 매실과 이 집 매실이 어떻게 다른가, 직접 눈으로 확인하시길 부탁하는 바입니다."

정옥은 괜히 부아가 치밀어올라 한잔씩 홀짝거린 것이 취해버렸다. 어미가 술에 취해 비틀거리며 집에 돌아오자 새끼들이 울며불며 난리를 쳤다. 첫째는 뒤로 돌아서서 에미 얼굴 한번을 안 쳐다보고 억장이 무너져라 한숨을 몰아쉬고 있고 둘째는 에미 오목가슴을 콩콩 쩔어대며 엄마가 이러면 자기들은 누굴 믿고 어떻게 살아가야 하느냐며 악다구니를 써댔던 것이다. 정옥은 그날을 생각하면 괜히 진저리가 쳐지며 입술 끝이 실룩거린다. 이건 순전히 그날 이후 생신 증상이다.

바람이 한번씩 불 때마다 살구나무가 진저리를 쳐서 후드득 빗방울들이 가여운 닭들의 정수리며 날개 위로 떨어져내린다. 저 노릇을 과연 어찌할 것인가. 정옥은 팔짱을 끼고 닭장 앞에 서서 하염없이 연구에 연구를 거듭하긴 했다. 하지만 비가 온다. 비가 와서 꼼짝을 안하고 싶다. 비 맞고 해야 할 짓은 다 했다. 부러진 고춧대 세웠지, 옥상에 올라가 방수비닐 쳤지, 물 안 나가는 하수구 뚫었지, 숨이 턱에 차도록 뛰어다녔다. 이제 정말 지긋지긋하다. 하지만 걱정이 된다. 비 맞는 닭들 생각에 정옥은 잠도 편히 못 잔다. 심지어는 닭들이 다 죽어나가는 꿈을 꾸고 소스라쳐 일어났다. 그랬으면서도 또 밖에 비가 오는 것을 보고 정옥은 교실 바닥에 맥없이 퍼질러앉아버렸다. 기실, 이제 교실은 교실이 아니다. 교실이 교실로서의 용도로 사용되지 않은 지도 일년이 넘어간다. 한칸짜리 교실 벽면에 이불장과 아이들 책상과 옷걸이가 주욱 늘어섰다.

이곳은 폐교다. 작년까지 분교였다가 마지막까지 남은 두 학생, 순아네 아이들이 십리 떨어진 본교로 옮겨 다니게 된 뒤, 학교는 도시에서 이사온 정옥이네 살림집이 되었다. 마룻장 사이를 뚫고 자꾸 습기가 올라온다. 발바닥에 눅눅한 습기가 들러붙는다. 파충류 계통의 동물을 밟은 것처럼 정옥은 기분이 영 불쾌하다. 선풍기를 틀어본다. 작동이 안된다. 하여간 말 안 듣는 족속들은 기계든 사람새끼든 한대 쥐어박아줘야 정신을 차릴 것이다, 하고서 선풍기를 내리치려는 찰나 정옥은 히터 생각이 떠오른다. 그 물건이 아직까지 무사한지는 잘 모르겠다. 도시 살 때도 삐걱거리던 물건인지라 꺼내기가 영 부담스럽다. 하지만 습기도 싫고 찬바람도 안 나오는 마당에 대안은 그것뿐이다. 녹이 탱탱 슨 히터를 끄집어내는 일도 보통은 아니다. 땀이 삐질삐질 난다. 전기코드를 꽂고 작동버튼을 누른다. 그럴 줄 알았다. 점화가 안된다. 작동 안되는 히터를 이리저리 두들겨도 보고 발로 내질러도 본다. 녹이 부슬부슬 마룻바닥으로 떨어져내린다. 그러다가 정옥은 녹슨 히터 때리던 손으로 이녁 머리를 쳤다. 전기가 안 들어온다는 사실을 깜빡한 제 머리를 히터 때리던 것보다 더 맵게 한대 쳐주고 말았다.

이렇게 춥고 눅눅할 때는 술이라도 한잔 마시면 그래도 좀 나을까 싶다. 전기 안 들어와서이건 어쨌건 작동도 안되는 게 눈앞에 버티고 있는 것이 볼썽사납다. 말 안 듣는 히터를 들어내는 일 또한 사람 힘을 빼리란 걸 끄집어낼 때 알아봤으므로 그게 겁나서라도 술을 한잔하고 볼 일이다. 술이 일단 몸속으로 들어가면 제정신이 아니라서 힘든 일도 힘든 줄 모르고 하게 된다.

그것이 무슨 큰 비밀이라고 학교 바로 윗집 사는 할멈이 속닥속닥 가르쳐주었다. 주름살투성이 얼굴에 우는지 웃는지 분간 못할 표정을 가진 할멈이 속곳 속에 대롱대롱 꼼쳐가지고 온 것은 다름아닌 '집이

하고 나하고 암도 모르게 노나묵을' 술이었다.

"그렇게, 내 말이 뭣이냐 허믄, 젊은 과수댁 새겨들어보더라고이. 요것이 뭔 요술을 부리냐 허믄 말이여, 귀 좀 대보랑게……"

아무것도 아닌 소린데도 귀까지 대게 하는 심보란 또 무엇인가. 참 별스런 방법으로 사람 웃기는 재주를 가진 할멈 덕분에 정옥은 지난 일년 그런대로 잘 견뎌내며 살았다.

하여간 힘들 땐 술이 보약이다. 순아는 그런 정옥을 늘 근심한다. 오늘 같은 날 순아가 또 들를 것이다. 비가 오면 햇빛 나는 날보다 할 일이 현저하게 없게 마련인 순아는 자기 식구들 벅을 섯 너하기 징옥이 식구들 먹을 것을 준비하여 오라는 전갈을 보낸다. 전화를 하고 그래도 안 가면 제 아이를 보낸다. 그래도 안 가면 이제 제가 스스로 음식을 싸들고 온다. 순아는 불시에 들이닥친다. 문을 드르륵 열고 뭐 하냐고 묻는다. 정옥은 술병을 후닥닥 치운다. 담배도 비벼끈다. 순아는 근심한다.

"술 담배 말고 음식을 먹어야지. 촌에서 여자가 혼자 살려면 몸가짐을 조심해야 한다구. 괜히 입초시에 오를 짓은 아예 하지 말았으면 좋겠다."

순아가 해온 음식은 맛이 있다. 아이들이 생쥐들처럼 고물고물 엄마 친구가 해온 음식 주위에 모여든다. 삽시간에 방안은 고소한 음식 냄새, 행복한 냄새로 가득 찬다. 순아는 그것이 만족스럽다. 제 손 조금 조물거려서 이토록 한 식구들을 행복하게 해주다니. 그녀는 그런 맛에 산다. 정옥의 새끼들을 바라보는 그녀의 흡족한 미소. 그리고 정옥에게 넘어오는 근심스런 시선. 그럴 때마다 정옥은 변명처럼, 아니 진심으로 말한다.

"이제 차츰 나도 너처럼 되어갈 거야."

순아는 그 말을 믿지 않는다. 음식을 다 '파먹은' 아이들이 텔레비전이 있는 교실로 가고 나면 그래서 이제 말귀를 못 알아듣는 세살배기만 남게 될 때,

"아무래도 아이들하고만 살면 밥먹는 것도 그렇고 사는 것이 사는 것이 아니야. 결혼을 해야지. 남자가 있어야 하지 않겠니? 더군다나 촌에서는 말이야."

"걱정 말래도. 아이가 셋이야. 그것만으로도 벅차."

"촌에서 여자가 혼자 산다는 게 말처럼 쉬운 게 아니다. 동네사람들 눈초리 봐봐. 싸늘하잖니. 촌에서 산다는 건 장난이 아니라구."

"누가 혼자 살아? 아이들하고 벌써 네 식구잖아. 그리고 나 장난으로 시골 내려온 거 아냐. 너도 알다시피 발바닥에 불나게 살고 있잖아."

"그러니까 하는 소리야. 왜 발바닥에 불나게 살아? 편하게 좀 살아. 너 소원하는 글도 쓰고. 그러자면 벌어다주는 서방이 있어야 거 아냐, 서방이."

"글써서 먹고살 거야. 그리고 닭도 키우고 개도 키우고 있잖아. 텃밭도 있고. 요새 우리 돈 하나도 안 들어. 물론 니 덕을 좀 보고 있긴 하지만 말야."

순아는 제 충고가 관철되지 않아 쓴 입맛만 다신다. 그래도 그 친구가 있어서 홀어미 정옥이 촌바닥에 짐을 부릴 수 있었다. 아이가 셋 딸린 여자, 그것도 갓난이가 딸린 여자가 홀로 산골에 와 살다니. 마을은 서로 다르지만 순아와 정옥은 이곳에서 멀지 않은 초등학교를 함께 다녔다. 초등학교 졸업하고 같이 부산으로 가 신발공장 다니면서 산업체 부설 야간중고등학교를 또 같이 다녔다. 이곳은 순아가 공

장 다닐 때 미팅으로 만나 결혼한 신랑의 고향이다. 객지서 고향사람 만나기도 쉽지 않은 법인데 이쪽 살 때 모르고 살다가 객지서 만나 결혼하여 다시 고향으로 돌아왔다. 그들은 이곳에 와서 아기 둘 낳고 잘산다, 지금.

그들이 그렇게 사는 동안 정옥은 부산 남자와 결혼했다. 부산에서 태어나 부산에서 학교 다닌 도시 남자다. 남편의 어머니는 자갈치시장 상인들을 상대로 하는 식당에서 종업원으로 20년째 일하고 있고, 아버지는 트럭운전을 하다가 운전해서 버는 돈보다 지입료니 보험료로 나가는 돈이 더 많아 결국 빚을 시고 트럭을 팔아 빚을 갚고 난 뒤로 20년째 실업자로 늙어가는 중이었다. 남편은 그런 부모의 맏이이자 여섯 동생의 형이자 오빠였지만, 이건 순전히 정옥의 판단이긴 하지만, 손에 흙 한번 묻히고 살아본 적 없는 도시 남자였는지라 끝없이 자기 부모 원망하면서 성장하였다. 머리가 커지자 부모를 향한 원망이 이제 사회를 향한 원한으로, 적의로 변질되어갔다. 그와 헤어진 이유라면 그것이 이유다. 성실하게 일해서 먹고살 생각보다는 크게 한탕해서 일확천금을 노리는 곳으로 시선이 옮아갔다.

스무살 때 순아랑 똑같이 한 장소에서 미팅을 한 남자 중에 순아는 촌 남자와 짝이 되었고 정옥은 도시 남자와 짝이 된 것이 지금 이토록 서로의 인생이 달라진 원인이 되었다고 정옥은 믿고 있다. 스무살의 '공돌이'는 삼십이 될 때까지는 아직은 옆에서 살아줄 만했다. 삼십이 넘자 뭔가 남편의 눈빛이 변했다. 삶을 대하는 태도가 불성실해졌다. 저녁에 술 마시고 늦게 들어오고 아침에 늦게 일어나 지각을 하고 결근을 했다. 그러다가 해고를 당했다. 남편의 해고는 정옥이 이혼한 직접적인 원인이 되었다. 해고를 당한 남편이, 이제 갓 셋째아이를 낳은 정옥을 두들겨팼다. 사회에서 실패한 남자한테 가장 만만한 것이 자기 마누라인 것은 공식이고, 정옥은 자기가 그런 만만한 마누라들 중의 한사람이 되어 살아간다는 것이 소름끼쳤다. 해서 순아와 순아의 남편을 보증인으로 해서 이혼을 하고 말았다. 남편은 자신이 책임져야 할 가족이 스스로 떨어져나가는 것에 홀가분한 미소까지 흘렸다. 속으로 이혼을 안해주면 어쩌나 걱정했던 정옥은 남편의 가증스런 미소가 차라리 고맙기도 하였다. 생각해보면 불쌍한 인생들끼리 뭉쳐도 시원찮을 판국에 또 불쌍한 인생들끼리 싸움박질을 해대는 게 이 세상이다. 남편과 이혼을 하고 나서야 정옥은 남편이 불쌍해서 눈물을 조금 흘렸다.

이 마을에도 도시 살다 들어온 집이 정옥이네말고 두 집이 있다. 제비새끼같이 조그만 새끼 둘 데리고 들어온 순아네 윗집 남자는 직장을 잃자 마누라가 집을 나가버렸다고 했다. 그리고 또 한 집은 정옥이 이사오기 전 가출한 마누라 찾아 남편도 집을 나가서 비어 있던, 마을에서 좀 떨어진 외딴 움막집에 언제부턴가 조칸지 아들인지를 데리고 살고 있는 젊은 남자다. 그러고 보면 세상은 온통 실업자 남편과 집나간 마누라들 천지인 것도 같다. 지난주 토요일에도 정옥은 텔레비전에서 그런 프로를 보았다. 서세원의 좋은 세상 만들기라나, 뭐라나. 어디를 가나 꼭 그런 집이 하나씩 있기는 한 모양이다. 엄마, 빨리 돌아오세요, 며늘아, 새끼들이 너무 불쌍타, 이 프로를 보는 즉시 연락이라도 좀 주려무나. 새끼들 떼어두고 집나간 며느리를 애타게 부르는 노인의 눈에 달라붙은 꾸적꾸적한 눈물. 정옥은 그 장면만 나오면 왠지 짜증이 난다. 그 프로를 보고 있으면, 하여간 집나간 년들은 무조건 나쁜년들이다,란 생각이 절로 들기 때문이다. 새끼 떼어두고 집나간 여자 심정 헤아려줄 생각 같은 건 아예 없다. 무조건 돌아오는 것이 최선이다. 돌아오면, 무엇이 달라지나. 새끼들 데리고 노인들 데리고 여자 혼자 이 시골바닥에서 뭘 해 먹고살아가나. 뭘 해 먹고살든 일단 늙은 시부모와 아이들 있는 시골로 돌아온다면, 그 여자는 또 시골사람들 매서운 눈초리를 어떻게 견디나.

폐교에서 산 하나 너머에 정옥의 고향집이 있다. 그곳에 가면 돌아가신 부모님이 살았던 집도 있다. 하지만 고향으로 돌아간다는 건 보통 용기 가지고는 힘들다. 고향이 좋다지만 그건 성공한 사람들 얘기다. 정옥이 아직 고향에 살고 있는 큰집 큰어머니힌데 고향에 내려와 살고 싶다는 의향을 전했을 때 큰어머니가 단박에 그러셨던 것이다.

"소박맞고 친정 동네에 와 산다고? 아이고, 우세스럽다, 우세스러워. 암두 모르는 곳에 가 살아라. 새끼만 없다믄 혀 깨물고 자진을 할 일이다"라고. 그리하여 정옥은 결국 고향마을로 들어가지 못하고 친구 순아가 살고 있는 이곳 산골로 들어오게 되었던 것이다. 정옥은 남편 모르게 지방신문 신춘문예에 응모하여 '합격'을 했다. 그것이 정옥이 삶의 근거지를 도시에서 시골로 옮기게 되는 결정적인 이유가 됐다. 남편과 이혼을 하고 온 날 저녁 정옥은 불현듯, 하지만 가슴에 오래 묵혀두었던 그 생각이 들었다. 정옥의 눈앞이 갑자기 환해졌다. 글 쓰는 사람이 되어야지. 그걸로 먹고사는 사람, 말이다. 그러자면 생활비가 적게 드는 시골에 가서 살아야지. 그 생각은 무슨 계시처럼 정옥의 눈앞을 갑자기 환하게 했다. 물론 가장 큰 응원자는 순아였다. 정옥은 버릴 것 버리고 남은 최소한의 짐을 싸서 순아가 주선해준 이곳 폐교로 이사를 오게 된 것이다. 글을 써서 먹고산다는 막연하지만 그럴듯한 그것, 그것은 말하자면 정옥이 지닌 마지막 카드였다. 이제 정옥은 그 카드 하나로 배수진을 쳤다. 그랬던 것이 작년 여름의 일이다. 그 일년 동안 정옥에게 무슨 일이 일어났나. 애초에 글을 써서 생계를 잇고자 했던 정옥의 야무진 포부에 가장 강력한 지지자였던 순아가 맨 먼저 돌아섰다. 순아가 정옥의 집에 들어서며 버릇처럼 묻는 말이, "오늘 어디서 청탁온 거 있느냐"였다. 청탁온 곳은 없었다. 청탁이 안 와서였겠지만 정옥은 "청탁받아 글 안 쓴다"고 했다. 순아가 "어디서 니 글을 사겠다는 사람이 있느냐"고 물었다. "아직 그런 사람 없다"고 했다. 순아가 "그러면 청탁오는 데도 없고 니 글 사겠다는 사람도 없는데 뭘 해 먹고살 거냐"고 물었다. 정옥이 "그냥, 당분간 이대로 살다가 다른 일자리를 알아보겠다"고 했다. 순아가 "그러면 다른 일자리를 알아보려면 다시 도시로 가야 하지 않겠느냐"고 했다. 정옥은 "그러기는 싫다"고 했다.

그날 이후부터였을 것이다. 순아가 은근히 정옥의 결혼 말을 내놓기 시작한 것이. 정옥은 그러나 순아가 결혼 운운하는 것을 내버려두었다. 뭔가를 말하고는 싶었지만 아껴두기로 했다. 순아가 옆에서 뭐라고 뭐라고 할 때 제 속에서는 또 그것이, 그 뜨겁고 등등한 것이 이윽히 차오르고 있다는 것을 함부로 말하고 싶지는 않았다. 내 외로움이, 내 가난함이 사실은 내 힘이라는 사실을. 그 힘이 자기를 이곳에 오게 했다는 사실을.

그런데 어쩌자고 어제 부른 보일러수리공은 아직까지 감감무소식인지 모르겠다. 참 책임감 없는 인간이다. 이 보일러집은 얼마 안 가 파산할 것이다. 이따위로 영업을 해서야 원, 그 장사가 오래갈 것인가. 전기수리공은 산아래 마을까지 왔다가 되돌아간다는 연락이 왔다. 아랫한배미와 정옥이 살고 있는 윗한배미 사이에 산사태가 나서 길이 막혔다는 것이다. 영업하는 사람이 이 정도는 돼야지 말이야, 크 읔. 일상이 뒤숭숭하니 정신도 갈피가 없어 정옥은 괜히 혼잣말이 많 아졌다. 길이 막혔다고? 크읔. 그러면 어디에다가 신고를 해야 하나. 군청에다 해야 하나, 군청 어디? 재해대책반이라나, 뭐라나, 그쪽으로 해야 하나? 전화통을 든다.

"여보세요? 거기 군청 재해대책반 좀 부탁합니다. 저는 섬진강 옆 윗한배미라고 하는 마을에 사는, 거기 폐교된 분교에 사는 사람인데 요. 신고 하나 하겠습니다, 크읔. 윗한배미 마을하고 아랫한배미 마을 사이에 시방 산사태가 나서 교통두절된 상테에 있습니다. 뭐라구요? 언제 났냐구요? 글쎄요, 잘은 모르겠지만서도 어젯밤에 났지 싶은데 요. 새벽 한시쯤에 으르릉 쾅 할 때 우리집 전기제품들이 일제히 스톱 모션을 취해버렸지 않습니까, 나 원 참. 수리공들이 왔다가 되돌아가 는 형편입니다. 빨리 복구를 해주셔야지 안 그러면 이거 우리집 식구 들 전부 얼어죽게 생겼습니다요."

"금일 공한시라. 알겠습니다. 민원 접수하겠습니다. 기다려주시면 후속조치가 나갈 겁니다."

"아, 예, 감사합니다. 그럼 전화받으신 분 말씀만 믿고 기다리겠습 니다, 크읔."

폐교는 정옥이네가 살림집으로 쓰는 관사와 도시 살 때 쓰던 온갖 살림살이가 들어와 있는 교실, 그리고 정옥이네가 살구나무 밑 한귀 퉁이에 닭장을 만들어놓은 손바닥만한 운동장으로 구성되어 있다. 지 금, 숙소로 쓰는 관사, 부엌이 있고 장판 깔린 보일러방이 두 개 있는 그 관사의 전기가 나간 지 이틀째다. 아, 깜빡했다. 어젯밤이기는 어 젯밤이지만 새벽 한시였으니 이틀은 아니다. 정정할 것은 정확히 정정하면서 살아야지 안 그러면 큰코다칠 일이 틀림없이 생기고야 말 테니까. 흐응, 갑자기 코웃음이 떠오를 게 뭐람. 말이든 마음이든 고칠 때는 후딱후딱 고쳐야 한다. 그러지 않으면 지난번 '감 사건' 같은 일이 또 생길 수도 있으니까. 정옥은 그 생각을 하면 지금도 오싹 긴장이 되면서 뒤미처 재채기가 나오려고 한다.

지난해 가을, 가을도 깊어 겨울의 문턱에 있었던 일인데, 정옥은 아이들을 데리고 산으로 소풍을 갔다. 목적이 있는 소풍길이었다. 그 전날, 정옥이 큰아이들 학교 보내놓고 셋째 업고 산에 갔다오다가 그 감나무를 발견한 거였다. 한차례 진눈깨비도 내렸는데 아직 감이 달려 있는 감나무가 산골짝 여기저기 산재해 있었다. 웬 감이냐, 하고 일요일인 다음날 부대 하나씩 아이들 손에 들려서 본격적으로 감을 따러 간 거였다. 저렇게 비탈진 곳에, 수풀이 우거진 곳에 있는 감나무가, 더군다나 겨울 문턱인 지금까지도 감이 달려 있는 감나무가 임자 있는 거라고는 생각하지 않았다. 부대는 금방 찼다. 감은 한차례 눈을 맞아서인지 태반이 짓물러 있었다. 그래도 이거면 아이들 간식거리 하기에는 그 양이 떡을 치고도 남을 만했다. 갑자기 부자가 된 듯한 기분으로, 마치 전리품을 획득한 병사들처럼 씩씩하게 산길을 내려왔는데, 그날 밤 순아가 정옥이 집에 자박자박 내려와서는 산에 가서 혹시 감 땄더냐고 물었다. 정옥이 그렇다고 하자 순아 표정이 일그러지며 당장 가서 감 임자한테 용서를 빌라고 했다. 감 임자가 정옥의 얼굴 한번 쳐다보지 않고 몸을 외로 꼬고는 이러구러, 여차저차, 장광설을 늘어놓는데 정옥이 나름대로 종합해서 내용을 요점정리해보니, 이 영감이 지금 하는 소리가 자식들까지 데려가서 남의 물건에 손댄, 언뜻 듣기에도 도둑년 취급을 하고 있지 않은가, 하는 결론이 나왔다.

이왕 일이 이렇게 된 것, 솔직히 감값을 달라고 하면 피차에 얼마나 깨끗할 것인가. 조금만 더 듣고 있다가는 속이 뒤집힐 것 같기도 했지만 이 영감이 지금 돈 달라는 소리를 저렇게 빙빙 돌려서 하는지도 모른다는 판단을 내린 정옥이 대뜸 자루 하나에 얼마냐고 물었다. 아니나다를까, 여태 점잖은 체 질질 장광설을 늘어놓던 영감이 갑자기 태도를 바꿔 바싹 마른 뺨을 파르르 떨며 "집이가 정 그렇게 나온다면, 거두절미하고 오만원을 내라"는 것 아닌가. 다 짓물러터진 감 한 부대에 오만원이라니. 그 돈이면 사실 정옥이네 네 식구 한달을 살 수 있는 돈인데. 정옥은 눈물이 쏙 나왔다. 감 임자기 오만원이나 달래서 눈물이 난 게 아니라 오만원으로 자기 식구들이 한달을 산다는 생각이 새삼 목울대를 아프게 했던 것이다. 정옥은 순아한테 가서 감 한 자루에 오만원이 정상가격이냐고 물었다. 순아 말이 그렇지는 않지만 감 임자가 입은 정신적 피해를 생각하면 그 정도 가격이 나올 수 있을 거라고 했다. 감 임자가 정신적 피해를 입을 만한 건덕지가 어디 있느냐고, 정옥은 감 임자 앞에서는 꼼짝도 못하다가 애먼 순아한테 분노를 터뜨렸다. 순아는 냉정하게, 외지인이 지역에 뿌리내리는 데 드는 비용이 그 정도면 싼 것 아니냐고 되레 눈을 치떴다. 덧붙여 말하기를 이런 경우는 공정이니 정상이니 돈을 따질 수 없는 일이라고 했다. 감 임자가 십만원을 불렀다 한들 어차피 주인 허락도 없이 감을 딴 입장인 네가 어쩔 것이냐고, 지가 무슨 감 임자 딸이나 된 것처럼 따지고 드는 데는 친구고 뭐고 만정이 떨어졌다. 그래도 순아 말 중의 한 대목에 힌트를 얻어 정옥은 다시 감 임자한테 갔다. "감 한 부대에 오만원을 달라시니, 제 입장에서는 거짓말이 아니라 솔직히 그 돈을 내놓기가 곤란합니다. 그러니 어르신께서 너그러이 용서를 해주신다면 다시는 이런 일이 없도록 주의하겠습니다."

일명 '감 사건'은 그렇게 막을 내렸다. 말 한마디 잘못하여 큰코다칠 뻔하다가 또 그 말 한마디에 만사형통한 일이 어디 감 사건뿐이랴. 어찌됐든 군청 직원의 표현대로 어젯밤 공한시에 전기가 나가서 기름보일러도 돌릴 수 없다. 보일러는 전기가 나가기 전 이미 고장난 상태에 있었다. 천둥벼락이 내리치자 집안의 많은 전자제품들, 전기기기들이 한꺼번에 고장나버렸다. 쿵 소리를 내며 보일러가 먼저 돌아가기를 멈추었다. 컴퓨터가 안되고 세탁기가 안되고 텔레비전이 차례로 작동을 멈추었다. 전자제품들이 자의든 타의든 총파업을 일으킨 것이다. 일상이 곤죽이 되어버렸다. 실내에 거미줄같이 쳐놓은 빨랫줄에서는 손으로 한 빨래들이 이상한 냄새를 풍기며 이틀째인데도 다 마르지를 않고 있다. 저놈의 히터라도 작동한다면 빨래들을 어떻게 해볼 수도 있을 텐데. 또 아차, 싶다. 이번에도 제 머리를 때릴 수밖에. 일상을 원천봉쇄하는 것은 전기인 것을. 한가지 사실을 두 번씩이나 깜빡깜빡해대는 것이 아무래도 심상치 않다. 순아 신랑이 두꺼비집이랑 누전차단기랑 뙤작뙤작해보더니 자기 기술로는 안되겠다고 물러났으니 이제 하염없이 전기수리공 오기만 기다리고 있을 수밖에 없다. 자박자박하는 걸음소리가 나는 걸 보니 순아가 오는가보다. 그러자 정옥은 갑자기 술이 깨며 정신이 번쩍 든다. 그런 정옥의 속을 아는지 모르는지 순아는 너울너울하는 빨래며, 딴에는 긴장하고 쭈그려앉은 정옥을 일별한 뒤에,

"관사에서 교실로 아예 이사를 했구나, 이사를."

심란한 표정과 착 가라앉은 목소리가 또 그 수작임을 알겠다. 듣기 싫은 소리 외면도 할 겸 나도 너만큼은 하고 사는 엄마라는 걸 보여줄

필요도 있을 것 같아 정옥은 저녁 반찬거리를 미리 다듬을 요량으로 윗집 할멈이 갖다놓고 간 감자와 고구마줄기를 가져다 껍질을 깐다.

"다름이 아니고, 우리 윗집에 애기 둘 데리고 온 남자 있잖니."

고구마줄기 껍질이 한번에 벗겨지면 기분이 아주 좋다. 하지만 한번에 벗겨지는 것은 열에 하나. 거개가 중간에서 똑똑 부러져버린다. 온 정신을 고구마줄기에다 집중해서 벗겨도 제대로 벗길까 말까 하는데, 다른 날과 달리 착 가라앉은 순아 목소리가 정옥은 자꾸 신경에 거슬린다.

"고구마줄기를 그렇게 벗기면 안된다니까 자꾸 그렇게 벗기네. 자, 나 하는 것 봐라. 이파리를 먼저 꺾는 거야. 그래서는 힘주지 말고 부드럽게 벗기면…… 봐라, 안 부러지잖아. 그건 그렇고."

"야, 예술이다, 예술. 어디서 고구마줄기 벗기기 대회 같은 거 안하냐? 그런 거 있으면 니가 일등할 텐데."

"자꾸 딴죽 걸지 말고 내 말 들어봐봐. 그 남자가 말이다, 다른 건 몰라도 빨래 하나는 기막히게 하더라. 그 집 처마밑에 주르르 걸린 빨쓰들이 어찌나 하얀지 내가 감탄을 했다, 감탄을 했어."

"빨래만 잘하는 줄 알어? 밥도 잘하고 청소도 잘하더라."

"너도 봤구나. 시골 남자들이 얼마나 더럽게 하고 다니냐? 우리 주리 아빠도 도시 살 때는 그런대로 깨끗했는데 시골 오니까 야만인도 그런 야만인이 없다."

"너희 윗집 남자도 이사온 지 일년도 안돼서 그렇지, 마찬가질걸."

"그건 아닌 것 같애. 집구석이 얼마나 깔끔한지, 그 집 변소 한번 가봐라. 세상에나, 시골에서 그렇게 깨끗한 변소는 내 생전 처음 봤다."

"너희 집 것 놔두고 왜 그 집 변솔 써?"

"그러게 말이다. 홀아비집이라 어려워서 통 들여다보지도 못하고 산 것이 이웃된 도리로 안될 일이다 싶어 갔다가 변소 구경까지 했지 뭐야. 그런데 그 집 변소가 우리집 안방보다 더 편하더라고, 세상에. 깨끗한 것이 편하다는 걸 그 집 변소에서 알았네, 그냥. 그 뒤로는 일 보고 싶을 때마다 그 집 변소 생각이 나싸서 고민이네."

정옥이 웃을 걸 기대하고 순아 딴에는 우스운 얘기 한답시고 이런저런 잡다한 소리 늘어놓는 눈치건만 정옥은 닳아진 숟가락 더 닳아져라, 감자껍질만 벅벅 긁어대고 있다.

"얘, 너는 어쩜 그렇게 고집이 세냐, 그래. 우리집에 내동 감자 깎는 칼 있다고, 하나 가져다 쓰랬잖아, 내가."

"나도 감자껍질 벗기는 칼이 있는 줄은 알어. 하지만 힘들긴 해도 숟가락으로 긁는 게 더 재밌어서 그래."

"니가 아직 감자껍질 전용칼 맛을 제대로 몰라서 그래. 너 사는 것도 마찬가지 아니야?"

"사람마다 다 생각이 다르니까."

"하여간, 그 남자가 서울에서 전기 계통 일을 했다고 하거든. 그래서 말인데, 지금 한번 불러올까 말까, 너한테 아무래도 허락을 받아야할 것 같은 기분이 들어서 말이야. 그래서 왔어."

마지막 말을 유난히 새침하게 마감한다.

"니가 언제 무슨 일이 있어야 오니? 그 아저씨가 전기 고치는 일 잘아는 사람 같으면 잘되었네. 지금 모셔와라."

순아는 아줌마 품에 어울리지 않게 팔랑거리며 간다. 머잖아 순아 윗집 홀아비가 '눈부시게 깔끔한' 모습을 하고 순아를 따라왔다. 전기 계통의 일을 한 사람의 손치고는 지나치게 허옇고 손가락이 길쯤하다. 웬일인지 남자의 허연 손을 보자 정옥은 소름이 쫘악 끼친다. 순아는 무엇이 좋은지 내력없이 경중경중, 히히덕거린다.

"어디서 누전이 되나봐요. 비 안 오는 날 수리공을 한번 불러서 전기선을 새로 설치해야겠네요."

홀아비가 전기를 못 고친 게 자기 죄나 되는 것처럼 손을 싹싹 비벼대며 겸연쩍게 웃는다.

"그렇잖아도 수리공을 불렀는데 산사태 때문에 그냥 돌아갔어요."

"그럼 저는 이만……"

순아가 홀아비 뒤에서 그냥 가지 말라고 하라고 정옥에게 신호를 보낸다. 그냥 보내면 가만두지 않겠다는 격렬한 몸짓이다. 할 수 없이,

"이왕 오셨으니 누추하지만 들어오실래요?"

넉살도 좋아라, 주저하는 기색도 없이,

"그러지요."

순아 자기가 주인인 것처럼 부리나케 방석을 내놓는다.

"대접할 건 없고 술이나 한잔 드시지요."

홀아비가 손사래를 친다.

"술 못합니다. 아니 술 안할랍니다."

"술하고 무슨 원수라도……"

"맞습니다. 저희 일가가 술 때문에 망한 집안이 되어놔서."

정옥이 내놓으려던 술병을 그것 봐라,는 식으로 순아가 치우고 있다. 홀아비는 뒤도 돌아보지 않고 제집으로 돌아갔다.

순아 뜻대로 돌아가지 못하고 상황은 끝이 났다. 이제 더이상 결혼 운운하지는 못하겠지. 그러나,

"그렇다며언!"

"이번엔 또 누구야? 내 앞에 갖다만 줘. 얼마든지 상대해줄 테니까."

"저쪽 축사 있는 외딴집 말야, 그쪽에 술 기막히게 잘하는 젊은 남자……"

"그래."

정옥은 스멀스멀 웃음이 나오기 시작한다. 그 젊은치 나이가 어떻게 되나, 싶다.

"요즘 세상에 나이가 무슨 상관이니. 남자 여자 만나 살면 그만이지."

순아도 그 젊은치 나이가 의식이 되긴 하는 모양이다.

"일부러 불러줄 건 없어. 그러잖아도 내일 그 친구 만나서 읍내 나갈 생각이다."

"그래? 야, 잘되었다. 일이 벌써 그렇게 돌아갔던 것을 왜 나한테 진작 말해주지 않고서는."

순아가 음흉하게 눈을 흘긴다.

"일 때문이야. 교육청에 갈 일이 있어서. 너희 집 애들은 교통비를 지급받는데 우리집 아이들하고 그 친구 아들, 아니다, 조카라더라, 그 아이한테는 왜 지급을 안해주는지 좀 알아볼려고."

"학교에다 문의 안했어?"

"왜 안해. 수차례 전화하고 찾아가도 자기들은 모르는 일이라고 하는걸."

"야, 교통비가 얼마나 된다고 그러냐? 돈없는 사람 티날까 우세스럽구만."

순아가 저런 식일 때는 반응을 보이지 않으면 그만이다. 생각이 다른 사람한테 화를 내봐야 무슨 소용이 있겠는가.

낮에 가면 사람이 없을까봐 내일 시간을 낼 수 있는지 알아볼 필요가 있겠다 싶어 정옥은 저녁밥 먹고 움막집으로 가본다. 멀리서 봐도 불이 깜박이는 게 사람이 있는 모양이다. 기척을 내니 젊은 남자가 조카하고 낄낄대고 있다가 부스스한 몰골로 움막 출입문을 연다. 언뜻 들어오는 움막 안 풍경이 말할 수도 없이 심란한 것 같아 정옥은 안으로 들어가는 건 자제한다. 그것이 없이 사는 사람 자존심을 건드리지 않으려는 배려, 혹은 최소한의 예의가 아니겠는가. 남자도 굳이 안으로 들어오라는 소리는 안한다. 가까이 살면서도 지난봄에 한번 보고 이번이 두번째 만남이다. 정옥은 일부러 축사 쪽을 바라보며 용건을 말한다.

"그동안 누차에 걸쳐서 학교 쪽에 문의를 해봤습니다만 계속 무책임한 소리만 들었잖습니까. 곧 있으면 여름방학인데 방학 되기 전에 어떻게든 아이들 교통비 문제를 해결하고 싶어서 그래요. 그래서 내일이 장날이기도 하고 겸사겸사 해서 같이 교육청엘 가서……"

무슨 일로인지는 정확히 모르지만 이 청년이 학교 교감선생하고 대판 싸움을 했다는 소식을 제 아이들을 통해서 들은 바가 있던 터라 정옥은 학교 말을 꺼내기가 여간 조심스럽지 않다.

"그러잖아도 한번 같이 갈 생각을 하고는 있었습니다. 그동안 여러 가지 일로 좀 바빠서요."

"그래요, 그럼 내일 아침 아이들 학교 갈 때 같이 나서기로 합시다."

"그러지요."

정옥이 집에 와보니 두 딸들이 전기 대신 켜놓은 카바이드 등불 밑에 주저앉아서 꺼억꺽, 서럽게 울고 있다.

"무슨 일이니?"

"주리 엄마가 그러는데 엄마 시집가게 생겼다며? 그럼 우린 어떻게 되는 거야? 어어엉."

"헛소리 말고들 자자."

우는 아이들 때려줄 수도 없는 노릇이고 마음이 심란할 때면 자버리는 게 상책이다.

다음날 어디선가 쨍쨍하는 소리가 나서 정옥이 눈을 떠보니 아닌게 아니라 아침부터 해가 쨍쨍하다. 여러 날 비를 맞고 살구나무 밑에서 옹색하게 떨던 닭들이 멋모르고 환호작약하고 있다. 빗속에서도 살아 남은 놈들 중 몇놈을 오늘 읍내 장에 가서 팔 것을 생각하니 미안한 일이긴 하지만, 사람이 살려니 할 수 없는 노릇이다. 통통하게 살찐 세 마리를 잡아 종이상자 속에 야무지게 처넣어놓고 아이들을 단장시키고 그런 다음에 세수만 할까 하다가, 로션이라도 바르고 가야지, 이거 원 꺼칠해서, 괜히 혼잣소리가 나오는 것이 무안해서 정옥은 결국 로션 바른 위에 약간의 분칠까지 하게 되었다. 분칠을 하고 나니 이번에는 또 입술만 유독 허여멀건 게 꼭 환자 인상 같아 둘째가 요망한 짓 하려고 훔쳐간 루주를 좋은 말로 달라고 했는데 그래도 안 내놓아서 본의 아니게 등짝 후려쳐 다시 뺏어냈다. 눈을 서발이나 흘기며 훌쩍거리는 둘째를 흘끔거리며, 니 엄마 어디 도망 안 갈 테니 걱정 말아 이년아, 말은 하면서도 정옥의 손은 부지런히 입술에 붉은 칠을 했다.

그느라고 시간이 많이 지체된 것 같아 마음이 급해져서 아직도 훌쩍이는 둘째더러 뛰어가면 바람에 눈물이 마를 거라고 첫째, 둘째 앞서 뛰어가게 해놓고 자기는 셋째를 등허리에 질끈 동여매고 마지막으로 머리에 닭상자를 인 뒤 드디어 홀로어멈, 정옥이 산길을 내려가

기 시작한다. 비온 뒤끝에 솟아오른 해맑은 아침해가 그들 네 식구를
눈부시게 비추고 있다.

산사태 난 곳쯤에 이르렀을 때 동네사람들이 삽을 들고 나와 있다.
울력 나오라는 소리를 못 들었는데, 그러면 아침에 쨍쨍하던 그 소리
가 바로 여기 나오라는 징소리였나? 분칠한 얼굴이 좀 부끄럽고 마을
사람들은 다 울력을 나왔는데 자기는 외출을 하는 것이 미안하기도
하여 정옥은 물어보지도 않았건만 이장 앞으로 다가간다.

"저기요, 제가 분명히 어제 군청 재해대책반에 신고를 했거들랑요.
그러니까 굳이 동네사람들이 안 나와도 군에서 나오게 되어 있을 긴
데요."

"그렇잖아도 군에서 연락이 왔습디다. 웬 여자가 술에 취해서 전화
를 했다더니 바로 그 집이구만요이. 맨정신으로 신고를 해도 시원찮
을 판국에 여자가 술을 마시고 왜 그렇게 동네 우세를 사게 허요. 우
리 마을이 어떤 마을인지나 알고 그러요? 지금까지 우리는 우리 마을
에서 일어난 일을 남한테 맡기고 살지 않았소."

"아니, 어떻게 군이 남입니까? 여기 고치는 일도 군청 사람들 돈으
로 하는 게 아니고 우리가 낸 세금으로……"

"아이고, 동네사람들 한나절 봉사하면 끝날 일을 가지고 무슨 신고
를 허고 그러요. 뭘 모르면 가만히나 있지 뭐 잘났다고 시키지도 않은
일을 나서고 그러냔 말이요, 여자가. 우리는 그렇게는 안 사요. 도시
사람들은 뻑하면 관을 욕허고 허는 버릇들이 있등만. 시골사람들은
안 그래요. 촌에서 살라먼 그 버릇부터 고치든지, 어쩌든지……"

정옥은 얼굴이 확확 달아오른다. 지난번 감 사건으로 생긴 안 좋은
감정은 다 잊어버렸는데 감 임자 영감이 실실 이장 옆으로 다가와서

는 찌르는 소리를 한마디 더 보탠다.

"고쳐야 헐 것이 그것뿐이간디. 뭣이든지 돈으로 해결허려는 버르 쟁머리도 고쳐야제. 좌우간 고쳐얄 것이 많애부러."

조금만 더 서 있다간 정옥은 눈에서 눈물이 다 솟을 판이다. 순아가 결혼 운운했던 것이 다 헛말이 아님을 이제야 확실히 알 것도 같다.

"울력하라는 말은 안할 텡게 대신 오는 길에 막걸리나 두어 되 받아 다 줏쇼. 사람이 한마을 삶스로 그 정도는 허고 살아야 헐 것 아니 요?"

그러겠노라고 고개를 주억거리며 정옥이 그 자리를 벗어나는데 설상가상으로 잘 내려가고 있던 어린것들 찌그덕찌그덕 다투는 소리가 거기까지 들린다.

"니 엄마가 어떻게 살고 있는데 엄마를 도와주지는 못할망정 동네 우세를 사고 만들어, 이년들아!"

딸들이 엄마를 피해 화르르 달아나고 있다. 그렇게저렇게 해서 마을 입구까지 왔다. 섬진강사랑 슈퍼 앞에 움막집 총각이 조카를 데리고 먼저 나와 있다. 가겟집 여자 순임이 정옥을 보고 인사를 보낸다.

"장에 갈란가보요? 히잉."

그 여자는 꼭 말하기 전이나 말끝에 말처럼 웃는 버릇이 있다. 그 웃음소리가 어느 땐 다정하게 느껴지다가도 어느 땐 그냥 콱 쥐어박 아주고 싶을 정도로 듣기 싫을 때가 있다.

"장에도 가고 오늘은 또다른 볼일도 있어서요."

"뭔 일이다요?"

정말 못 말리는 왕성한 호기심이다.

"꼭 알고 싶으세요?"

"히잉."

"저 총각하고 교육청에 좀 갈려고요."

"갑철씨허고요?"

순임이 어쩐지 갑철이라는 움막집 총각하고 다정해 보이는 것이, 그럴 이유도 없건만 정옥의 심사를 뒤틀리게 했는지도 모른다. 갑철이라는 총각 옆에 얼씬거리는 여자들을 순임이 경계하고 있다는 느낌이 들어서였는지도 모르겠다. 말하자면 굳이 갑철이라는 총각을 들먹인 것은 그러잖아도 마을사람들 때문에 심기가 불편한 정옥의 막가는 심사가 그렇게 악마적으로 작용한 것인지도 모른다. 아니나다를까 순임이 뭔가 심상찮은 눈길로 정옥의 화장한 얼굴을 일별한다.

"오늘 화장을 이쁘게도 했네요이, 히잉."

"아, 화장이요? 교육청에 가려면 아무래도 촌사람 행색으로 갈 수는 없어서 좀 했는데 덥기만 오살나게 덥네요."

"그렇지라. 촌사람 행색으로 가면 공무원들이 쉬이 보지라우. 갑철씨도 세수라도 허고 뭣이라도 바르고 가제, 그것이 뭔 꼴이다요? 가만 있어봐라, 그 옷 벗고 내가 지난번에 갑철씨 줄라고 사다논 남방이 어디 있을 것인디 좀만 기다려요."

순임이 옷을 가지러 안으로 들어간 새에 읍내 가는 버스가 저만큼서 오고 있다. 버스는 이미 떠나는데 순임이 알록달록한 남방을 흔들며 안타깝게 달려온다.

"순임씨가 사준 남방으로 갈아입고 오시지 그랬어요?"

"신경쓰지 마십시오."

"그래도 사람 성의가 있는데."

갑철은 더이상 아무 말이 없다. 정옥도 입을 다물 수밖에. 아이들을 학교 앞에 내려주고 읍내로 들어간다.

정옥은 닭상자를 어떻게 할까 고민하다가 할 수 없이 그냥 보듬고 사무실 안으로 쭈뼛쭈뼛 들어간다. 바깥 날씨는 찜통 속인데 사무실 안은 선풍기 서너 대가 맹렬하게 돌아가고 있어 그런대로 시원하다. 폐교된 학교를 관리하기 위해 이따금 정옥의 집을 방문한 적이 있는 주사 앞으로 공손히 다가간다.

"워메, 그렇잖아도 오늘 본교 교장선생님허고 그쪽에 나가볼라고 했더니 나오셨구만이라우."

주사가 무슨 판때기를 들어 보인다.

'학교장의 허락 없이 일체의 출입을 금함. 만약 허락 없이 출입하여 학교 기물에 손상이 있을 시 손해배상과 처벌을 받을 것임.'

"아니, 이것을 우리집 앞에다 붙이려고 한단 말예요?"

"위에서 시키는 것이라 할 수 없구만이라."

"그러면 저도 날마다 학교장의 허락을 받아야 우리집에 출입할 수 있겠네요?"

"우리는 위에서 시키는 대로만 헐 뿐잉게 뭐라고 말은 못허겄습니다. 그건 그렇고 뭔 일로 여그까지 오셨습니까?"

정옥은 용건을 말한다. 주사가 무슨무슨 과장 앞으로 그들을 데려간다. 과장이 일이 바쁘다고 소파 쪽을 가리킨다. 하릴없이 소파에 앉아 있는데 어딘가를 바쁘게 갔다온 과장이 대뜸,

"이렇게 교육청까지 직접 오실 일이 아닌 것을 가지고 왜 이런 수고를 하십니까?"

"학교에 누차 문의를 해도 자기들은 모르는 바라고 교육청에 가서

알아보라고 해서요."

"이런 식으로 무슨 민원이 있을 때마다 교육청이 학부모 개개인을 상대할 수는 없잖습니까? 어찌됐든 이왕 여기까지 오셨으니 말씀을 드리기는 합니다만, 저희 교육청은 폐교된 이후 들어온 학생들에 대한 교통비 지급 건에 해당하는 상부지침을 아직 받지 못한 관계로 저로서도 어떻게 달리 드릴 말씀이 없습니다."

"교통비 문의를 한 지가 벌써 한 학기가 다 되어가는데도요?"

"어차피 교통비든 뭐든 저희 교육청 예산도 이미 책정되어 있는 상태라서요. 다음 학기 때 어떻게 올려보시겠습니다. 이사올 학생들 교통비까지 예상해서 예산을 책정할 수는 없는 일 아니겠습니까? 막말로 자식 학교 보내는 차비 정도는 조달하는 게 부모의 의무 아닙니까? 기왕에 다니던 학생들이야 강제로 학교가 문을 닫게 되어 할 수 없이 교통비를 보조해주고는 있지만 이후의 학생들이야 폐교된 지역임을 알고도 자의로 이사를 온 것이고 거기까지 교육청보고 책임을 지라는 건 좀 억지가 있지 않은가 싶습니다만. 솔직히 아이들이 먼길을 통학하며 학교 다니는 고생을 하는 건 폐교된 지역으로 이사온 부모 잘못이지 교육청 잘못이 아니잖습니까."

"아저씨, 정말 말 함부로 하시네요? 그러면, 부모노릇 제대로 하려면 말이지요. 대한민국의 모든 폐교된 지역에는 아예 이사를 들어와서는 안되겠네요? 아저씨 말 가만히 듣고 있자니까 아저씨는 꼭 저희가 이곳으로 이사와서 골치아픈 일이 하나 더 는 게 귀찮아 죽겠다는 그 말씀으로 들리네요마는."

"이 아줌마가 근데……"

"그것이 아니고 뭐예요? 관내에 아이가 하나라도 더 늘어나면 일이 하나 더 늘어난 것만 생각하지 아이들 교육에는 도통 관심이 없다는 태도지요, 지금. 그러고도 교육공무원이라고 밥을 벌어먹고 살아요? 아이들 하나라도 더 늘어난 것을 고맙고 기쁘게 생각할 줄도 모르는 교육공무원이 무슨 교육공무원⋯⋯"

"아줌마야말로 말이면 단 줄 알아? 정말 듣자듣자 하니까."

"당신하고는 더이상 말하고 싶지 않고 교육장님하고 직접 하겠소."

그런데 이 총각은 왜 이렇게 아까부터 꿀 먹은 벙어린지 모르겠다.

"왜 그래요?"

"저는 말을 잘 못해요."

"조금만 더 살아봐요. 없는 사람이 살아가려면 나같이 되고 말 테니까."

교육장실은 이층에 있다. 정옥은 닭상자를 거기까지는 차마 들고 가서는 안될 것 같아 문앞에다 두고 교육장실 문을 왈칵 열어젖혔다. 여기는 사무실처럼 시원한 게 아니고 서늘하다. 교육장이 일단 사무원 아가씨를 시켜 차를 내오게 하고 정옥과 갑철을 소파에 앉힌다. 소파는 짐짓 푹신하다.

"민원은 해결해드리지요. 우선 거기 녹차나 드시고 마음 진정하십시오."

교육장은 적어도 과장 같지는 않다. 녹차는 뜨겁다. 뜨거운 여름날, 시원한 실내에서 마시는 뜨거운 녹차라. 그 맛도 괜찮은 것 같다. 교육장의 친절한 언사와 행동에 마음이 많이 누그러져서 정옥의 목소리가 차분하게 가라앉았다. 녹차 대접까지 받고 나니 아까 아래 사무실에서 큰소리쳤던 것이 미안하기까지 하다. 교육장이 과장을 불러올린다. 과장은 아직도 씩씩대고 있다.

"어이 김과장, 학부모님께 사과드려요. 그런데 어떻게 이런 시골까지 이사를 오시게 됐는지요?"

"아, 그러니까, 그것이, 음, 말을 하자면 글을 쓰려고요."

"아, 그래요? 무슨 글입니까?"

"소설이요."

교육장은 새삼 놀란다. 아직까지 사과를 안하는 과장에게,

"어이, 작가님께 얼른 사과하소. 저도 젊었을 때 글을 좀 썼었지요. 장르는 수필 분안데, 저기 어디 있을 텐데, 잠깐 기다려보십시오. 졸고지만 한번 보여드리겠습니다."

자신의 '작품'을 찾기 위해 책장을 뒤적이는 교육장을 내버려두고 정옥은 자리에서 일어선다.

"작품은 다음에 보지요. 어쨌든 다음 학기부터 저희 아이들에게도 교통비가 지급되는 걸로 알고 저희는 이만."

교육장실 문을 열고 나와서 교육장의 깨끗한 매너에 기분이 좋아진 정옥이 이왕 기분좋은 김에 닭이나 한마리 선사해야지 싶어 닭상자를 열고 있는데,

"김과장, 저 양반 사는 곳 계약이 언제 끝나지? 만료되면 계약하지 마시오. 학교를 안 빌려줬으면 이런 일도 없을 거 아냐? 임대를 하려거든 사람 봐가면서 하라구. 괜히 일 만들지 말구."

"알겠습니다."

교육장실 안으로 다시 쳐들어갈 것인가, 말 것인가, 정옥은 입술 끝만 괜히 씰룩거리는데 지금까지 가만있어서 불만이었던 갑철 총각이 말릴 새도 없이 교육장실 유리문을 와장창 박살내버렸다.

"말 안 들으면 말로 할 게 아니라 행동으로 보여줘야죠. 그것이 바

로 제가 사는 방법입니다요."

　그 서슬에 정옥이 안고 있던 닭이 공중으로 푸드덕 솟구쳐오르더니 쏜살같이 도망을 간다.

　정옥과 갑철이 닭을 잡으러 뛰어가고 교육청 공무원들은 유리창 깨놓고 도망가는 인간들을 잡으러 뛰어오고 있다. 햇빛은 쫓겨가는 닭과 쫓아가는 인간과 쫓아오는 인간들 머리 위로 사정없이 쏟아진다.

—『창작과비평』 1999년 가을호

멋진
한세상

멋진 한세상

멋진 한세상

비가 오는군요. 우산이 없는데 어떻게 한다지요? 건물 처마밑으로 들어가는 게 우선 취할 수 있는 가장 손쉬운 방법이지요. 오늘 내가 당신을 만나고자 한 건 별다른 일이 있어서가 아니라 그냥 한번 보고 싶어서예요. 그냥 보고 싶어서라고 하기가 왠지 쑥스럽고 미안해서 그 '이유'를 갖다댔지요. 기실 하나도 중요하지 않으면서 중요한 것을 보여주고자 한다고 말입니다. 속깊은 당신이라면 '중요하다는' 그것에 그리 큰 의미를 두지 않으리라, 여겨지면서도 당신을 만나기로 한 시간이 가까워질수록 조금씩 두려워지는군요. 혹시 중요한 것을 보고 싶은 기대로 왔다가 하나도 중요하지 않은 것임을 알아채는 그 순간에 일어서서 나가버리지나 않을까. 혹시 그렇게도 보고 싶던 당신 얼굴 보자마자 당신이 그렇게도 싫어하는 눈물이 나도 모르게 솟아나오지나 않을까. 사람이 되도록이면 눈물을 보이지 않고 살아야 하는데 말입니다. 어떤 시인의 시를 읽으면 왜 그렇게 마음이 편안해지던지요. 눈물을 사랑하는 사람을 사랑하라는 그 메시지가 참으로 가슴에 와닿더군요. 한데 불행하게도 전 아직 개인적으로 눈물을 사랑하는 사람을 사랑해보는 행운을 누려보지 못한 듯합니다. 내가 사랑한 사람들은 내 눈물을 그리 달가워하지 않더군요. 아마 하도 울어싸서 그런 모양입니다. 처음에는 저도 굉장히 서운했더랬습니다. 그리고 의문을 가졌죠. 왜 사람들은 타인의 눈물을 싫어할까. 그러다가 내린 결론인데요. 타인의 눈물을 통해서 혹시 자신의 눈물을 보게 되는 게 두려워서가 아닐까, 하는 나 나름대로의 결론을 얻었지요. 그 결론을 얻은 뒤부터는 내 눈물을 싫어하는 사람도 그리 밉지가 않더라구요. 아니 오히려 그들에 대한 따스한 연민 같은 게 솟아나기도 하더라니까요. 생각해보세요. 사람이 진심으로 타인의 눈물을 닦아준다거나, 아니면 같이 울어준다거나, 아니면 타인이 울도록 가만히 내버려두는 사람만 있는 세상이라면 정말로 더이상 바랄 것이 없는 세상이 되겠지만요, 그렇지 않고 겉으로만 눈물 닦아주는 척 속으로는 하나도 타인의 눈물에 공감하는 마음이 없는 사람들이, 그런 사람들이 사는 세상이 더 무서울 것 같지 않으세요? 타인이 울면 신경질 내는 사람이 오히려 더 타인의 눈물에 공감하는 사람이 아닐까, 타인의 아픔에 제 마음도 아픈 사람이 아닐까, 하는 마음이 들게 된 것은 그리 오래지 않습니다. 그리고 이제 저도 그렇게 많이 울지는 않습니다. 속으로야 어쩌는지 모르지만 겉으로는 많이 고요해졌다고나 할까요. 그러니 안심하세요. 저 만나면 또 그 여자 눈물 짜는 거나 봐야 하나, 하는 걱정일랑 접어두세요. 그나저나 비가 좀 오래 오려나봅니다. 오늘이 저희 어머니 제삿날이랍니다. 딸만 셋인 저희 집에선 언니가 제사를 지내지요. 저와 동생은 참석만 한답니다. 언니도 직장에 다니는 사람이라 얼른 언니 집에 가서 제사준비를 도와야 한다는 걸 알면서도 저는 지금 이렇게 당신을 만나러 이곳에 와 있군요. 하기야 옛날이나 지금이나 저 하는 짓이란 게 늘 그렇습니다. 마음과 몸이 따로따로인 거 말입니다. 해야 할 일을 미뤄두고 딴짓하는 거 말입니다. 어머니 살아생전에 늘 저의 그 딴짓을 두고 말하곤 했죠. 그놈의 어깃장으로 신세 조져먹을 년이라나, 뭐라나. 저희 어머닌 말을 막하는 분이었죠. 그렇다고 성질이 괄괄하다거나 사나운 분은 아니었어요. 무척 온순하고 순진했죠. 사람들이 속여먹기 딱 좋을 그런 타입이었어요. 어머니를 가장 많이 속인 건 아버지였죠. 그 다음이 자식들이었구요. 많지도 않은 자식인 세 딸 중 가운데인 제가 가장 많이 어머니를 속여먹었을 겁니다. 한마디로 전 '나쁜년'이죠. 암요. 나쁜년이고말고요. 저도 어머닐 닮아 말을 막하는 편이죠. 그게 편해요. 말 막하고 욕 잘하는 사람들치고 그렇게 악한 사람은 없는 거 같아요. 그렇지 않으세요? 자화자찬이라구요? 하기야, 사람이 악하면 얼마나 악하겠어요. 그치만 생애는 틀리지요. 한번 삐그덕 어깃장난 한생애는 곤두박질쳤다 하면 끝이 없는 낭떠러지로 떨어져내리기도 한다는 것을, 그리하여 다시는 헤어나오지 못할 수도 있는 경우를 저는 보았습니다. 어머니 아버지의 생애도 그러한 경우였지요. 그 자식들인 우리는, 그 우리 중의 나는, 어머니 아버지가 한참 낭떠러지로 추락하고 있던 그 순간에도 당신을, 보고 싶어했습니다. 언니가 울고 동생이 울었지요. 어머니는 울 힘도 없어 미쳐버렸고 아버지는 종적을 감추었습니다. 왜 그때가 자꾸 생각나는지 모르겠네요. 어머니 제삿날이라서인가요. 새삼스레 당신을 이곳에서 만나자고 한 때문인가요. 조심히 오세요. 저는 요 앞

다방에 가 있겠습니다. 이곳에 와 제가 없으면 속깊은 당신은 제가 가 있는 저 다방으로 지체없이 올라오실 거라 믿습니다. 저는 당신이 저를 발견하기 좋으라고, 그리고 제가 당신을 발견하기 좋으라고 창가에 앉아 있겠습니다. 난데없이 비가 오는군요. 당신을 만나기에는 그런대로 괜찮은 날씹니다. 저는 아직도 소녀 취향이 고스란히 남아 있어서인지 어쩐지는 모르겠지만서도 이렇게 비오는 날이면 당신을 만나고 싶더군요. 비오고 바람부는 날이면 더욱더 그렇습니다. 햇빛 찬란한 날에도 문득 생각나다군요. 아무 일도 일어나지 않은 저녁때, 어떤 날은 느닷없이 아침에 잠에서 막 깨어나자마자 당신이 보고 싶었습니다. 당신을 보고 싶어하는 제 마음, 그것은 일종의 만성적인 허기와도 같은 것이 되어버렸습니다. 그 허기가 채워지면 나는 더이상 당신을 보고 싶어하지 않을 수도 있겠습니다. 그러나 이 허기는 절대로 채워지지 않을 허기임에 분명합니다. 세상의 무엇으로 당신을 보고 싶어하는 제 마음을 채운단 말입니까. 그리하여 이 허기야말로 저의 숙명이 아닌지, 유치하게 들릴지 모르지만, 유치하다고 생각해도 할 수 없습니다. 저는 그것을, 그 허기를 제 운명으로 받아들이고 싶으니까요. 이렇게 말해놓고 나니까 뭔가 잔뜩 긴장되어 있던 제 마음이 조금 풀리는 듯합니다. 사람은 가끔 이렇게 터무니없이 그리고 유치하게 거창해질 필요도 있는 것 같습니다. 그러나 다방 안으로 들어오니 저는 어쩔 수 없이 움츠러들 수밖에 없군요. 귀청을 찢는 저 음악소리, 바로 다방 안에서 가장 눈에 잘 띄는 곳에 놓인 대형 텔레비전에서 나오는 소립니다. 정말 시끄러운 소리는 딱 질색이에요. '딱 질색'이라고 표현해놓고 보니 또 어머니가 떠오르는군요. 제가 당신을 그렇게도 보고 싶어하던 그때, 그러니까 '그때, 그 시절' 얘긴데요. 그때 어머니는 저희와 함께 살았지요. 광주 우산동 산동네 꼭대깃집에서 살았어요. 그날 전 어디를 갔다왔냐 하면, 광주무등경기장에 갔다온 길이었지요. 거긴 왜 갔냐구요? 그때 썼던 일기가, 아, 일기라기보다 기록이라고 하는 게 낫겠군요, 그것이 지금 저한테 있습니다. 부끄러운 고백이긴 합니다만 사실은 제가 가지고 나온 이 '기록'을 당신에게 보여주고 싶었습니다. 언젠가 당신에게 보여줄 날을 의식하며 기록했다고나 할까요. 당신이 내게 오리란 믿음을 저는 한번도 버리지 않았습니다. 그것은 말 그대로 '강력한 예감'이었습니다. 그리고 오늘 바로 그날이 온 것 같습니다.

아이구, 저놈의 텔레비전은 다 뭐랍니까? 사람 정신을 하나도 없게 하는군요. 저래도 아이들은 이야기만 잘하는군요. 맞아요, 제 눈에는 아이들로 보이는군요. 아이들. 그때, 그 시절, 저도 딱 저 아이들만했을까요? 그런데 그때 내 모습이 지금 저 아이들보다 훨씬 숙성했다고 느껴지는 건 시대 때문일까요? 시대 얘기가 나왔으니 말인데 지금 저기 저 아이들 또래의 다른 아이들을 다른 장소에서 봤을 때도 아이로 보일까요? 어느 시대에나 그렇듯 누구나 다 똑같은 시대를 사는 건 아니겠지요. 이를테면 아직도 한시대 전의 생활을 살아가는 사람도 있을 것이고 또 지금 현재의 시대보다 더 앞시대를 살아가는 사람도 있을 거란 말입니다. 자꾸 말이 이상하게 꼬이기는 합니다마는 당신은 속이 깊으므로 제 얕은 속에서 나온 말을 거진 다 알아먹어주리라 확신합니다. 왜 제가 이런 말을 하는고 하니 말입니다, 지금 제가 아이들로 보고 있는 저 아이들 또래의 젊은이를 이 다방 안이나 아까 제가 당신을 만나기로 한 저기 보이는 저 대학 교정 같은 곳에서 안 보고 건설현장에서 땀흘리고 있는 모습으로 봤다면, 공장에서 먼지 뒤집어

쓰고 있는 모습으로 봤다면, 고기잡이배에서 거친 바람과 싸우고 있는 모습으로 봤다면 그들을 결코 아이로는 보지 않았을 거란 말입니다. 그러니, 제가 그때 휴학을 안하고 대학을 계속 다니는 모습이었다면 그때의 저와 지금 저 아이들의 모습이 별반 차이가 없을지도 모른다는 말입니다. 그러나 저는 그때 엄연히 '백수건달'이었지요. 좀더 정확히 말하면 '백수건달과 그 애인'쯤 될까요. 제가 정말로 그 건달의 애인이었는지, 그 건달이 정말로 건달이었는지도 지금은 확실치 않지만요.

당신, 영화 좋아하세요? 중국이나 이란 영화 괜찮지 않던가요? 그 영화들을 보면 또 당신이 떠오르더군요. 못 말릴 그리움입니다그려. 제가 지금 사는 곳이 영화관도 없고 그곳에서 유일한 문화공간이랄 수 있는 비디오가게에서조차도 제가 좋아할 만한 영화는 들여놓지를 않는지라 거개가 신문 문화란에 영화담당 기자가 소개한 기사만으로 그 영화들은 이러이러하리라, 짐작하는 건데요, 언제 한번 볼 기회가 있으면 정말 좋겠습니다. 아, 이건 봤어요. '햇빛 쏟아지던 날들'이라는 제목으로 출시된 비디오였지요. 그 영화를 보며 생각한 건데 그때 그 시절을 '건달과 아가씨'라 이름붙일까요? 아무튼 그 시절들이 무척 많이 떠오르더군요. 하면 제게도 그 시절이 '햇빛 쏟아지던 날들'이었을까요? 그토록 스산했던, 그토록 천둥벌거숭이로 싸돌아다니던 스무 살 언저리가요? 그때 당신은 어디 가 있었어요? 내가 그때 당신을 부르는 소리를 당신은 듣지 못했나요? 혼자 마시는 건 부끄럽고 그렇다고 함께 마실 사람은 구하지 못해 이홉들이 소주 한병과 새우깡 한봉지를 사들고 그곳이 어디쯤인지 분간도 안되는 곳의 찔레덤불 속으로 기어들어가던 계집아이를 본 적이 있었다면 그 아이가 바로 저랍니다. 지금 와 생각해보니 그때의 저도 분명 아이는 아이였던 것 같습니다. 아이는 아이로 자라야 하는데, 한시절을 놓치면 다시는 되돌릴 수 없는 것이 우리 생애 아닙니까. 무엇이 그리 급해서, 끔찍이도 일찍이 세상 밖으로 뛰쳐나와 그토록 헤매고 '돌아댕겨야' 했는지, 지금 생각하면 그저 아득할 뿐입니다.

　버마, 아웅산에서 폭발사고가 났다고 한다. 나는 지금, 무등경기장에서 막 돌아왔다. 로마에서 이곳을 친히 방문한 요한 바오로2세를 '알현'하기 위하여 나는 어젯밤부터 내 건달애인과 무등경기장에서 밤을 샜던 것이다. 우리가 요한 바오로2세를 만나고자 했던 이유를 설명하면 이렇다. 지난 성탄절 때 감옥에서 나온 폭도, 내 애인은 총개머리판으로 얻어맞은 허리병이 도져 몹시 고통스러운 나날을 보내고 있는바, 약으로도 못 고치는 그 병을 영험한 힘을 가진 사람이 치료해줄지도 모른다는 기대를 가졌던 것이다. 애인의 말에 의하면 어쩌면 요한 바오로2세가 예수처럼 병든 사람을 치료할 수 있는 능력을 가졌을지도 모른다는 것이었다. 그리하여 그분을 뵙기 가장 좋은 자리를 맡아놓기 위하여 우리는 전날 밤부터 그곳에서 우리의 메시아, 요한 바오로2세님을 기다려야 했던 것이다. 그러나 그분을 직접 알현할 수 있는 기회는 우리한테 오지 않았다. 사람들이 너무 많았기 때문이다. 밤을 새서 기다린 보람도 없이 나는 그만 애인과 헤어져야 했다. 배는 너무나 고픈데 돈이 없었기 때문이다. 우리는 각자의 집으로 돌아가 배를 채운 뒤 다시 만날 수 있을 거였다. 만나서는 광주 시내를 마냥 쏘다니는 것이다. 광주공원, 무등산, 지산유원지, 충장로, 황금동 뒷골목을 무작정 싸돌아다니는 것이다. 싸돌아다니다가 아는 '폭도'를 만나서 그한테 돈이 있다면 황금동 뒷골목에서 막걸리나 돼지 족발 목욕하고 나간 국물 따위를 얻어먹을 수도 있을 것이다. 그런 날은 운이 아주 좋은 날이다. 그리고 운좋은 날은 그리 흔하지 않다.

나는 '살금살금' 집으로 왔다. 집에 오기 전 버스에서 내리자 언니가 반대편 버스정류장에 서 있는 모습이 눈에 확 들어왔다. 나는 가로수 뒤로 몸을 숨겼다. 언니는 안내양 제복 위에 그녀가 짠 스웨터를 걸친 모습이다. 손에 가방을 든 것이 오늘 숙박을 가는 모양이다. 왠지 가슴이 찌르르 아파온다. 다행히 언니가 타고 갈 버스가 금방 와주었다. 그 버스가 완전히 시야에서 멀어질 때까지 나는 가로수 뒤에 몸을 숨기고 있었다. 길을 건너려는데 머리가 좀 어지럽다. 하기야 어제 오늘, 이틀 동안 내가 먹은 거라고는 호빵 하나에 요구르트 하나가 전부니 어지러울 만도 하다. 이렇게 어지러울 정도로 배가 고프지 않았다면 나는 집에 올 생각은 하지도 않았을지 모른다. 어디 배만 고픈가. 길거리를 돌아다니는 동안 제대로 씻지도 못한 내 몰골은 말이 아니다. 세수도 안한 얼굴에 건달애인이 자기 집에서 나를 주기 위해 훔쳐 가지고 나온 로션과 분을 발랐더니 그것 자체가 땟국물이 된 듯하다. 대로를 가로질러 골목으로 들어섰을 때, 주인집 아저씨가 저만치에서 특유의 팔자걸음으로 내려오고 있다. 나는 되도록 얼굴을 숙이고 모른 척하고 아저씨를 지나친다. 아저씨는 얼마 전까지 수피아여고 스쿨버스 운전하는 일을 했다. 나는 아저씨가 버스를 몰고 가다 신호등에 걸려 멈춰서 있다가 내가 '수상쩍은 몰골'로 길을 건너는 것을 빤히 쳐다보았다는 사실을 알고 있다. 그 아저씨는 나를 보면서 어디서 많이 본 가시낸데, 누굴까, 하고 생각하는 것처럼 보였다. 그래서 신호가 바뀌었는데도 나를 쳐다보느라 출발을 못하여 뒤차들로부터 빵빵

거리는 채근을 받았던 것이다. 그 집보다 더 싼 집이 없어 내리 5년째를 살고 있는데도 아저씨는 아직도 그 집에 세들어 사는 사람들을 제대로 식별하지 못하는 체한다. 아저씨는 차 안에서는 나를 빤히 쳐다보다가도 이렇게 구체적으로 마주치면 시선을 딴데다 둔다. 피차에 그것이 편할지도 모른다. 아니 편하다. 집주인 아저씨가 아니더라도 누구나 그렇지 않을까. 사람이 가까이 마주본다는 것, 밀착된다는 것, 그것처럼 불편한 것은 없다. 나는 요즘 식구들이 불편해 죽을 지경이다. 그래서 어젯밤에도 집에 들어오지 않았던 것이다. 외박을 하고 다음날 오정때가 다 지나 험한 몰골로 다시 집에 들어서는 이런 생활도 불편하기 짝이 없다. 아무튼 불편하더라도 심신이 지칠 대로 지친 '최후의 순간'에 기어들 곳은 그래도 집, 아니 내 식구들이 있는 이곳, 단칸 문간방뿐이다. 잔뜩 찌푸린 날씨다. 라디오에서는 저 찌푸린 날씨만큼이나 우중충한 장송곡을 징하게도 틀어젖힌다. 장관도 죽고 대통령 주치의도 죽었다. 북한이 저지른 소행이라 한다. 하여간 대통령만 빼고 대통령 옆사람들은 다 죽은 것 같다. 라디오를 듣는 어머니는 '징허다'고 한다. 징한 것은 쌔고쌨다. 우리 엄마 표현대로 '징글 몸서리나는 것'들.

우선 나한테 몸서리나게, 징그럽게 싫은 것은 대문간의 변소에서 나오는 냄새다. 변소에서 다섯 걸음 정도밖에 떨어지지 않은 이 방에서는 앉아 있을 때나 서 있을 때나, 밥을 먹을 때나 잠을 잘 때나 저 냄새를 맡아야 한다. 어쩌면 식구들이 불편해서, 엄밀히 말하면 식구들 보는 것이 불편해서 내가 툭하면 대문을 나서는 것이 아니라 바로 저 냄새를 맡기 싫어서인지도 모른다. 그리고 엄마가 집주인 아줌마한테, 엄마한테는 전혀 어울리지도 않을, 엄마 딴에는 '세련되게' 한다고 어쭙잖은 도시풍의 말투로다가, 아줌마, 아줌마는 저 냄새 안 나요? 나는 정말 화장실 냄새가 딱 질색이란 말이에요,라고 하는 소리를 듣기 싫어서인지도 모른다. 언제부터 엄마가 화장실 냄새가 '딱 질색'이었단 말인가. 바로 지난 겨울까지만 해도 시골집에서 똥거름을 만지작거렸던 엄마가. 엄마는 지난 겨울, 우리들이 자취하는 광주 우산동 산동네 꼭대깃집의 문간방으로 보따리 하나를 안고 들어섰다. 빚쟁이에 쫓겨 아버지는 어디론가 도망을 가고 엄마는 도시 딸들의 자취방으로 피신을 한 거였다. 이제 우리집은 어찌될까. 우리집은 폭삭 망했다. 언니 혼자 고군분투하지만, 고속버스 안내양 월급으로 그 많은 빚을 언제 다 갚는단 말인가. 나는 일찌감치 나 살 길을 스스로 찾아나서지 않으면 안될 것이다. 아버지도 아버지만 살자고 엄마를 버려두고 도망을 가지 않았는가. 엄마만 불쌍하게 되었다. 불쌍한 엄마가 나는 부담스럽다. 어제도 오늘도 엄마는 내가 밖으로 나도는 것을 어디 돈벌이 자리 알아보러 다니는 줄로 알고 있는 눈치다. 안 알아본 것도 아니다. 지난해 여름에도 나는 배로 치자면 난파선이 된 우리집 경제사정에 조금이라도 보탬이 되고자 '겁나게' 노력한 결과로 그 난리를 치러내지 않았던가. 내 삶의 한 기록으로 삼고자 그때 일을 여기 적는다. 언젠가, 먼 훗날에, 혹시 이 기록을 보고 웃을 날도 있겠지, 하는 희망도 품어보면서.

정말로 웃음이 나오는군요. 지금이라고 그때하고 크게 차이나게 사는 것도 아닙니다만, 지나간 날들의 편린을 보매, 지나간 과거가 불행했거나 행복했거나 간에 먼 훗날인 지금에 와서 그것을 들여다보는 사람에게 '재미'를 주는 것이 어인 일입니까. 내 과거를 훔쳐보는 기분이 가슴아프면서도 즐거워지는군요. 그해 여름에 무슨 일이 있었을까요? 궁금하세요? 그럼 빨리 오세요. 그때의 아이가, 지금 삼십대 후반의 아줌마가 되어 당신을 기다립니다. 요새 길거리에서 집나온 아이들 보신 적 있으신지요. 요즘 아이들은 굳이 결손가정, 우리가 흔히 결손가정이라고 말하는 것이 지나치게 있는 사람들, 가진 것 많은 사람들의 잣대로 바라보는 경향이 있기는 합니다만, 어쨌든 결손가정 출신이 아니더라도 집을 나온다고는 합니다마는 제가 그때 확실히 결손가정의 아이였던 것 같습니다. 그래서 저는 요즈음, 희한한 차림새로 거리를 배회하는 속칭 '거리의 아이들'을 보면 묘한 동질의식이 들더군요. 바로 제가 그랬으니까요. 여자아이가 집을 나오면 가장 빨리 오라고 유혹하는 곳이 술집인 것은 그때나 지금이나 마찬가집니다. 지금은 어쩐지 모르겠지만 그때는 술집 다음이 가정부였던 것 같습니다. 가정부 다음이 공장노동자, 흔히 쓰는 말로, '공순이', 그 다음이 우리 언니처럼 버스안내양, 안내원을 왜 안내양이라고 했는지 모르지만요. 왜 제가 술집 다음 가정부 가정부 다음 공장노동자 공장노동자 다음 안내양 식으로 나열을 하느냐 하는 것은 조금 있다 말씀드리기로 하구요, 안내군 얘기를 좀 하자면요, 그때 고속버스나 시내버스의 안내원들을 안내양이라고 했어요. 그런데 시외 완행버스의 안내원, 다시 말하면 차장은 남자들이 했지요. 남자인데도 사람들은 입에 익은 대로 안내양, 안내양 하니깐요, 남자안내원이 막 신경질을 내면서요, 나는 남자이므로 '안내군'으로 불러주라, 하더라구요. 그때, 시골집으로 식량서껀 김장김치를 가지러 간 적이 있었지요. 엄마는 여느 해나 다름없이 시골집에서 김장도 하고 메주도 쑤어놨습니다. 그리고 그해 겨울을 다 못 넘기고 시골집을 떠나온 겁니다. 엄마는 빚쟁이들이 무서워 시골집에 가지 못하므로 학교도 안 다니고 그렇다고 직장에도 안 다니는 내가 시골집을 왔다갔다하며 '식량보급'을 했더랬습니다. 그날은 진눈깨비가 내리는 고약한 날씨였지요. 그래도 그날 밤 안으로 시골집에 '잠입'해 들어가 식량과 물품들을 소리 안 나게 꾸린 다음 사람들 눈에 안 띄게 집을 나서야 하는 것이 내게 주어진 사명이었습니다. 그렇게 하지 않으면 식구들이 내일 당장 밥을 굶게 될 것이기 때문입니다. 아무리 악이 극에 달한 빚쟁이들이라 하더라도 주인 없는 집에 함부로 들어오거나 물건들에 손을 댈 수는 없었으므로 시골집은 모든 것들이 다 제자리를 지키고 있었습니다. 도시의 자취방에 비하면 그야말로 '사람 살기 좋게' 모든 것이 다 갖추어진 상태, 그대로지요. 무슨 생각을 하다 이렇게 시골집에 대한 장황한 묘사로 내달리고 있나요? 자꾸자꾸 생각이, 기억이 물밀어오는군요. 저의 두서없음을 용서하세요. 당신을 만날 생각이 저를 좀 흥분시키나봅니다. 오시면 먼저 상기된 제 뺨을 좀 만져주시겠어요? 뜨거운 열기가 당신에게로 전달되기를 감히 바랍니다. 그날, 안내군이 안내하는 시외버스를 타고 갔지요. 누가 그랬어요. 어이, 안내군, 왜 차가 이렇게 징징거려싸? 안내군이 친절히 승객의 불만에 양해를 구하더군요. 워낙에 날씨가 안 좋아 그렇다고, 하면서 대신 손님 써비스 차원에서 카세트테이프를 틀어주더라구요. 꽃마차는 달려간다, 꾸냥에 귀고리는 바람에 한들한들, 손풍금 소리 들려온다, 방울소리 들린다, 뭐 그런 가사의 노래였지요. 지금도 버스를 타고 낯설고 스산한 밤길을 가는 날에는 그 노랫소리를 환청으로 듣고는 하지요. 손풍금 소리 들려온다아, 방울소리 들린다아…… 노랫소리는 경쾌했고 고물버스는 벌벌거리며 빙판인 비포장도로를 기었습니다. 그래도 승객들은 노랫가락 소리에 더이상의 불만은 접어두고 고요해졌습니다. 그 안내군의 스산한 얼굴이 아직도 눈에 환합니다. 지금은 한 사십대 중년, 애아범 된 지도 한참 지났을, 애아범이 다 뭡니까, 일찍 장가갔다면 손주 볼 나이가 되어 있을지도 모르겠습니다. 어쨌든 그런 남자안내원이 있는 버스를 타고 시골집에 왔더랬지요. 밤에, 나 혼자, 도둑처럼, 그 큰 시골집 방과 정재와 도장방과 헛간과 장독대를 돌며 식량과 물품들을 부대에 담고 보자기에 싸놓고 그날 밤은 그 빈집에서, 그 냉골방에서 혼자서 지샜더랍니다. 내가 광주로 유학을 가기 전 그러니까 그곳의 중학교를 다닐 때 쓰던 스탠드의 백열등을 이불로 삼싸서 빛이 밖으로 새어나가지 못하도록 하고 밤새 백열등을 손으로 감쌌다가 볼에 대었다가 발바닥에 대었다가 하면서요. 날이 밝는 대로, 아니 날이 밝기 전 저는 그 식량과 물품들을 짊어지고 마을을, 내 살던 정든 고향집을 빠져나가야 합니다. 아버지는 왜 빚을 졌을까요. 농토가 없어서 말이지요. 이 땅, 이농의 역사가 말이지요, 우리 아버지의 경우만 봐도 그렇게 단순한 게 아니랍니다. 얼마 전 고향동네엘 갔더니 아이엠에프 사태의 여파로 하우스농사며 가축농사를 대량으로 짓는 내 남자동창들이 전부 어깨보증으로 맞물려 있어 어디로 도망을 가고 싶어도 지금은 도망도 맘대로 못 간다고 하더군요. 아버지의 경우가 그랬습니다. 그러니, 아버지의 자식인 나 또한 동네사람들 마주쳐서는 안될 입장이었지요. 실제로 농협 대출건으로 맞보증을 섰던 마을사람들이 광주의 우리 자취방으로 몰려와 당신 남편의 소재를 대라고, 니 아버지 있는 데를 불라고 어머니 멱살을 쥐어흔들고, 우리들 머리채를 뒤흔들고 가기도 했으니까요. 그런 와중이었으니 학교가 다 뭡니까. 나도 언니처럼 부지런히 돈을 벌어 아버지 빚을 갚아야 할 상황이었지요. 하지

154

만 우리집에서 돈을 버는 사람은 오직 광주고속 버스안내양인 언니뿐. 그리고 그 언니가 받는 한달 월급은 고스란히 빚, 빚, 이자, 이자로…… 나도 뭐라도 해야 했습니다. 정말로, 돈을 벌어야 했다구요. 아버지한테서 이따금 편지가 왔어요. 돈을 벌어야 산다고, 돈이 있어야 우리집이 웃고 살 수 있다고. 그래서 나도 뭔가를 해보겠다고 스무 살 나던 여름에 다니던 대학을 때려치우고 서울로 갔던 것이 아닙니까. 이것이 그것의 기록인갑습니다.

상경기

서방에 있는 인성다방에서 『선데이서울』을 보다가 '가정부 구함' 광고를 발견했다. 왜 그 다방에 들어갔냐, 하면 누구를 만나기 위해서도 아니고 커피를 마시기 위해서도 아니었다. '아르바이트생 구함'이라는 딱지를 보고서 들어간 거였다. 나는 사실 돈이 없어 이런 다방에도 들어올 처지가 못 된다. 주인은 내가 안경을 썼기 때문에 채용할 수가 없다고 말했다. 하도 기가 막혀 이왕 들어온 김에 엽차 한잔 마시고 디제이가 틀어주는 「왓 캔 아이 두」 한곡을 선 자리에서 끝까지 듣고 다방 탁자 위에 있던 『선데이서울』 한권을 집어들고 거리로 나왔다. 주인 아저씨가 왜 남의 집 책을 무담시 들고 나가느냐,고 뒤에서 쫓아와서는 험상궂게 인상을 구겼다. 아저씨가 채용을 안해주니 여기에 씌어 있는 이런 데라도 알아봐야겠다고 했더니 그가 혀를 차고 안으로 들어가버렸다. 사실 지난봄에도 나는 내 신체조건의 '결격사유' 때문에 언니가 다니는 고속버스 안내원 시험에서도 불합격을 먹은 바였다. 심사위원들이 주욱 앞에 앉아서 아가씨들을 '나라비' 세워놓고 심사를 했다.

뒤로 돌아, 앞으로 나란히, 치마를 약간씩 걷어올려보시길, 웃어보세요, 옆으로 약간 돌아보세요, 심사 끝. 심사위원 중에 언니가 특별히 내 동생이니 잘봐주라고 미리 부탁을 해둔 '심과장'이라는 사람도 있었기 때문에 나는 안심을 했다. 그런데 합격자 명단에 내가 없었다. 언니는 심과장에게 달려가 한번만 봐달라고 통사정을 했다. 내 동생이 취직 못하면 우리집은 망한다고, 이미 망했는데 뭘 더 망해먹을 게 있다고 발버둥을 치는데, 내 성질이 있는 대로 끓어올랐다. 심과장은 이미 결정된 사항을 자기 맘대로 할 수는 없는 일이라고 매정하게 돌아섰다. 언니가 나한테 오더니 머리를 쉬어박았나. 나는 익울했다. 내가 뭐 언니처럼 날씬하고 싶지 않아서 안 날씬한가, 내가 뭐 언니처럼 키가 크고 싶지 않아서 작은가, 내가 뭐 언니처럼 예쁘고 싶지 않아서 안 예쁜가. 대학 1학년 1학기 중퇴자는 고졸이나 마찬가지므로 고졸 학력에 나 같은 신체조건을 가진 여자아이가 갈 수 있는 곳은 공장밖에 더 있겠는가, 나름대로 판단하고 공장엘 갔다. 임동의 방직공장엘 갔다. '박주임'이라는 사람이 취직을 하러 온 아가씨들을 차례로 면담하였다. 드디어 내 차례가 왔다. 박주임이 내 아래위를 훑어보았다. 최종학력이 뭐야? 내 딴에는 자랑스럽게, 네, 전남대학 국문과 1학년을 중퇴했습니다, 큰 소리로 말했다. 그러자 주임의, 여기 이력서에는 고졸이라고 적혀 있는데? 하는 눈초리가 나를 째려보는 것 같았다. 나는 자연스럽게 말이 얼버무려지며 얼굴이 화끈 달아올랐다. 주임이 말했다. 어쨌든 1학년 중퇴라 하더라도 대학생을 채용할 수는 없응게 딴데를 알아보시랑게. 아무짝에도 쓸모없는 대학 1학년 중퇴 학력. 아무짝에도 쓸데없는 내 외모. 나는 비관하고 말았다. 정말 어디 가서 콱 혀 깨물고 죽어버리고는 싶은데 그러자니 내 청춘이 너무 불쌍하단 생각이 들었다. 언젠가, 고향동네 시정(詩亭) 서까래에 이런 시구절이 씌어 있는 걸 보았다. '살자니 고생이요, 죽자니 청춘이라' 내 신세가 딱 그 짝이 아닌가.

어쨌든 지난봄에 입은 정신적 타격이 심하기는 했던 모양이다. 그동안 세상에는 '가정부'라는 직업도 있다는 것을 모르고 있었으니. 어쨌든 세상은 몰인정하고, 나와 우리집이 살아날 길은 언니 혼자만으로는 가망없단 것을 뼈저리게 느끼고 있는바, 식모자린들 대수랴. 선데이서울, 고맙다. 서울로 가자.

나는 완행열차를 탔다. 엊그제 언니가 타다 놓은 월급 중에서 차비와 약간의 여비를 덜어내는 대신 편지를 남겨놓고 자취방을 나서는데 그렇게 홀가분할 수가 없었다. 옷가지를 담을 가방이 없어 며칠 전 보아둔 서방시장의 가방가게로 갔다. 아무리 시골소녀의 상경길이라지만 보따리를 보듬고 갈 수는 없지 않은가. 아무도 없는 틈을 타서 가방을 하나 '쌔빌' 참이었다. 하지만 가방가게 주인여자의 눈초리가 그날따라 매섭게 보여 할 수 없이 없는 돈을 털어 가방 하나를 사서 보따리에 임시로 싼 옷가지를 쑤셔넣고 역으로 갔다. 애인네가 세들어 사는 집에 전화를 했다. 한참 있다가 다시 애인네의 집주인 아줌마가, 갓방 총각 없다고 전해준다. 이제 그 자식 애인노릇은 오늘로 끝이다. 한많은 광주에서의 생활은 이걸로 일차 정리가 된 것 같다.

그때는 왜 그렇게 도둑질하고 싶은 일이 많았는지요. 지금은 내가 가지고 있는 물건도 남한테 다 주어버리고 싶을 만큼 물건들 쌓여가는 것에 대한 신경증적 증세까지 생겨난 처집니다만 그때는 말이지요, 미치게 도둑질이 하고 싶었습니다. 왜냐구요? 하도 없어서요. 자취방 집주인네 김치, 된장, 고추장 훔쳐먹는 일은 도둑질로도 느껴지지 않았어요. 아시다시피 80년 5월 광주에 그 '난리'가 났었잖아요? 그때 어떤 일이 있었느냐면요, 아마 대부분의 자취생들이 그랬을 겁니다. 광주로 통하는 사방길이 다 막혔잖아요, 오도가도 못하는 상황에서 광주는, 광주사람들은 다 고립된 겁니다. 일주일에 한번, 혹은 한달에 한번 꼴로 시골집에서 식량을 '공수' 받아 먹고사는 자취생의 처지는 그야말로 아사지경에 처했더랍니다. 그때는 가스레인지가 아직 나오지 않은 때라, 석유곤로나 연탄화덕에 밥을 해먹었는데요, 5월이라 연탄은 때지 않았어요. 모든 먹을깃들을 석유곤로 하나에다 끓여먹었는데요, 그 석유곤로에 붓는 석유까지도 주인집 거를 도둑질해다 먹었지 뭡니까. 한집에 자취생이 어디 하나둘입니까, 보통이 셋넷이지요. 이곳도 옛날에는 시골 농가였는지라, 헛간으로 썼거나 축사로 쓰던 건물들을 전부 연탄아궁이 만들어 방으로 꾸며서는 인근 시골에서 올라오는 학생들한테 놓아먹고 사는 집이 많았습니다. 그런 자취생들이 주인집 장독대며 연탄창고며를 풀방구리 드나들듯 하며 솔개솔개 빼내먹은 '주인 거'가 아마 솔찮지요? 그러게 자취생 들인 집 아줌마들 모이면 그런 성토들을 하는 거지요. 자취생 몇년만 들여먹었다가는 자기네 집 기둥뿌리 들어먹겠다고 말입니다. 그래도, 그리고 그후로도 오랫동안 그 시절, 그 동네, 그 집들에 자취생들은 바글바글 끓었더랬습니다. 그리고 자기네 된장 고추장 빼내먹었다고 자취생한테 얼굴 붉히는 집주인 못 봤습니다. 요즘은 광역시로의 유학이나 전학, 전근 따위가 법으로 금지된 세상이라지요? 그 자취생들 세상, 그 풍물도 한시절 전 얘기가 되었습니다그려. 이왕 말이 나온 김에 80년 5월에 어땠느냐, 하는 얘기를 좀더 해보기로 하지요. 아주 배가 고팠어요. 언니도 직장에 못 나갔어요. 사방을 군인들이 에워싸고 있는데 어떻게 나가요. 나가면 어디서 날아오는지도 모르는 총알에 즉사하는 판인데. 돈도 없어요. 돈이 있다 하더라도 어디서 식량을 사요? 가게에 나가봐도 썩은 국숫가락 몇올 주더라구요. 자기네도 팔 것이 없어요. 물자가 동이 났어요. 집주인 아줌마가 우리 방문을 두들기데요. 밥 한사발, 김치 한사발 들이밀어주면서 하는 말이, 시민군 차타면 밥은 먹는다데, 그래요. 고맙다는 인사치레 할 염도 없이 밥부터 먹고 봤어요. 밥을 퍼먹으면서 공짜로요? 내가 물었지요. 아줌마가 또 그래요. 공짜로 준다데. 누가 그래요? 석이 학생이 그러데. 석이 학생이라 함은 자취방에서 가까운 동신고등학교에 다니는 '머스마'를 이르는 거예요. 아줌마 아저씨가 어찌나 도덕관념이 투철한지, 한집에 사는 자취생들 중 혹시 남녀간에 '불미스런 일'이 생길까봐 아주 감시가 철저했어요. 숫제 집주인이 아니라 무슨 기숙사 사감이었다니까요. 자취생들간의 왕래는 철저하게 차단하면서 본인들은 이방 저방 왔다 갔다하면서 이쪽 정보 저쪽에, 저쪽 정보 이쪽에 날라다주고는 했지요. 아줌마가 그 역할을 했어요. 문간방 여학생들 내일 무등산으로 소풍간다데, 학생네는 어디로 가? 상하방, 석이 학생네는 낼 영화 본다데, 문간방 학생네는 영화 안 봐? 그 아줌마도 여간 심심한 것이 아니었나봅니다. 영화 보면 자기도 같이 데려가달라고 부탁을 하곤 했지요. 자기를 선생님이라고 속여주면 자기는 공짜영화 보고 나와서 그 보답으로 순대를 사주겠다구요.

아줌마 말을 믿고 진짜로 시민군 차를 탔어요. 순전히 밥 얻어먹으려구요. 밥, 실컷 얻어먹었어요. 밥만 얻어먹은 게 아니라 효동초등학교에서 아예 시민군 밥해주는 솥단지에 불때는 일을 했어요. 음료수며 빵까지 '배 터지게' 먹었어요. 정말 기분 째지는 5월이었어요. 무슨 축제 같았다니까요. 제가 언제 한번 그렇게 먹어본 역사가 없었어요, 그때까지. 뭣이 그렇게 많은지, 인심이 절로 써지데요. 시민군들한테 주고 남은 음료수, 빵을 한보따리 싸가지고 집주인네, 상하방네, 식당 방네, 할 것 없이 인심 팍팍 썼던 5월이었다니까요, 글쎄.

　석이 학생, 지금도 그 이름을 완전히는 몰라요. 아마 이름의 끝자가 석자였나봐요. 동신고 3학년, 무슨무슨 석이었겠지요. 돌아오지 않았어요. 5월 27일 아침에 자취방 문앞이 환했어요. 그날따라 햇빛이 찬란한 아침이었어요. 그 집앞, 새로 지은 이층 슬라브집 옥상에 군인 두엇이 총을 들고 서 있다가 내가 자취방 문을 열자마자 헤이 아가씨 이, 하더라구요. 막 떠오른 햇빛을 받은 총구에서 나오는 빛이 반사되어 눈앞이 하얗게 느껴지더군요. 27일, 28일, 29일, 30일, 그리고 5월이 다 가도록 상하방 학생은, 그 머스마는 돌아오지 않았어요. 아줌마도 입다물고 나도 입다물었어요. 여수가 집이라더군요. 여수에서 올라온 그 머스마의 어머니가 입술을 깨물며 아들의 짐들을 챙겨갔어요. 그뿐이에요. 언니는 다시 서울과 광주를 하루 두 차례 이상 왔다갔다했고 나는 대학입시 준비에 바빴고 시골집에서는 아버지가 세계은행 차관인가 뭣을 얻어서 들인 열일곱 마리 젖소 중에서 열 마리가 죽어나가고 중학생인 내 바로 밑 동생은 저도 내년에 광주로 유학오고 싶은데 아무래도 우리집 사정이 언니인 나와 저를 동시에 도시유학 시키기는 어려울 것 같다고 일요일에 집에 간 나한테 눈물을 보이고 자취집 상하방에는 이제 갓 결혼한 집주인네 딸부부가 들어와 아기를 낳았습니다. 80년에 태어난 그 아기는 지금 스무살이 되었겠군요. 그래요, 스무살이에요. 세월이 참 징그럽습니다. 그때 태어난 아기가 지금 스무살이라니요. 나는 그때의 내가 지금의 나인데요. 그때 태어난 아이는 지금의 나를 그때의 나로 절대로 보아줄 수가 없을 텐데 말입니다. 세월을 생각하면 참 기부터 막힙니다. 내가 태어난 때가 60년대 초반입니다. 6·25전쟁이 끝난 지 10년 이쪽저쪽이란 말입니다. 우리 어머니는 6·25전쟁 당시 열세살이었대요. 열아홉에 결혼하여 곧바로 아버지가 군대가는 바람에 61년 스물네살에 언니를 낳고 63년 스물여섯에 나를 낳았어요. 나는 6·25전쟁, 하면 나 태어나기 이전 일이므로 아주 먼 일 같아요. 그러나 생각해보면 그리 먼 일이 아니에요. 겨우 10년이에요. 세월을 생각하면, 저는 촌스럽게, 그리고 우리 어머니가 곧잘 쓰던 말을 따르자면 '없이 사는 사람들의 한'부터 떠올라요. 그리고 그 한이란 게 다름아니라 내 부모님의 한세상이에요. 세월은 정말 매정해요. 그냥 무조건 흐르면 그뿐이에요. '없이 사는 사람들의 한' 따위 깡그리 묻어버리지요. 그리고 세월이 참 무지막지한 것이, '있이 산 사람들의 영광'은 드러내지요. 그것도 멋지게 드러내요. 그래서 최근에 드러난 '노근리 학살사건' 같은 경우는 무지막지한 세월의 속성상, 좀체로 드러나지 않던 '없이 산 사람들의 한'이 그대로 드러난 폭이지요. '노근리'가 어디 그 노근리뿐일까요, 그리고 그때의 노근리일 뿐일까요. 우리 외할아버지가 48년에 돌아가셨는데요, 억울한 죽음이었어요. 외할머니는 지금도 말 안하세요. 외갓집 동네가 '방죽골'인데요, 그 방죽골이 바로 또 노근리예요. 이렇게 언성이 높아지는 제 모습, 제가 보기에도 우스꽝스러운데요, 천성인 걸 어쩌겠어요. 당신 앞에서는 좀더 차분하고, 좀더 아리따운 모습 보이고 싶은데, 흐트러진 자세부터 좀 가다듬겠습니다. 그런데 당신은 왜 이리 늦어지지요? 그리고 비는 왜 이리 내리지요? 조금씩 불길해지네요.

불길한 마음을 눅이기도 할 겸 그때, 서울 갔을 때 적었던 얘기, 이름하여 '상경기'를 좀더 들여다볼까요?

　여름밤의 서울행 완행열차, 상상을 초월할 만큼 난리굿이다. 일곱 시간을 내리 입석으로 갔다. 통로에 신문지를 깔고 좀 앉아 있을래도 앉을 공간이 없다. 공간이란, 내가 섰는 딱 그 자리, 그만큼뿐이다. 한마디로 옴도뛰도 못하겠다. 새벽에 용산역에서 내렸다. 서울, 말로만 듣던 서울이다. 듣기만 하던 국제빌딩이 바로 눈앞에 보였다. 날이 밝는 대로 전화를 하기로 하고 일난 대합실 의자에 앉아 눈을 붙였다. 서울 오기 전에 생각했던 것보다 겁이 하나도 안 난다. 이제부터 돈을 버는 거다. 무엇을 해서? 식모일을 하면서. 차차 서울이 익숙해지면 다른 일을 찾아보자. 광주, 지긋지긋하다. 내 다시는 그 지긋지긋한, 가난뿐인 전라도 땅에 내려가지 않으리라. 성공하기 전에는. 부자가 되기 전에는. 모든 위대한 '처음'은 다 이렇게 보잘것없이 시작되는 거다.
　드디어 날이 밝았다. 역광장으로 나와 『선데이서울』에서 오려낸 그 전화번호로 전화를 걸었다.
　"여보세요? 거기가 가정부 구한다는 광고 낸 집이 맞습니까?"
　"맞습니다. 거기는 어디세요?"
　"예, 여기는 지금 용산역 앞입니다. 거기를 찾아가려면 어디로 가야 하지요?"
　"여기로 오려면 택시를 타고 광화문 십층짜리 건물, 교육회관 앞으로 가자고 하세요. 그러면 내가 마중을 나갈게요. 그런데 아가씨 얼굴 예뻐요?"
　"저요? 모르겠어요. 아니, 안 예뻐요."

"괜찮아요. 안경만 안 썼으면 안 예뻐도 상관없어. 빨리 와요."

"그, 그런데 제, 제가 지, 지금, 그렇게……"

"만나서 얘기해요."

철커덕, 저쪽에서 먼저 전화가 끊어졌다. 아마 내가 말을 더듬거렸기 때문에 답답해서 먼저 전화를 끊어버렸는지도 모른다. 서울사람들이 영리하다더니, 아마 전화를 받은 그 여자도 보통 영리한 여자는 아닌 것 같았다. 광주사람들이라면 적어도 이렇게 딱딱 끊어지게 말하고 행동하지는 않을 것이다. 낯선 길 천천히, 조심해서 오라고 당부의 말이라도 좀 해주잖고 매정하게 만나서 얘기하자며 전화를 끊어버리는 여자, 그 여자가 가정부 구하는 집의 주인일까?

안경을 일단 벗을까 하다가 가정부 일 하는 데 왜 안경 쓴 사람은 안되는지 도저히 이해가 안 가 될 대로 되라는 식으로 안경을 쓴 채 택시를 탔다. 택시 안에서 왜 그렇게 잠이 쏟아지는지. 자서는 절대로 안되는데. 이제 나의 맨 처음의 위대한 역사가 시작되려는 순간이지 않은가. '식모로 시작하여 갑부가 된 아무개의 역사'가 말이다. 먼 훗날에 내 자서전의 스무살 부분은 이렇게 시작될지도 모른다. '그는 용산역에 내렸다. 날이 밝는 대로 전화를 걸었다. 그의 인생에서 잊지 못할 몇사람 중의 한사람을 이제 곧 만나게 될 터였다. 그 사람은 다름아닌 그가 식모로 들어가 살게 될 집의 안주인이었다'라고.

웃음이 나오다 못해 재채기가 다 나오는군요. 그런 기가 막힌, 아니 하도 흔해 기가 막히기까지는 않겠군요. 어쨌든 그런 상경의 역사를 가진 수많은 '촌가시내'가 저뿐인 줄 알았어요. 그리고 그런 일화가 흔해빠졌다는 것을 살면서 알게 되었는데요, 그 뒷이야기는 뻔한 거 아니겠어요?

그때는 그랬어요, 이놈의 안경이 내 인생에 어깃장을 놓는다고. 훗날 생각해보면 이 안경이 나를 '수렁에서 건져' 주었는데 말이지요. 또 수렁에서 건져주었다는 생각을 하면 안경이 좀 서운해져요. 그때 안경만 아니었더라면 세상 끝까지 가보는 경험을 해볼 수도 있었을 텐데, 하구서요. 그 끝은 어디일까요. 그 끝을 생각하면 또다시 모골이 송연해지고…… 하여간 그렇습니다. 하얀 원피스를 입은 아름다운 여자가 마중을 나와 있더군요. 내가 택시에서 내리자 그냥 그 여자가 나한테 와요. 하여간 서울사람들 영리하디고 속으로 감탄하며 안경을 벗었다 썼다 했지요. 그 여자가 나를 자기 집으로 데려가며 그 안경을 벗으면 앞이 하나도 안 보이느냐고 해요. 그렇지는 않다고 했더니 그럼 안경을 한번 벗어보라고 해요. 안경을 벗어 보였더니 웬일인지 다시 쓰라고 하네요. 그렇게 하면서 그 여자의 집으로 갔어요. 교육회관 맞은편, 좁은 골목을 따라 한옥들이 즐비하더군요. 그 골목의 제일 끝집으로 들어갔어요. 느낌이 좋더군요. 아, 저기가 바로 서울 양반집들이구나, 싶어지는 게. 여자가 안내하는 방으로 들어가서 여자가 시키는 대로 일단 기도부터 했지요. 여자가 그렇게 하라고 했어요. 찬송가도 부르더군요. 오 주여, 길 잃은 어린 양을 제게 보내주셔서 정말 감사합니다,라나 뭐라나. 그날이 마침 일요일이었지요. 하여간 로마에 가면 로마법을 따르란다고 저는 주인이 시키면 시키는 대로 하는 수밖에 없지 않겠어요? 그런데 그 방에는 길 잃은 어린 양이 저말고도 두서넛 더 있었어요. 찬송가가 끝나고 여자가 배고픈 양들아, 내가 먹을것을 가져오마, 하고서 잠깐 나간 사이에 소변을 보려고 변소에 들어가 있는데 그 소리를 들었지요. 얼굴 안 예뻐도 몸매 좋은 애로 두

명만 보내줘. 안경은 어때? 그걸 말이라고 물어? 안경은 절대 안돼, 재수없어. 지금도 그 소리가 '소름끼치게' 생생합니다. 호남고속버스 터미널까지 어떻게 왔는지 모르겠습니다. 광주 내려간 안내양 울언니 가 서울에 도착할 때까지, 그리고 다시 광주 내려갈 때까지 서울을, 말로만 듣던 서울을 실컷 구경했습니다. 그야말로 '선데이서울'이었지 요. 어쨌든 서울은 그냥 구경만 하기에는 멋진 곳이더군요. 하여간 멋 졌어요.

이제 좀이 쑤시는군요. 지나간 일도 이젠 별로 떠오르지 않고, 당신 이 오지 않으니 재미도 없고. 비는 여전하군요. 아, 다, 당신인가요? 아, 아니군요. 그런데 왜 저 사람이 나한테 오지요? 혹시 당신이 보낸 사람인가요?

저는 방금 아까 그 다방에서 쫓겨나왔습니다. 당신이 보낸 사람인 줄 알고 나는, 평소에는 그렇게 잘 웃지 않는, 입이 함박만하게 찢어 지는 웃음을 웃으며 나에게 오는 그 사람을 보고 있었는데요, 그 사람 이 나보고 글쎄, 자기 집 장사분위기 다 망쳐도 유분수지, 오늘같이 장사되는 날씨에 그리고 한창 장사되는 그 시간에 다 늙은 아줌마가 겨우 차 한잔 시켜놓고 장시간을 그리고 상석을 차지하고 앉았느냐 고, 나가시라고, 내 등을 떠밀어대지 뭡니까, 하 참. 그런데다가 당신 기다리느라 언니 집에 늦은 것 같아 미안해서 전화를 했더니 오늘 어 머니 제사가 취소되었답니다. 부부싸움을 했다나 어쨌다나. 딸만 둔 부모들은 제사상도 맘대로 못 얻어먹는군요. 살아서 박복했던 양반들 이 죽어서도 그렇습니다그려. 당신, 영원히 오지 않을 당신, 그리고 이미 내 안에 들어와 있는 당신, 나는 이제 안내군 없는 시외버스를 타고 내가 요즘 살고 있는 집으로, 시골길을 달려갈 일만 남았습니다. 안내군은 없어도, 그 노랫소리는 또 들을 수 있을지 모르겠습니다. 꾸냥에 귀고리는 한들한들, 손풍금 소리 들려온다, 방울소리 들린다 아…… 세상은 여전히 몰인정하고 세월은 무지막지하게 흘러갑니다. 아무리 그리하여도 꾸냥의 귀고리 한들거리고 손풍금 소리 들려오기만 하면 그런대로 멋진 한세상일 법도 한데 말입니다. 네? 뭐라구요? 개같다구요?

─『문학동네』 1999년 겨울호

고적

고 적

고적

또 언니 전화일 것이다. 어제 오늘로 벌써 다섯번째 전화다.

"도대체 어디를 가자는 거야?"

나는 단도직입적으로 물었다.

"아무데나 가자. 절도 좋고 계곡도 좋고. 아니다, 우리 오늘 쑥이나 실컷 캐갖고 오자."

"안돼, 나 바빠."

나는 실은 하나도 바쁘지 않았다.

"그러면 딱 반나절만."

반나절이 한나절 될 것이다. 나는 그것을 알고 있었다. 이즈음에 언니가 하는 말들은 늘 그랬으니까. 언니는 많은 것을 적게 표현하고 적은 것은 많게 표현한다. 예전에는 그러지 않았던 언니가 이즈음엔 그런다. 아니다. 예전에는 언니의 모든 표현들이 다 선의에서 나온 것이었다면 이즈음엔 무슨 악감정이라도 섞인 것처럼 말을 하곤 하는 것이다.

예전에 내가 쑥을 뜯어오면 아무리 적어도 언니는 그랬다.

"아유, 많기도 해라. 이걸로 우리 식구 한끼는 배불리 먹고도 남겠다."

똑같은 상황이라도 이즈음에는 이런 식으로 한다.

"이걸 누구 코에다 붙이라고 그래 이만큼밖에 안 뜯어?"

언니와 만나자고 약속을 했는데 내가 늦으면 예전엔 이랬다.

"아유, 오느라고 힘들었지? 이리 와봐, 언니가 땀 닦아줄게."

그런데 지금은,

"퍽이나 빨리도 온다. 너 기다리느라고 더운데도 이 자리에서 몇시간을 꼼짝 못하고 서 있었잖아."

몇시간이라니! 단지 몇분일 뿐인데도 언니는 그렇듯 과장을 해야 속이 시원해지는 모양이었다. 그래서 나는 이즈음 언니를 만나기가 싫어졌다. 반나절이라고? 한시간도 같이 있고 싶지 않지만, 하지만 언닌데, 내 언닌데, 더군다나 고등학교만 졸업하고 백화점에 취직해 나 대학 가르쳐준 언닌데, 그 언니가 지금 오죽 답답했으면 쌀쌀한 동생한테 수십번씩 전화를 하겠는가. 거기까지 생각이 미치자 나는 그만 마음이 약해져서, "그래, 좋아" 하고 말았다. 그래놓고도 나는 심히 찜찜한 기분에서 벗어날 수 없었다.

내가 언니를 만나기 싫어하는 건 꼭 이즈음 언니의 태도 때문만은 아닌 것 같다. 어려서부터 나는 언니와 어울리는 것에 하나도 흥미가 없었다. 먼저 일하는 것에서부터 언니와 나는 달랐다. 언니는 부엌일을, 나는 바깥일을 좋아했다. 노는 것에서도 언니는 여러 사람과 같이

노는 것을 좋아했고 나는 혼자 놀길 좋아했다. 실은 혼자 놀길 좋아해
서가 아니고 나와 놀고 싶어하는 사람이 없어서 그랬는지도 모르지만.

언니가 그 어린 손으로 밥과 반찬을 만들어 상을 내오면 나는 기껏
맛있게 먹고는 언니한테 마구 화를 내었다. 천성이 바깥일 좋아해서
토끼장 만들고 마당 쓸고 헛간 치우는 데 열을 올리느라고 거칠어진
손을 씻고 밥상머리에 앉으면 언니 손이 보들보들해 보이는 것이 어
쩐지 내 비위를 상하게 했다. 그래서 괜히 어머니한테 대고 언니 트집
을 잡았다.

"어머니, 언니는 통 일도 안하나봐. 나만 손이 이러고 언니는 보들
보들하잖아."

"언니가 왜 일을 안혀. 지금 니 입으로 들어가는 밥도 다 니 언니가
만든 거인디."

"집안일도 일이야? 나 봐봐, 소꼴 베고 토끼장 치우고 마당 쓸고 고
추밭 매고, 일은 내가 다 하고 칭찬은 언니만 듣고."

"그럼 내일부터 니가 안일 하고 언니가 바깥일 허면 되겠구나."

"안일 바깥일 내가 다 할 거야."

"그래? 그럼 더 좋지. 그러다 너무 무리허는 것 아니냐?"

밥상에 둘러앉은 식구들이 깔깔대며 웃었다. 괜한 말 했다가 본전
도 못 건지고 나는 애먼 밥그릇만 덜걱거렸다. 집안일도 하겠다던 말
은 금방 까먹어버리고 나는 밥먹자마자 일어나서 닭장 앞으로 내달렸
다. 닭들이 한마리도 빠짐없이 다 들어왔나 세어봐야 하고 소죽도 퍼
줘야 하고 대문도 잠가야 하기 때문이다. 언니는 동생한테 괜한 트집
을 잡혀놓고도 아뭇소리 않고 직수굿이 상을 치웠다. 그때는 그렇게
온 가족이 나서서 일을 해줘야 한집안 살림이 굴러갔다. 한사람이라

도 태업 내지는 파업을 해버리면 나머지 사람이 그만큼 고생을 해야 하거나 집안꼴이 금방 이상해졌다. 온 집안 식구가 다 나서서 일을 해야만 했던 것은 그러지 않으면 살아갈 수가 없을 정도로 가난했기 때문이다. 아무리 어려도 밥숟가락 제 힘으로 떠넣을 수 있을 만큼만 되면 으레 제몫의 일 하나씩 꿰찰 줄 알았다. 하다못해 아랫도리 달랑거리는 세살쟁이라도 제 어미 새참거리 이고 가는 논둑길에 물주전자 들고 따라가는 것으로 밥값을 대신하기도 했다. 우리집도 예외는 아니어서 나는 소꼴 베어와서 쇠죽 쑤고 언니는 밥하고 동생은 방청소하고 요강 부셔서 방안에 들여놓고, 그랬던 것이다.

나는 그때 언니가 하는 일마다 트집을 잡고는 했는데 언니는 늘 그냥 웃어버리고 말 뿐이었다. 노는 것만 해도 그렇다. 동생인 내가 아무리 혼자 놀기 좋아한다지만 하나 있는 언니가 되어가지고 제 동생 혼자 노는 것 뻔히 보면서도 어찌 그리도 제 동무들하고 신이 나서 놀 수가 있었을까. 지금 와 생각해보면 언니가 잘못한 것도 아닌데 나는 그때 그랬다. 언니 동무들 앞에서는 찍소리도 못하고 있다가 집에 돌아오는 길목에서 언니한테 '찟자'를 놓았다.

"언니 넌 진짜 나쁜년이야."

늘상 있는 일이므로 언니는 내가 저한테 욕을 해도 그저 그렇거니 눈만 껌벅껌벅하였다.

"흥, 꼭 저렇게 자기는 아무 잘못도 없는 것처럼 연극도 잘해!"

"미안해."

언니 눈에 그렁그렁 눈물이 고였다.

"아휴, 꼭 저렇게 사람을 나쁜년 만들어요, 진짜."

나는 정말로 짜증이 났다. 언니가 나한테 억지부리지 말라고, 너 놀기 싫으면 됐지 왜 놀고 싶은 사람까지 못 놀게 하느냐고 내 등짝이라도 때려줬다면 나는 그렇게까지 화가 나지 않았을지도 모른다. 하지만 언니는 꼭 내 그악스런 억지 앞에서 눈물부터 보였다. 나는 화가나면 언니한테 말을 막하는 버릇이 있었다. 내 앞에서 눈물을 보이는 언니가 언니같이 보이지 않기 때문이다. 내심을 말하자면 나는 사실 내가 아무리 억지를 부려도 언니가 나이를 한살이라도 더 먹은 윗사람으로서의 따끔한 위엄을 보여주길 바랐는지도 몰랐다. 그런 바람이 충족되기는커녕 오히려 언니가 더 비굴해 보일 정도로 내 앞에서 벌벌 기고 있는 꼴이 나를 더 막가게 했다.

"내가 왜 너를 나쁜년이라고 했는지 알고나 우냐?"

나는 화가 나면 집요해진다.

"아까 너는 혼자 노는데 나는 내 친구들하고 놀고 너하고 안 놀아줬기 땜에……"

"그게 뭐가 나쁜데?"

나는 집요하다 못해 야비해지기까지 한다.

"그래도 동생이니까 아무리 다른 애들하고 놀고 싶어도 동생하고 놀아야 하니까, 그러니까……"

"내가 화낼 줄 알았어 몰랐어?"

"알긴 알았지만 아까는 다른 애들하고 노는 게 하도 재밌어서 잊어버렸어."

"다음에 또 잊어버리기만 해봐라, 언니 넌 국물도 없어."

"알았어."

그제야 언니는 안심을 하고 배시시 웃었다. 우리는 언제 싸웠냐는 듯이 다정하게 집으로 돌아왔다. 집에 와서도 언니는 엄마한테 나에 대해서 한마디도 하지 않았다. 나는 그런 언니를 고마워하는 게 아니라 얕잡아봤다. 바보라고. 내가 그렇게까지 야비하게 굴었는데도 무엇이 무서워 어머니한테 일러바치지를 못하는지. 일러바치거나 하소연하지 못하는 언니가 워낙 착해서가 아니라 바보라서 그런 거라고. 그후에도 노는 일로 언니한테 시비걸기는 계속되었고 그때마다 언니는 내 앞에서 울기를 반복했는데 나는 언니를 바보라고 생각한 내가 진짜 바보라는 사실을 그때는 몰랐다. 언니가 내 억지 앞에서 울기만 한 것은, 그런 동생을 그 누구에게도 이르지 못한 것은, 언니가 바보가 아니라, 그것은 그냥 언니의 천성이 그렇기 때문임을, 그냥 그렇게 타고난 것임을 나는 몰랐다.

어쨌든 내가 바보라고 생각할 만큼 남한테 시비걸 줄도 모르고 남이 시비를 걸어와도 그저 직수굿이 감내만 하던 언니가 지금은 변한 것이다. 언니가 전화에 대고, "야, 너는 어떻게 동생이라는 게 언니한테 전화 한번을 안 주냐?"고 할 때, 나는 확실히 언니가 변한 것을 느낀다. 지난번 어머니 제사 때만 해도 그렇다.

"야, 어떻게 동생이 둘씩이나 있는데 나만 제사를 지내냐? 다른 날도 아니고 부모 제삿날인데 그래, 빨리빨리 와서 제사준비 거들어주지는 못할망정 제시간에 와서 절은 해야 할 거 아니냐?"

언니는 잔뜩 역정이 돋아서 뭐라고 뭐라고 듣기 싫은 소리를 기어코 동생들한테 내뱉었다. 예전의 언니는 하고 싶은 말이 있어도 결코 입밖으로 쉽게 내뱉는 사람이 아니었다. 그래서 언니 말에는 더 무게가 있었다. 부모님 돌아가시고 나와 동생은 사실 언니만 믿고 살았다. 세상에 믿을 사람은 오직 언니밖에 없었다. 그렇게 믿고 살았던 우리 언니가 지금은 그런다. 남한테 절대 해코지 안할 사람인 언니가 남도 아닌 동생들한테 가시 돋친 소리를 불쑥불쑥 내뱉곤 하는 것이다.

"야, 너희들은 너희들 사느라 이 언니는 잊어버리지?"

"야, 언니는 산소 벌초하러 갈 때 너희는 피서를 가냐? 그래놓고 애썼다는 말 한마디를 안해줘?"

무엇이 우리 언니를 그렇게 변하게 했을까. 동생이 어머니 제사에 참석 못한 것은 애를 낳은 지 며칠 안돼서였고 나는 시어머니가 갑자기 병원에 입원을 하는 바람에 친정어머니 제삿날임을 알면서도 도저히 참석할 수가 없는 상황이었다. 그렇다는 사실을 다 알고 있으면서도 언니가 새삼스레 동생들 원망하는 소리를 할 때는 솔직히 그나마 있던 언니에 대한 고마운 마음이 천리만큼이나 도망가는 것을 어쩔 수 없었다.

물론 나도 변했다. 나는 더이상 언니한테 억지를 부리지 않는다. 하지만 억지부리던 시절의 어떤 고집이 남아 있기는 한 모양이었다. 놀러 가자는 사람이, 더구나 쑥 캐러 가자는 사람이 하고 나온 모양새를 보자 나는 왈칵 짜증이 치밀어올랐고 그리고 그 짜증을 삭이지 못하고 끝내 언니 면전에 토해내고 마는 것을 보면.

"어디 놀러 갈 때는 좀 편한 차림으로 나와! 보는 사람이 다 불편하잖아."

언니는 완연한 '보험아줌마' 복장을 하고서 소풍을 나왔다. 언니는 말쑥한 정장차림이었다. 아이보리색 재킷에 검은 바지, 그리고 검은색 하이힐. 하이힐의 징이 다 닳았는지 걸을 때마다 유난히 딱딱거리는 소리가 났다. 딱딱 소리를 내는 구두를 신고 걸을 때마다 그 소리가 고스란히 뇌 속으로 전달된다는 것을 나는 알고 있다. 엄청 사람

피곤하게 하는 구두인 것이다. 어깨에 둘러멘 검정색 비닐핸드백은 업무용 가방이 아니라 장식용으로 더 적합한 작은 것이어서 웬 서류 비슷한 뭉치들이 삐죽삐죽 밖으로 기어나오려 하고 있었다. 나는 그 것이 무엇에 쓰이는 서류들인지 알고 있으므로 못 본 척했다. 다만 내가 본 것은 옷차림일 뿐이라는 것을 언니한테 알리려고 내 딴에는 머리를 재빨리 굴렸을 수도 있다. 그런 머리굴림의 일환으로 언니한테 필요 이상의 짜증을 냈는지도.

언니는 실지로 생활설계사다. 언니가 보험일을 한 뒤부터 나는 언니를 더 만나기가 싫어졌다. 친구도 보험일을 하는데 그 친구한테는 보험을 하나 들어주었다. 체면상, 그리고 의리상 어떻게 거부할 수가 없었다. 그러나 언니는 달랐다. 나와 언니 사이는 체면을 유지하고 말고 할 관계도 아니었고 무엇보다 언니는 내가 보험을 하나 들어주기 시작하면 이후부터 끊임없이 다른 보험을 들고 나올 것이 뻔했기 때문이다. 실지로 언니는 몇년 전에도 보험일을 했는데 내가 암보험을 하나 들어주자마자 교육보험 용지를 들이밀었던 것이다. 교육보험 열 번 넣고 나서 구제금융 사태가 일어났고 남편이 자유기고 하는 잡지들이 폐간되는 바람에 우리들 생활은 두 아이 보험료 내기도 버거워져서 그만 해약을 하고 말았다. 손해를 본 것은 물론이다. 나는 다시는 보험을 들지 않으리라 결심했건만 친구한테는 어쩔 수 없었다. 그 친구는 다른 친구한테 갈 것이고 보험 안 들어준 것을 빌미삼아 다른 친구 앞에서 나를 씹을지도 모른다는 생각이 나를 꼼짝 못하게 했다. 나는 세상사람들이 나 없는 데서 내 말을 한다는 생각만 해도 참을 수 없는 기분이 되곤 했다. 동창회에 가서도 마지막 한사람이 자리를 뜰 때까지 일어서지를 못했다. 내가 먼저 자리를 뜬 뒤에 남은 사람들이 내 말을 하게 될까봐 두려워서 아무리 집에 급한 일이 있어도 일어설 수가 없는 것이다. 내가 왜 그러는지 나도 괴로워서 가장 친하다고 생각되는 미숙을 붙잡고 물은 적이 있다.

"야, 미숙아, 난 참 바보 같아. 누구한테 죄를 지은 것도 아닌데 누가 내 말 할까봐 무서워."

미숙이 그랬다. 그건 네가 바보라서가 아니고, 죄를 지어서도 아니고, 단지 니 천성이 그렇기 때문이라고. 그렇게 타고난 거라고. 미숙이 그런 말을 해줘서야 나는 우리 언니도 바보라서 만날 울었던 것이 아니고 그냥 그렇게 타고났기 때문이라는 걸 알았다.

어쨌든 나는 이미 친구한테 보험을 들었으므로 더이상의 보험을 계약할 만한 여력이 없다. 나는 단단히 마음을 조여먹었다. 절대로 절대로 언니의 꼬임에 넘어가지 말아야지, 하고서.

버스에 오르고 나서 언니는 나를 흘낏 쳐다보더니, 기어코 내가 가장 싫어하는 소리를 하고 말았다. 어쩌면 아까 내가 언니한테 옷차림 건 때문에 짜증을 낸 것에 대한 보복성인 듯도 싶었다.

"어쩌, 너는 그렇게 교양이 없니? 더군다나 선생이 되어가지고."

내가 화장도 않고 집에서 입는 옷 그대로 나온 것을 두고 하는 소리다.

하고 다니는 외양을 가지고 그 사람의 교양 정도를 재고 있는 언니의 얄팍한 인식수준에 나는 또 질리는 것이다. 화를 내고는 싶지만 나는 또 번번이 하도 단호한 언니의 태도에 기가 질려서는 우물우물 대꾸 같지 않은 대꾸를 하고 만다.

"으응, 아이들 챙기고 하면 귀찮아서, 어디 누구 선보러 가는 길도 아니고."

"그래도 사람이 집을 나서면 기본적인 예의는 지킬 줄 알아야지. 화장은 여자의 기본예절이야! 대학선생이 되어가지고 의관을 정제한다는 말도 넌 못 들어봤니?"

나는 그만 픽 웃고 말았다. 흔히 보따리장사라고도 불리는 시간강사 자리를 무슨 대단한 자리로 알고 있는 듯한 언니가 나를 남우세스럽게 해서도이지만 그냥 기가 탁 막히는 기분이 들 때는 웃는 수밖에 별도리가 없는 것이다. 그러나 더이상의 대꾸는 금물이었다. 이제 언니는 예전의 언니가 아니란 것을 나는 확실히 인식해야만 하는 것이다. 나는 기가 팍 죽은 체하고서 언니하고 대여섯 걸음 정도의 사이를 꾸준히 유지하기 위한 데만 신경을 골몰했다.

'여자의 기본예절을 지키지 않은 맨얼굴'을 하고 나온 나, 의관을 정제한 언니, 언니 아이 둘, 내 아이 둘, 도합 여섯이 소풍 아닌 소풍을 갔다. 날씨가 좀 꾸무럭거리는 것이 마음에 걸리긴 했지만 이른 봄날씨치고는 푸근했다.

"사실은, 사실은 말이다, 내가……"

"힘들다는 거 알아, 하지만 언니도……"

"그래, 무슨 말 하려는지 알겠다…… 하지만……"

우리는 우리가 무슨 말을 하려고 했는지 진정으로 알기나 했던 것일까. 형부가 직장을 잃고 집을 나갔다는 사실을 나는 동생을 통해 이미 알고 있었다. 하지만 나는 그런 사실들을 언니한테 물을 수가 없었다. 내가 그 사실들을 묻고 난 뒤에 보일 언니의 반응과 행동들에 지레 겁을 먹은 참이었다. 형편이 어려운 언니와 말 나누기가 무서울 정도로 나 또한 생활이 아주 힘들었다. 우리는 아파트 융자금을 제때 못 갚아 겨우겨우 마련한 내 집을 압류당할 처지에 직면해 있었다.

"야, 우리 여기서 밥이나 까먹자."

사실 소풍지로 내심 정해둔 곳은 아직 멀었다. 언니는 내게 뭔가 언니의 진실이 가닿지 않은 것에 낙심한 듯했다. 하이힐을 딱딱거리며 논둑길을 잘만 걷던 언니가 문득 아무 재미 없는 표정으로 밥이나 먹자고 주저앉아버린다. 아이들은 멀리 보이는 절집을 향하여 개미행렬같이 올라가고 있는 사람들을 부럽게 바라본다. 급기야 언니의 딸이 한마디 하고 말았다.

"엄마는 뭐든지 끝까지 하는 게 없어."

애, 엄마한테 그게 무슨 말버릇이니? 소리가 목구멍 밖으로 밀고 올라왔지만 언니 눈치가 보여서 그냥 꿀꺽 삼켜버렸다. 언니는 만사가 귀찮다는 듯 조카애의 타박을 나 몰라라 하고서 준비해온 김밥을 주섬주섬 주워먹는다. 아직 점심때가 멀었는지라 아무도 먹을것에 손을 대지 않았다. 언니는 혼자서 자신의 김밥솜씨를 자화자찬했다. 할 수 있는 말이라곤 오직 그뿐인 듯. 인사로 하나 집어먹어보았지만 내 입이 그래서인지는 몰라도 김밥은 그다지 맛이 없었다. 언니가 만든 김밥에서는 싸구려 쏘시지 냄새가 가득했다.

"언니, 김밥에 또 쏘시지 넣었구나?"

언니의 표정은 아까 조카애가 제 엄마를 타박할 때부터 일그러지기 시작하던 참이었는데 내 시비가 언니의 표정 구겨지는 데 결정타가 되고 말았다. 나는 사실 언니의 찡그린 듯한, 고뇌어린 표정이 그렇게 싫을 수가 없었다. 심지어는 그 표정 때문에 언니가 이날 이때까지 사는 게 행복하지 않은 거라고 충고까지 하고 싶었다. 그러나 대신 '쏘시지 넣은 김밥'을 씹는 것으로 언니에 대한 짜증을 표시하고 말았다.

"김밥에 쏘시지 넣지 그럼 뭐를 넣냐?"

언니는 요새 부쩍 이빨이 부실해졌다. '야매'로 해넣은 어금니가 아파서 음식을 제대로 씹지 못한다면서도 대꾸할 건 해가면서 김밥은 또 혼자 다 먹고 있다.

"쏘시지에 얼마나 많은 식품첨가물이 들어 있는지 알어?"

"그래도 야 나는 쏘시지 안 들어간 김밥은 꼭 앙꼬 없는 찐빵 같더라야."

"그럼 앞으로도 계속 쏘시지 넣을 거야?"

"쏘시지 안 넣고 어뜨케 김밥을 맨들어? 재주 있는 너나 맨들지."

나는 또 팍 주눅이 들고 말았다. 나는 자꾸 언니를 옛날의 언니로 착각하고 있는지도 몰랐다. 이즈음의 언니는 내가 함부로 시비걸어도 되었던 옛날의 그 언니가 아닌 것이다. 그렇다는 사실을 쓴약을 삼키듯 스스로한테 주지시키고 나자 가슴 한가운데로 어떤 통증 같은 것이 짜르르 지나갔다. 언니를 옛날의 언니로, 타고난 천성 그대로 살수 있게 내버려두지 않는 것이 무엇인지 나는 다시 한번 상기하지 않을 수 없었다. 그래서 나중에 집어먹은 김치에서도 화학조미료 냄새가 진동했지만 나는 더이상 아뭇소리 하지 못했다.

내가 언니한테 하는 소리들은 다 언니의 건강을 염려해서였다. 그런 소리들이나마 열심히 할 수밖에 없는 건 내가 언니한테 해줄 수 있는 것이 그뿐이었기 때문이다. 그외에 내가 언니한테 해줄 수 있는 거라곤 아무것도, 정말 아무것도 없었다. 그렇게 생각하려고 애썼다. 그렇지 않으면, 내가 언니한테 염려의 말 외에 또 뭔가를 해줄 수 있다고 생각하는 그 순간에 나는 내 생활이 얼마나 힘들어질 것인가를 알고 있었다. 단적인 예로 지난번 일만 해도 그렇다.

조카애가 코피를 쏟는데 한 양동이가 쏟아져도 멈추지를 않아 아이가 쓰러졌다는 언니의 급박한 전화를 받았다. 언니는 아이를 병원에 입원시켜야 할지도 모르니 혹시 돈 가진 게 있으면 온라인으로 급히 부쳐달라고 한다. 돈이 없었지만 언니의 다급한 목소리가 나를 가만히 있게 하지 않았다. 옷을 챙겨입을 정신도 없이 러닝바람으로 옆집 문을 두드려 돈을 빌려가지고 상황이 상황인데 언니 혼자 오죽 기가막힐까, 내 딴에는 오래 잊어버리고 살았던 우애심을 최대한 발휘하여 은행으로 안 가고 언니 집으로 갔는데 대문이 잠겨 있었다. 병원으로 갔나, 하고 기꺼운 병원을 다 뒤져도 언니와 조카애를 찾을 수 없었다. 큰병원으로 갔는가, 하고 급하게 택시를 잡아타려는 순간에 언니와 조카애가 룰루랄라, 보기에도 명랑하게 횡단보도를 건너오고 있는 것이 보였다.

"코피를 양동이로 쏟았다면서 이젠 괜찮아?"

"아니에요, 그냥 쪼금 났어요."

"쓰러졌다면서, 그럼 아니야?"

"이모느은? 코피 났다고 쓰러져요? 그럼 쌍코피 터지면 죽겠네요? 깔깔깔."

짚이는 것이 없지 않았지만 내색은 할 수 없었다.

옆집에서 빌린 돈은 어차피 언니 주자고 빌린 것이니 일단 언니한테 건네고 나서 나는 이후부터는 언니 일에서 손을 털자고 스스로에게 입술을 앙다물어 주지시켰다.

김밥을 다 먹고 난 언니가 보온병 뚜껑을 연다. 뚜껑에 커피를 고봉으로 따라서 꿀꺽꿀꺽 마신다. 언니같이 뼈가 약하고 신장이 안 좋은

사람한테 커피는 어떤 영향을 끼칠까. 언니가 요새 부쩍 커피를 애음하는 것이 아무래도 신경쓰인다. 그래서,

"언니, 커피말고 우리차를 좀 마시지."

"우리차? 녹차 말이지? 그걸 무슨 맛으로 먹냐? 나는 힘들 때 이 따끈한 커피 한잔 마시면 몸과 마음이 그냥 흐뭇해지더라야. 너도 옛날엔 커피 좋아했잖아. 지금은 취향이 우리차로 변했어? 언제부턴데? 녹차, 그거 비싼 건 되게 비싸데? 그치?"

내가 말을 말지, 싶다.

"애들이 이제 다 컸나봐. 도대체 노는 소리가 안 나네?"

나는 되도록이면 평이하게 말하려고 무진 애를 쓴다. 뭔가 언니하고 특별한 얘기를 나누고 싶지가 않다. 사실 특별히 나눌 이야기도 없다. 아니, 언니하고는 특별한 이야기를 나눌 만한 관계가 아니었다. 그래서,

"언니 이 꽃 좀 봐. 이게 솜양지꽃 아냐? 맞지? 정말 예쁘다, 그치?"

"솜양진가, 솜털인가, 이쁘기는 하다마는 저 이쁜 것하고 나 사는 것하고 아무 상관이 없다아!"

속 불편한 사람한테는 아무리 예쁜 것도 눈에 들어오지 않는다는 소리렷다. 상대방 기분이야 상관없이 자기 기분을 있는 그대로 표출해내는 언니가 어떻게 보험일을 다 하는지 알 수가 없다. 쑥 캐러 오자 했으니 쑥이나 뜯자 하고 나는 언니와 좀 떨어져서 자리를 잡는다. 아닌게아니라 발밑으로 살찐 쑥이 뽀얗게 돋아나와 있기는 하다. 하지만 본격적으로 쑥을 캐려면 아무래도 장소를 이동해야 할 것 같다. 쑥은 본래 무더기 무더기 돋는 법인데 우리가 앉은 자리는 쑥이 모래알처럼 흩어져 있다. 나는 언니가 말을 붙여올까 무서워 부지런히 쑥

을 뜯는다.

"야, 쑥은 뜯지 말고 캐야 제맛이야."

나는 움찔한다.

"뭔 죄졌어? 왜 놀래?" 하면서 언니가 쑥잎을 뜯느라 파란 물이 든 내 손에 칼을 쥐여준다. 그러곤 칼로 쑥이 돋아난 땅을 후빈다.

언니가 노래를 부른다. 아이들이 노래 부르는 언니를 돌아보며 히 히거린다. 언니는 아랑곳없이 해당화 피고지는 섬마으으을…… 한다. 평화로운 언니. 언제 어디서나, 어떤 상황에서도 결코 의지를 꺾 거나 불인혜하지 않는 언니. 나는 혼잣속으로 빈다. 우리 언니가, 저 렇게 노래도 잘하는 우리 언니가 어떤 상황에서도 그렇게 살아가기 를. 나는 혼잣속으로 중얼거린다. 왜냐하면 나는 언니가 어렵다 해도 도와줄 형편이 못 되기 때문이라고. 그래서 그렇게 빌어만 줄 뿐이라 고. 언니는 여전히 노래를 부른다. 그리움에 지쳐서, 울다가 지쳐서, 아아아아아…… 나는 마음속으로 빈다. 재미있는 언니, 언제 어디서 나 어떤 상황에서도 타고난 여유와 유머를 잃지 않는 우리 언니. 언 니, 늘 그렇게 살아,라고. 아무에게도 들리지 않게 나는 말한다. 왜냐 하면 언니가 그렇게 살아주어야 내 마음도 편해지기 때문이라고. 언 니가 노래 두 곡을 마쳤을 때 내 손에는 한주먹 요량의 쑥이 모였다.

"야, 나 노래 끝냈으니 너도 한곡 불러봐라."

"언니 더 불러."

"나 원래 노래라곤 섬마을 선생님하고 동백아가씨밖에 모르잖니."

"누구는 얼마나 알어?"

"야, 대학선생씩이나 하는 사람이 노래도 몰라?"

"대학선생이 뭘 알아?"

"그래도 야, 대학선생까지 하면 만물박사까지는 아니래도 노래는 알아야지."

"나 노래 몰라, 아무것도 몰라."

".........."

".........."

우리 대화는 끊겼다.

언니는 또 노래한다. 해당화 피고지는 섬마으으을에…… 언니 노랫소리에 화답이라도 하듯 먼산에서 쑥국새가 운다. 언니의 레퍼토리가 다양하지 못한 것이 나는 내심 불안하다. 언니가 다양한 노래를 알고 있다면 나는 그저 쑥이나 캐고 있으면 될 터인데. 구름이 비껴가는 하늘에 봄햇살이 따스하게 내리쪼인다. 언니 노래만 끝나면 딴데로 옮겨가 뜯어야지, 하고 있는데 드디어 언니가 노래 부르기를 멈췄다. 언니는 노래를 하면서도 머릿속으로는 딴생각을 하고 있었던 것이 분명하다. 그렇지 않았다면 그렇게나 뚝 끊어지게 노래를 중단할 수가 없다. 절벽으로 떨어지듯 문득 노래를 멈춘 언니가 머릿속에서 쭈욱 생각했던 것이 분명한 이야기를 시작하려는 그 순간에 나는 자리를 훌쩍 떴어야 옳았다. 그러나 나는 언니가 노래를 멈추자 반사적으로 언니 얼굴을 마주보았고 그리고 눈이 마주치자 이제 더이상 그 자리를 떠날 수 없는 어떤 압력 같은 것을 느꼈다. 나는 진작, 언니가 노래를 부를 때 그 자리를 떠났어야 옳았다. 그러나 이미 때는 늦었다.

"너 강숙자 샌 기억나냐?"

언니는 중학교 때처럼 선생님을 샌이라고 발음한다.

"언니 중학교 때 가정선생님?"

"옳지."

"근데 강숙자 선생님은 왜?"

"세상에, 엊그저께 그 강숙자 샌을 길에서 딱 마주쳤지 뭐냐?"

나는 하나도 흥미없지만 흥미있는 체 대거리를 해준다.

"아이구, 세상에나. 되게 반가웠겠다!"

"그런데 그 샌이 하나도 변하지 않고 옛모습 그대로인 거 있지. 역시 여자는 남편 잘 만나면 안 늙는다던데 그 샌이 그런가봐."

"선생님 남편이 뭐 하는 사람인데?"

"몰라."

나는 그만 픽 웃고 만다.

"그 선생님 독신이래지 아마?"

"누가 그래?"

"누가 그래? 하는 사람이 그랬잖아. 끝순이 얘기 하면서."

보험일을 하면서 언니는 옛날간날, 시시콜콜한 사람까지 다 찾아다니는 모양이었다. 얼마 전에는 언니 친구 끝순이를 만났다며 전화로 한바탕 수다를 떤 적이 있었는데 언니는 그때 자기가 강숙자 선생 이야기를 했던 사실을 진정 잊어버린 것일까.

"야, 끝순이 알지? 학교 앞 점방 뒷집에 살던 끝순이. 세상에 끝순이가 지금 뭐 하고 있는 줄 아냐? 노래방을 하고 있더라. 나 원 참."

"끝순이가 노래방 하는 게 나 원 참 할 일이야?"

언니는 내 말에는 대꾸도 하지 않고 자기 말만 했다.

"나 원 참, 그런데 노래방 이름이 뭔 줄 아냐? 꽃구름노래방이란다. 기가 막혀서."

"뭐가 기가 막히다는 거야?"

"꽃구름다방이라면 모를까, 무슨 노래방 이름이 그러냐? 안 그래?

어느날 강숙자 샌이 우연히 지나다가 들러서, 노래방 이름이 좋아서 들어왔어요, 하드라네? 끝순이가 하는 노래방인 줄 뼈언히 알고 있으면서도 그랬겠지. 그 샌이 끝순이네 행랑채에서 자취할 때 우리가 몰래 신발을 굴뚝 속에다 집어넣어버려가지구서는 그 다음날 강숙자 샌이 출근도 못하고 있다가 끝순이네 오빠 신발 직직 끌고 출근했었잖아. 우리가 근데 그때 왜 그랬지? 맞아, 샌하고 끝순이 오빠하고 좋아하는 거 보기 싫어가지고 그랬잖아, 호호호. 근데 그 샌이 아직도 혼자라네?"

기가 막힌 건 나였다. 기가 막히면 할말이 없는 법. 내가 아무런 대꾸를 않자 언니는 금방 풀이 죽었다.

"하긴, 끝순이네 둘째오빠같이 잘생긴 남자를 어뜨케 잊냐? 그치? 나라도 만약에 강숙자 샌 입장이라면 혼자 살 수 있겠다. 까짓 거 결혼 못하면 그냥 혼자 살아버리지 뭐. 끝순이 개도 고생 엄청 하는 것 같드라. 왜 그 머스마 있지? 고등학교 다닐 때 끝순이한테 오토바이 태워주던 그 남자, 끝내 딸 둘 끝순이한테 남겨두고 오토바이 사고로 죽었잖아. 끝순이는 죽은 남편 포함, 결혼 세 번이나 했건만 남편들은 간데없고 애만 다섯이잖니. 에휴우."

나는 그저 언니의 장광설을 한귀로 듣고 한귀로 흘릴 뿐이었다. 그들이 어떻게 살았건 나하고는 아무 상관 없는 사람들이 않은가. 말 끝에 나온 한숨은 필시 그렇게 힘든 끝순이한테는 차마 보험의 보자도 꺼내보지 못한 데서 나오는 소리일 것이다. 언니는 어떻게 끝순이의 연락처를 알아냈을까. 언니는 결코 그렇게 용의주도한 사람이 아니다. 그렇지만 지금 언니는 확실히 변해 있다.

언니는 영락없이 엄마를 닮았다. 아버지가 그렇다고 하면 다 그런

줄 알고 아버지가 이렇다 하면 다 이런 줄 알았던 엄마. 자식들이 아
니라 하면 다 아닌 줄 알았고 자식들이 기다 하면 다 긴 줄 알았던 순
진한 우리 엄마. 언니가 그랬다. 형부가 외박을 하며 초상집에 있다
하면 그런 줄 알았고 형부가 노름해서 따온 돈 노동해서 벌었다 하면
그런 줄 알았다. 그랬던 언니가 이제 조금씩 변해 있는 것을 나는 확
실히 느꼈다. 형부가 집을 나가버린 것이 확실하다며 내게 전화를 했
을 때 언니는 필요 이상으로 서러워했다.

"얘, 난 이제 어떻게 사냐? 집에 쌀도 떨어지고 돈도 육만원밖에 없
는데 이제 어떻게 살아. 너희 집에는 쌀도 한가마니나 있고 돈도 육십
만원 넘을 거야. 근데 난 이게 뭐니, 쌀도 없고 돈도 육만원밖에……
어어어엉."

언니 집에 쌀 떨어지고 돈 육만원밖에 없는 것이 꼭 내 책임이나 되
는 것처럼 언니는 전화에 대고 서럽고 앙칼진 목소리를 보내왔다. 다
음날 나는 쌀 한말과 돈 십만원을 마련해 언니 집으로 갔다.

"형부는 어디로 간 거야?"

"관심도 없어."

"왜?"

"없는 게 편해. 돈도 안 벌어다주는 남편 뭐에 필요해."

언니는 담담하게 말했다. 너무나 아무렇지 않게.

"혹시 형부 여자 생긴 거 아냐?"

"알 게 뭐야. 돈도 없는 남자 어떤 여자가? 안 그래?"

"그래도 모르지. 남녀관계라는 게 꼭 돈 있어야만 이루어지는 건 아
니지 않나?"

"어떤 눈먼 년이 콱 물어나 가버렸으면."

열살 먹은 조카애가 언니 앞을 가로막았다. 방이 좁으므로 텔레비전을 보려면 어느 한사람 앞을 꼭 가로막아야 한다. 언니 집은 거실과 베란다가 없고 방이 두 칸에 화장실이 딸린 낡디낡은 재건축 대상 아파트다. 그 아파트에 사는 사람들은 언제 무너질지 모를 불안감을 노상 지니고 산다고 했다. 그래도 사람들은 밤이면 어김없이 들어오고 아침이면 꽃단장하고 일터로 간다.

"야, 이놈아, 테레비를 그렇게 가까이에서 보면 어떡해."

내가 아이를 야단쳤다. 아이가 내 말 듣는 시늉을 안한다. 화가 좀 났다. 그래서 언니한테,

"언니, 애들 테레비 너무 가까이 보게 하지 마."

"방이 좁은데 그럼 어떡하니?"

나는 그때 순간적이지만 언니 표정에서 어떤 살기를 느꼈다. 나도 사실 은행융자금도 제때 못 갚는 25평짜리에 산다. 내 딴엔 25평짜리나마 내 집 만들려고 엄청 고생하며 살고 있다고 생각하는 사람이다. 나는 언니를 도와주고 말고 할 여력이 없다. 동생이 거실 딸린 집 구하려고 갖은 고생 했던 것은 생각하지 않고 언니는 오직 동생네 거실 딸린 25평짜리 집만 보이는 모양이었다. 언니의 표정에서는 그러니까 좁은 집에 사는 것도 서러운데 이모란 사람이 칭찬은 못해줄망정 야단이나 쳐서 애 기를 죽이고 있다고 여기는 기색이 역력했다. 나는 다 조카애 눈 나빠질 것을 염려해서 한 소리인데도 말이다. 그래서 이후부터는 언니 집에 가면 아무리 마음에 안 드는 일이 있어도 아뭇소리 안하려고 내 딴에는 무진 애를 썼다. 애를 써야 하는 것이 피곤하여 언니 집에 가고 싶은 마음이 생기지를 않았다. 해서 되도록이면 발걸음을 안하고 사는 나에게 언니는 빈번히 전화하여 놀러 가자고 한다

거나 놀러 오라고 한다거나 오늘 누구를 만났다거나 누구를 만났는데 어쨌다거나, 두서없는 이야기들을 잔뜩 늘어놓곤 하는 것이다. 그럴수록 나는 언니를 만나고 싶지가 않았다. 그리고 오늘 오랜만에 나들이까지 나와서 언니는 나와는 아무 상관 없는 강숙자 선생 이야기를 한다. 내 반응이 그다지 신통치 않자,

"아야, 니 난난이라고 알지?"

"알어."

강숙자 선생이나 난난이나 내게 관심없기는 마찬가지다. 그래도 언니는 강숙자 선생 이야기에서 실패를 봤으니 난난이에서는 성공하리라는 오기마저도 서린 목소리로 말한다.

"응, 왜, 그애가 어려서부터 핀따먹기 선수 아니었냐. 얼마 전에 무슨 낙찰곈가 뭔가로 사기를 쳐가지고 쇠고랑을 찼다네? 한번 면회를 가긴 가야겠는데……"

나는 참말로 별꼴이다 싶다. 딱한 건 사기꾼이 아니라 사기꾼한테 면회 갈 생각을 하는 언니다.

"청포도 단란주점 사장하고 짜고서 그랬다나봐? 청포도 단란주점 사장이 누구냐 하면 왜 소재지 목포집 아줌마 아들 연택이라네. 세상에!"

나는 그냥 희미하게 웃고 만다. 난난이와 연택이 아주 어려서부터 연인 사이였다는 것은 나도 알고 있었다. 각각 따로따로 결혼을 했던 두 사람이 언제부터 다시 만나게 된 걸까, 잠깐 궁금해진다.

"하이구우, 우스워 죽겠네. 청포도는 무슨 청포도야 왕대포라면 모를까. 그 연택이가 포도를 맨날 포두, 포두 하고 다녔잖아. 머리에 기계총이 움푹움푹 나가지고서는, 호호호."

언니 입에서 온갖 옛날 사람들 이야기가 줄줄이 나오게 된 것이 다 언니가 보험일을 하게 되면서 연고나 연줄을 엔간히 찾아다녔다는 애기다. 그래서 나는 슬며시 짜증이 난다.

"언니, 보험일 한다고 아무나 찾아다니고 그러지 마."

"………"

내 그 말 한마디에 언니가 이즈음의 언니답지 않게, 어깨를 잔뜩 옹송거린다. 그러면서 들릴락말락 중얼거린다. 누구는 뭐 찾아다니고 싶어서 찾아다니니.

"그건 나도 아는데, 어쨌든 모르는 사람 위주로 개척을 하라구. 아는 사람 찾아다녀봤자, 뭐 해. 괜히 영양가 없는 소리들이나 주워듣는 것밖에 더 있어?"

이번에도 또 언니는 모기소리만하게 대꾸한다. 것도 어디냐?

"생각해봐, 언니가 왜 그 사람들 찾아다녀? 보험 계약하려고 그러는 거 아냐? 고객확보 차원으로다가 말야."

언니가 고개를 푹 수그린다. 꼭 그런 것만도 아냐.

"그럼 뭐야?"

나는 꽥 악을 쓴다. 좋잖아, 옛날 사람 만나면.

"흥, 픽도 좋겠다. 그 사람들이 언니한테 떡을 줘? 밥을 줘?"

이제 언니는 완전히 고개를 무릎에 묻다 못해 이마가 땅에 닿을 것만 같다. 그리고 뭐라고, 뭐라고 말을 하는 것 같아서 온 미간을 찌푸려 귀를 모두어 들었는데도 완전히는 못 알아듣겠다. 다만 짐작컨대 이런 소리였던 것도 같다. 떡도 좋고 밥도 좋지만 정도 좋은 거야.

"뭐가 좋은 거라구?"

내가 악을 쓰자 내내 어디 가 있는지도 몰랐던 아이들이 저희들 부른 소린 줄 알고 와그르르 이쪽으로 달려오고 있다. 아이들이 오는 소리가 들리자 언니가 고개를 번쩍 드는데 보니까, 눈가에 이슬이 맺혀 있는 것이 역력했다. 하지만 나는 모른 척하고 아이들을 향해 마주 달려가버렸다. 문득 돌아봤을 때, 봄날의 해가 사선으로 비끼는 속에서 언니는 고적(孤寂)했다.

―『현대문학』 2000년 8월호

아무도 기다리지 않았다

아무도 기다리지 않았다

아무도 기다리지 않았다

하필 이사 날짜 잡은 날 눈이 내렸다. 폭설이었다. 이삿짐차는 그 눈을 함빡 뒤집어쓴 채 Y시를 향해 고속도로와 국도를 달렸다. Y시가 가까워지자 눈발이 점점 성글어지더니 어디쯤에선가부터 눈은 거짓말처럼 뚝 그쳐 있었다. 그리고 시내로 들어서자마자 눈에 띄는 게 빨간 동백꽃이었다. 가로수로 심어진 그 나무의 파란 잎사귀 사이로 붉은 꽃들이 만발해 있었다. 조금 낯설긴 하지만 경희는 그래도 꽃을 보자 마음이 포근해졌다.

집안을 정리하는 데는 근 일주일 이상이 걸렸다. 그리고 그동안 남편한테서는 전혀 연락이 오지 않았다. 경희는 한편으로 비장한 마음으로 집정리를 했다. 오히려 그 비장함이 그네를 차분하게 하는 것 같았다. 텔레비전과 비디오, 오디오 선들을 어떻게 연결할지 몰라 그대로 됐다가 대충 집안정리가 끝난 날 맘잡고 이 선 저 선 얼키설키한

선들을 정리하여 전기코드를 꽂았다. 엄마가 집정리한다고 북적대는 와중에도 아이들은 어떻게들 컴퓨터를 연결했는지 컴퓨터게임을 하느라고 정신이 없었다. 아이들이 그렇게 정신없이 게임에 빠져 있는 그 순간에 거실 쪽에서 텔레비전 코드를 꽂자 느닷없이 전기가 나갔다. 무슨 일인지 누전차단기가 내려가 있었다. 차단기를 다시 올리고 조심스레 텔레비전 코드를 꽂았는데 다행히 별일 없었다. 그런데 아이들 방에서 비명이 터져나왔다. 컴퓨터의 파워가 나가버렸다는 것이다. 아이들은 숫제 두 발을 동동 굴렀다. 경희가 혼자 짐 옮길 때 하마터면 짐더미에 깔릴 뻔했어도 내색을 안했는데, 저희들은 엄마 무거운 짐 옮기는 데 겨우겨우 도와주는 시늉만 하고는 컴퓨터 앞으로 쪼르르 달려가기 바쁘더니만, 그 컴퓨터를 사준 사람도 난데…… 아이들의 모습이 억장을 무너지게 하면서 경희는 서러움이 복받친다. 이제 열살, 열두살짜리 남매가 컴퓨터를 하지 않으면 하는 일이란 싸움질이라 차라리 아이들이 컴퓨터 앞에 앉아 있는 게 속 편한 점이 없지 않긴 했지만 그새를 못 참고 컴퓨터 고쳐내라고 성화를 부리는 앞에선 그만 비명을 지르고 말았다. 징글징글한 건 새끼들이다.

114로 Y시내에 있는 컴퓨터점마다 전화를 했다. 수리기사들이 전부 설 쇠러 가버렸다고 한다. 그래도 그렇게 전화를 해서 얻은 정보가 있다면, 오늘중으로 고치려면 대규모 전자상가가 있는 K시까지 가보라는 말이었다. 그리하여 경희는 그네가 막 이사와 살기 시작한 Y시로부터 두 시간 떨어져 있는 K시까지 컴퓨터 고치러 가는 대장정의 길에 올랐다. 막내는 아직 엄마를 못 떨어지는 어린아이라서 데리고 가고, 둘째는 저희 누나하고 단둘이 있는 게 싫어서, 큰애는 또 K시에 살고 있는 제 사촌을 만날 생각에 따라나선다. 그렇게 하여 마치 어디 할머니 집에 설 쇠러 가는 사람들처럼 하고서 그네 가족은 그네가 모는 고물 티코를 타고서 K시로 출발했다. 다행히 컴퓨터를 고치고 나서 설대목인데 그냥 Y시로 되돌아가기가 허전하여 전자상가 옆 백화점에서 몇가지 식품들을 샀다. 떡국떡 한봉지, 쇠고기 만원어치, 나물류, 생선, 과자를 좀 사는 것으로 설음식 준비재료는 충분했다. 옷을 사달라고 칭얼대는 아이들을 자장면 한그릇씩으로 입막음하고 그대로 집에 오기가 뭔가 또 허전하여 그 도시에 살고 있는 그네의 언니 집엘 들렀다. 늘상 그렇듯이 언니는 일하러 나가고 아이들만 있다. 그집 아이들도 방학 내내 컴퓨터게임과 텔레비전에 민판 빠져 있다. 어미는 컴퓨터와 텔레비전에 아이들을 맡겨놓고 밖으로 돈벌러 나갔다. 그러니 그 어미는 컴퓨터와 텔레비전이 고맙고 든든하다. 어른 없는 집에 아이들만 놔두고 나간 그 어미는 수시로 집에 전화를 걸어온다. 마침 경희가 들어서자마자 언니한테서 전화가 왔다. 조카가 받는다. 이모 왔다고 냉큼 알린다. 고기하고 생선만 조금 덜어놓고 가려고 했는데 조카가 바꿔준 전화선 저쪽의 언니가 자기 올 때까지 기다렸다가 저녁 먹고 가란다. 제 또래의 사촌들을 만난 아이들이 마냥 신나하는 모습을 보고는 언니 말대로 하자 하고 네살배기 막내를 끌어안고 기다랗게 누웠다. 피붙이의 집에 누우면 왜 눈물이 날까. 눈꼬리에 추적하게 달라붙는 눈물. 이런 눈물은 그네 외할머니 눈가에 잘 붙어 있었다. 엄마 눈가에도 외할머니와 똑같이 붙어 있던 눈물. 그게 이제 경희 눈가에 붙었다. 아이가 엄마 얼굴을 빤히 바라보다가 눈물을 손등으로 쓱 닦아준다. 아이는 엄마 눈물을 닦아주고 엄마 사랑해,의 뜻으로 엄마를 꼭 안아준다. 삶이 힘들고 남루해도 아이가 그렇게 해줄

때 그네는 순간적으로 왕비가 되어버린다. 엄마를 가장 힘들게 하는 것도, 가장 행복하게 하는 것도 자식이다. 이 세상 모든 일이 다 그러하듯 자식 땜에 아파보지 않은 사람은 자식이 주는 행복도 그리 크게 느끼지 못하리라. 어미들이 그 아비들보다 자식으로 해서 더 큰 행복감을 맛본다고 한다면 그건 아마 출산의 고통을 겪어낸 때문이 아닐까. 남자는 쾌락 때문에 자의와는 다르게 아이를 만들지만 여자는 속 깊은 곳에서 좀더 근본적인 욕구, 어미이고 싶은 욕구에 의해 아이를 낳고 기르는지도 모른다는 생각이 든다. 여성성이란 무언가를 속에 품지 않으면, 키워내지 않으면 안되는 속성을 가진 것이 아닐까. 텔레비전 앞에 옹기종기 앉아 만화를 보는 아이들의 동그란 머리들을 보니 새삼스레 그렇다. 자신이나 언니네나 그 아이들의 아비들이 부재하기 때문에 든 생각이리라. 현란하게 움직이는 만화를 쳐다보는 아이들 너머로 언뜻 재떨이를 발견한다. 꽁초 서너 개, 구겨진 담뱃갑. 조카아이한테 묻는다.

"엄마가 담배 피우니?"

"아뇨, 아빠 거예요."

"아빠 왔었니?"

"네."

아이가 짤막하게 대답한다.

"언제?"

"며칠 됐어요."

"지금은 어디 가셨어?"

"낮에는 집에 없어요. 밤에만 들어와요."

"일나가시니?"

"몰라요."

언니 오기 전 밥이라도 해놓으려고 전기밥솥을 씻고 있는데 마침 언니가 들어왔다. 빙판길이 얼마나 미끄러운지 오늘 서너 차례나 엉덩방아를 찧어서 골반뼈가 욱신거린다고 언니는 들어오자마자 푸념이다. 그녀는 이즈음 생활설계사 일을 하고 있다. 계약자를 찾아 하루종일 사방을 돌아다녀야 하는데 짧은 단화는 멋이 안 나서 언니 취미에 맞지 않을 뿐 아니라 직업이 직업인만큼 말쑥한 정장차림을 하고 다니는데 단화는 그런 옷에도 맞지 않아 오늘 같은 날 구두를 신고 다닌 것이 회근인 것 같다. 따뜻한 부츠를 사신으려도 그만한 여유가 언니한테는 없다. 언니 입에서 형부가 집에 늘어왔다는 얘기가 나오길 기다리는데 줄창 보험얘기만 나온다.

"오늘 내가 비록 엉덩방아는 몇번 찧었어도 그래도 엉뎅이 다친 보람은 있었지 뭐냐. 엉뎅이가 하도 아파 좀 쉬려고 어떤 다방에 들어갔더니 세상에, 거기서 내 고객이 기다리고 있을 줄이야 누가 알았겠니. 나는 그냥 앙케이트나 좀 받아볼려고 다가갔는데 앉은 자리에서 글쎄 턱하니 새시대 암보험을 하나 들어주더라구. 야, 생판 모르는 남도 들어주는데 어쩜 넌 피를 나눈 형제가 돼가지고 언니 소원 하나 안 들어주니, 그래?"

경희는 그저 픽 웃고 만다. 언니가 보험 안 들어주는 경희에게 무슨 악감정을 가지고 하는 소리가 아님을 알기 때문이다. 그야말로 그냥 해보는 푸념일 뿐이라는 걸.

"형부 돌아왔다며?"

아이들 입에 들어갈 반찬을 조물락거리다 말고 경희가 슬쩍 물어본다. 언니한테서는 아무 대답이 없다. 괜히 무안해져,

"샘물이가 그러더라구. 아빠 돌아왔다구."

"딴말은 안하디?"

"무슨 말?"

"아니야. 얼른 밥먹자."

집에서는 통 밥을 안 먹다가도 사촌 집에 오면 여러 놈이 한꺼번에 덩키덩키 달라붙는 재미로 그런지 경희의 아이들이 평소에 잘 안 먹던 반찬들까지 야무지게 먹어댄다. 아이들 밥 먹이는 일이 끝나면 큰 일 하나 끝낸 기분이 든다. 경희가 설거지를 하는 사이 언니가 커피를 탄다.

"언니, 뭐 하게 커피 마셔? 신장도 안 좋다면서."

"그래도 난 이거 없으면 세상 못 살아."

"커피가 이뇨작용하는 거 몰라? 그렇잖아도 지나치게 소변 자주 보면서 웬 커피는……"

"너 똑똑한 것 아니까 그만 연설하고 일루 와 커피 한잔 해라."

자매가 마주보며 커피를 마신다. 커피는 지나치게 진하고 달다.

"형부 어디 간 거야?"

"내가 내쫓았어."

"정말이야?"

"대판 싸웠지. 그저께 밤에 싸우고 나서 나가더니 어젯밤에는 안 들어오네."

언니는 천연스레 말하고 커피를 아주 달게 마신다. 그러면서 덧붙이기를,

"샘물이가 아빠 싫다고, 집에 들어오지 말라고 말한 것을 두고 에미가 그렇게 하라고 시켰다나 어쨌다나. 처자식 돌보지 않은 인사가 누

군데 자식교육 잘못 시켰다고 되려 토를 잡더라야. 애비라고 폼만 잡
지 지가 애비노릇 한 게 뭐 있어? 인간말종이야 숫제."

"그동안은 어디 가 있었대?"

"낸들 아니? 어디서 계집질을 하다 왔는지 내가 알 게 뭐야."

언니가 불쑥불쑥 내뱉는 거친 말들이 아이들한테 들릴까봐 경희는
가슴이 철렁 내려앉는다.

"언니, 형부한테 너무 심하게 그러지 마. 형부도 오죽했으면 집을
나갔겠어. 직장 잃고 나서 애들 얼굴 보기도 민망하고, 언니한테도 미
안해서…… 그러니까 언니가 좀 따뜻하게……"

"내가 뭘? 야야, 너야말로 잘 모르겠거든 그런 말 하지도 마라. 아
이구, 말해서 뭣 하냐. 내 얼굴에 침뱉긴걸. 내 속은 자식도 부모형제
도 모른다. 아무도 모른다구."

언니는 이녁 오목가슴을 주먹으로 콩콩 찧는다. 세살 차이가 나지
만 언니는 그새 꼭 말년의 엄마 모습하고 똑같다. 오목가슴 찧던 손을
내릴 생각도 않고 그대로 가슴께에 대고 있는 자세로 문득 뭔가 생각
난 듯이 복잡한 표정을 띠며 은밀하게,

"아, 그년이 시키지도 않았는데 대뜸 하는 말이, 아빠한테서는 우리
집 냄새 안 나니까 속상해요, 그러잖겠니, 글쎄."

자식 입에서 속상하다는 말이 나오게까지 된 상황이란, 어미로서
아프리라. 많이 아플 것이다. 그런 경희의 짐작과는 달리 언니는, "솔
직히 내 가슴이 다 시원하더라" 한다.

예전에 엄마도 아버지 오는 게 진정으로 좋기만 했을까.

경희는 다시 집이 있는 Y시까지 차를 몬다. 섣달 그믐, 오밤중이다.

하루 일찍 이모한테 세배를 하고 세뱃돈까지 받아챙긴 아이들은 사촌들 만나서 논 것이 곤했는지 기역자로 꼬부라져서 곯아떨어졌다. 적막강산. 설이라고 찾아갈 친정도 시댁도 없다. 외롭긴 하지만 그러나 자유로움을 느낀다. K시에서 Y시로 가는 길 중간쯤에 경희의 고향마을이 있다. 밤늦은 고속도로를 질주하며 고향마을 뒤에 우뚝 솟은 낯익은 산을 바라본다. 그 산밑 마을이 바로 그네의 고향이다. 지금쯤 그네랑 함께 학교에 다녔던 친구들이 아기엄마, 아기아빠들이 되어 고향마을에 설 쇠러들 와 있겠지. 부모님이 살아 계신다 한들 명절에 마음 편히 고향동네에 갈 수 있었을지는 모르겠다. 딸들이 줄줄이 남편 없이 아이 키우고 있는 상황이 동네사람들한테 부각되어 괜히 엄마 아버지한테 누가 되지 않을지, 사람들은 혼자 아이들 데리고 가면 그렇게 묻는 것이 당연한 듯 애아빠의 행방을 물어보리라. 그 물음에 사실대로 말할 용기 없음이 불편해서라도 부모님 계신다 한들 고향집에 가지는 않았을 것이다. 그리고 보면 명절은 나이먹은 미혼자들이나, 이혼자들, 사별한 사람들, 가난한 사람들, 몸이 아픈 사람들, 실향민들, 혼자 사는 노인들, 하여간 뭔가 하나씩이 부족한 사람들한테는 불편부당한 날임에 틀림없다. 또 그와 반대로 돈이 많은 사람들, 권력이 센 사람들, 자식이 많은 사람들, 건강한 사람들, 아직 사별도 이혼도 하지 않고 아이가, 그것도 아들이 있는 부부들한테는 축복이 가득한 날임에 틀림없다. 빌어먹을 설이다. 경희는 빌어먹을 설이라지만 엄마는 설운 설이라 했다. 설이 왜 설인고 허니 설워서 설이란다. 고구마조청을 양은냄비에 고다가 솥단지 밑에 구멍이 나고 말았다. 구멍난 솥단지에 들러붙은 조청을 숟가락으로 딱딱 긁어내며 에라이, 이놈의 조청아, 왜 넘의 솥단지에 구멍을 냈느냐,고 두세두세 푸념을 늘어놓던 엄마. 밖에 누가 온 줄 알았다. 선잠에서 깨어난 경희가 혹시 아버지가 왔나, 가슴이 철커덕, 했다. 서울로 돈벌러 간 아버지가 왔으면 얼마나 부끄러울까 나는. 지난 섣달 그믐밤에도 서울에서 막 도착한 아버지한테서 포마드 향기가 솔솔 풍겨와 경희는 얼마나 부끄러웠는지 모른다. 아버지한테서는 서울냄새가 났다. 낯선 것 앞에 서면 자신의 모습이 부끄럽고 또 부끄러웠다. 친아버지인데도 오래 떨어져 사니까 서먹서먹한데다 낯선 냄새까지 나니 아버지가 뭘 물어봐도 어떻게 말을 해볼 수가 없었다. 아버지가 공부는 잘하냐?라고 물었을 때 네, 하는 그 짧은 대답을 얼마나 덜덜 떨면서 했는지 모른다. 이제 한살 더 먹었으니까 그만큼 더 의젓해서야지? 할 때도 대답소리가 목구멍 속으로 기어들어갔다.

"엄마, 왜 설을 설이라고 한단가?"

"설을 왜 설이라고 허는고니, 설워서 설이라고 헌단다."

"아하, 그렇구나아! 그런데 뭣이 그렇게도 서럽단가?"

"엄동설한에 춥고 배고파서 서럽제."

"춥고 배고픈 사람들만 설쉰단가?"

"말허자면 그렇다 그것이여."

"엄마, 나 아부지 올 때 어떡허고 있는 것이 좋으까?"

"요러고 있어라. 요러고."

엄마가 손으로 턱을 받치고 어린 경희를 새치름히 건너다본다. 그렇게 엄마하고 눈이 마주칠 때마다 경희는 묻는다. 이제는 습관이 되어버렸다. 경희가 볼 때 엄마 눈에는 늘 눈물이 끈적하게 눈곱처럼 달라붙어 있는 것 같다. 그런 엄마를 볼 때마다 어린 경희 가슴이 아프다. 엄마를 행복하게 해줄 수 있는 말이 무엇인지 경희는 안다. 이제는 알아버렸다. 엄마를 기쁘게 해주려고 묻는다.

"엄마는 누구 땜에 살아?"

"우리 새끼들 땜에 살지."

엄마 입에서 느이 아빠 땜에 살지, 하는 소리가 안 나오는 것이 경희는 왜 그렇게 다행이라고 생각되는지 모르겠다. 그런데도 엄마는 아빠가 오면 딴사람이 되었다.

조청이 들러붙은 솥단지 밑구멍을 득득 긁어대던 엄마가, 여태까지 경희 눈 깊이 들여다보며 알콩달콩하던 엄마가 개가 대문 쪽을 향해 짖어대자 아주 우아하고 경건한 자세가 되었다. 옷매무새를 손으로 착착 가다듬고 부엌문을 빠끔히 열었다. 아버지가 온 것이다. 아버지가 왔음을 확인하고도 아버지가 먼저 기척을 내기 전엔 엄마는 부엌문을 나서지 않았다.

"어이, 나 왔네."

경희 영희 순희, 세 자매가 쪼르르 마당으로 내려섰다. 경희, 영희의 위치를 영희, 경희 순으로 엄마가 다시 재정렬시켰다. 참으로 엄숙한 아버지맞기였다.

"어째 셋이 똑같구나, 똑같애. 가만있어봐라, 으음, 영희 너는 큰언니로서 동생들 잘 돌보고 있었지? 어째 경희는 아부지 눈을 똑바로 못 보고 자꾸 딴데를 볼라고 해쌓냐? 네 이놈, 아부지 봐라, 아부지."

"경희야, 몸가짐 똑바로 혀라."

넓은 광목 앞치마 속으로 무릎을 꿇은 엄마가 엄숙하게 경희를 닦아세운다.

"아부지 없는 동안 그래도 이마만큼이라도 집안경영을 해준 니 엄마한테 우선은 감사허고 지난 일년도 아무 탈 없이 커준 너희들헌테도 고맙다는 뜻을 전한다. 어허, 자꾸 저놈이 몸을 뒤채네, 어이, 저놈이 워째 자세가 저 모냥이단가?"

"스으을, 경희야!"

뭔가 야단을 쳐야 할 일이 생겼을 때, 혀를 입천장에 대고 내던 엄마 특유의 입바람 소리. 큰아이들이 잠들고 나니 막내가 심심한가보다. 자꾸 운전하는 엄마를 방해한다. 자신이 자꾸 스으을, 스으을, 하고 아이한테 내는 입바람 소리가 바로 돌아간 친정엄마가 내던 소리임을 알겠다.

집에 들어서자마자 전화벨이 울린다.

"난데, 도대체 어디 갔다 온 거야!"

남편의 목소리에 잔뜩 화가 나 있다.

"어디 갔다 오긴, 컴퓨터 고치고 오는 길이지."

"오밤중에 컴퓨터 고치고 와?"

"컴퓨터 고치고 나서 언니 집에 들렀다가 저녁 먹고 오는 길이야."

"건 그렇고, 거기가 어디야?"

"당신은 어딘데?"

"여기 파출소다."

"파출손 왜?"

"주소를 알아야 찾아가지. 전화를 해도 받지 않으니 주소 알아서 찾아가려고 파출소 왔다!"

"누가 오라고 했나 뭐."

경희 말이 채 끝나기도 전에 전화가 뚝 끊긴다. 괜히 그런 소릴 했다 싶다. 이 밤중에, 그리고 이 추운 날, 그래도 명절이라고 집 찾아온 사람한테 내가 너무했구나, 싶어서. 다시 전화 오면 아뭇소리 말고 주소 가르쳐줘야지, 다짐한다. 전화벨은 금방 다시 울린다.

"여기가 어디냐믄……"

"여보세요, 아주머니가 조경희씨 맞습니까?"

"맞는데요."

"그럼 한상득씨가 누구시죠?"

"제 남편인데요."

"남편인데 왜 집을 모르죠?"

"남편 없을 때 이사를 했거든요."

"아하, 그러시군요, 난 또. 요새는 그렇게들 많이 하기도 하죠. 퇴근한 남편들이 집주소를 깜빡 잊고는 집 찾아달라고 종종 파출소를 찾아오기도 합니다만. 하여간 집 찾아달라고 할 땐 애 어른이 구별이 안 갑니다요. 아주머니네도 익스프레스로 하셨나봐요? 어디 익스프레스로 했어요?"

"우리집 양반 지금 어딨나요?"

"아주머니 전화 끊고 바로 나갔는데요. 화가 단단히 난 모양이에요. 어찌됐든 남편이 분명하지요?"

"맞다니까요."

경희는 서둘러 전화를 끊는다. 전화는 오지 않는다. 보나마나 누가 오라고 했나 뭐,라고 경희가 무심코 내던진 말에 '야마'가 돈 나머지 파출소 순경들한테 인사도 하지 않고 얼굴이 붉그락푸르락, 양볼이 부어올라서는 발길을 아무데나 내치며, 어찌됐든 통화는 되었으니 일단 안심은 하면서 찬바람 부는 밤길 위를 정처없이 걷고 있거나 주저앉아 있거나 할 것이다. 안 보고도 너무도 환히 그 모습이 보인다.

"애들아, 아빠 오신댄다."

아이들이 일제히 엄마를 돌아본다. 잠옷으로 갈아입은 큰애는 도로 잠옷을 벗는다.

"왜?"

"그냥."

이제 막 사춘기가 시작된 딸이다. 그냥,이라고 말은 하지만 귓불이 붉어지는 이유를 경희는 안다. 바로 그네가 그런 경험이 있으니까.

아버지는 경희가 중학생이 되었을 때에야 집으로 돌아왔다. 오래 떠돌다 그제야 정착을 한 셈이다. 왜 그렇게 아버지가 불편했는지 모르겠다. 가장 불편했던 것은 생리대를 아버지 눈에 안 띄게 처리하는 문제였다. 아버지 없을 때도 물론 생리대 처리를 야무지게 하지는 못했다. 그것을 빨고 삶고 햇볕에 널고 안 마르면 다리미로 다려서 착용해야 하는 그 과정이 왜 그리도 귀찮던지 경희는 생리를 할 때마다 나, 그것하는 중이요, 하고 표시를 내고는 했다. 사방군데다 세탁해야 할 생리거즈를 굴러다니게 했고 옷에는 물론 이불에 묻히는 것은 예사였고 그것 하는 날이면 엄마한테건 형제들한테건 신경질을 바락바락 냈다. 엄마는 왜 또 그리 칠칠하지 못한 딸내미 등짝을 맵게도 후려쳐야만 했는지, 지금 생각해도 눈물이 퐁 빠질 지경이다. 생리대라고 하는 것이 손수건만한 면거즈였는데 매번 빨아 삶아서 햇볕에 말려 써야 했다. 아버지 없을 때는 사방군데 처박아두기도 하고 엄마한테 욕을 먹고 등짝을 얻어맞아가면서도 방치해두는 걸 예사로 하고 살았는데 이제 아버지가 집에 돌아온 이상 한달에 한번씩 비상이 걸린 셈이었다. 어느 저녁 무렵, 밭일을 하고 대문을 들어서던 엄마가 뭐라고 혼잣소리를 내는 것을 분명히 듣긴 들었다. 그 구시렁거리는 소리가 바로 밤이슬 내리도록 빨래를 안 걷고 있었느냐는 타박이란 걸 깨달았을 때는 엄마 손에 이미 그 문제의 거즈가 들어가 있었다. 경희는 부엌에서 밥짓는 아궁이에 불을 때고 있었고 아버지는 바로 그 옆에서 쇠죽을 끓이려고 작두로 짚을 써는 중이었다. 왜 그날, 그 순간이 그렇게도 치욕스러웠을까. 아무리 엄마라도 그렇게 자식한테 무안을 줄 수는 없는 거라고 두고두고 입술을 깨물어야 했던 그 일이란 바로 아버지 앞에서 엄마가 혈흔도 제대로 지워지지 않은 생리거즈를 흔들어댔던 일이다. 엄마가 그랬다. 멘스가 뭣이 부끄런 일이라고 밖에다 못 널고 다른 빨래 속에다 널었더냐고. 그때 만약 엄마가 한 말을 아버지가 했더라면 그토록이나 무안하진 않았을 것이다. 초경기의 딸을 둔 요즘 아빠들이 하는 것처럼 대놓고 축하는 못해주더라도 적어도 엄마가 한 그 말, 멘스는 부끄런 것이 아니라는 말 한마디쯤 아버지가 해줬더라면. 경희는 그것이 못내 아쉬웠던 것이다. 아버지는 불경스럽다는 듯, 무슨 망측한 일이냐는 듯, 딸의 생리거즈를 바로 보지 못하고 고개를 외로 돌렸던 것이다. 그날로부터 아버지는 정말로 완전 남이 되었다. 아버지 앞에 서면 부끄럽기만 하던 때가 그래도 좋았다. 이젠 싫었다. 엄마하고 언니하고 동생하고 살 때가 좋았다는 생각이 들 때마다 아버지를 쫓아내고 싶었다. 네 사람의 여자로 이루어진 집에 아버지는 꼭 불순분자 같았다. 언니 딸 샘물이가 그때의 경희 같은 기분이었을까. 경희는 딸에게 다가가 조심스레 속삭인다.

"가슴 나오고 생리하는 건 하나도 부끄러운 게 아니야."

"나도 알아, 엄마."

"근데 왜 아빠 앞에서 부끄럽다고 잠옷 벗고 청바지 입는 거야?"

"그래도 부끄러워. 내가 아빠 없을 때 커버렸잖아."

아하, 그래서였나. 그네가 아버지 앞에서 부끄러웠던 건, 아버지가 그네의 성장과정을 지켜보지 않았기 때문에. 시간의 힘이 그래서 무서운 것일까.

작은애가 엄마 곁으로 슬슬 다가온다. 그애는 아직 잠잘 준비도 안 하고 있다. 손에 땟국물이 잔뜩 묻어 있다. 그애는 몸씻기를 아주 싫어한다. 씻으라고 백날 말해봤자 도통 말을 들어먹지 않는다. 아이를 목욕탕에 강제로 끌고 가 씻길라치면 하도 어이가 없어 힘이 빠지는 와중에도 헛웃음이 다 나온다.

"야, 이놈아, 몸이 깨끗해야 이쁜 여자애들이 너를 좋아하게 되는 거야, 알어?"

"엄만 맨날 여자 얘기만 해. 나 이제 그런 말 싫어."

"알았다, 알았어, 이놈아."

다 씻겨놓고 궁둥이를 탁 쳐서 내보낼 때는 어찌 그리 인물도 훤할까, 싶어 절로 입이 벌어졌다. 한때는 제 고추를 만지면 그것이 자꾸 커진다고 신경질을 내던 아이였다. 만지면 커지는 이유가 피가 그쪽으로 몰려서 그렇다고 하니까 그 부분에 피가 몰리지 말라고 고무줄로 친친 동여매기도 하던 녀석이었다. 그런 아이들의 성장과정 속에 남편은 늘 빠져 있었다. 아이들이 늘상 붙어 있는 엄마하고 더 밀착해질 수밖에 없는 조건이었다. 그는 그것이 서운했나보다.

경희는 아이들하고 행복했다. 큰애 머리 빗기고 작은애 인물 훤하게 씻기고 막내 칭얼대면 업고서 조석으로 음식을 끓일 때, 음식 먹고 텔레비전 볼 때, 남편 대신 그 자리에 아이들을 재우고 그 옆에 누울 때도 경희는 절대로 공허하거나 불행하다고 느껴지지 않았다. 오히려 충일감이 왔다. 전적으로 아이들한테 자신을 다 투신할 수 있다는 것이, 남편 눈치보며가 아니라 순전히 자신의 의지대로 아이들을 사랑할 수 있음이 그녀는 만족스러웠다. 남편 말대로 '조경희 원대로 된 상황'이 맘에 들었다. 완전히 '조경희 체제'로 된 것이 그네는 결코 싫지 않았다. 남편은 아이엄마 조경희한테 아내 조경희를 빼앗겨버렸다고 푸념했다. 경희는 아이아빠 한상득한테 남편 한상득을 한번 빼앗겨봤으면 원이 없겠다고 했다. 남편은 조경희가 애들을 꽉 잡고 있으니 자기가 들어설 틈이 없다고 했고 경희는 한상득씨가 애들한테 워낙 무심하니 자기가 그렇게 할 수밖에 없다고 했다. 이런 그네 집 언쟁을 두고 친구 유병숙이 그랬다. 남편이 그의 작업도구인 사진기 하나만 달랑 들고 집을 나가 소위 '작업실' 생활에 돌입했고 뜻하지는 않았지만 기약 없는 별거상태가 시작되었음을 얼떨떨하게 인지해야 했던 즈음이었다. 유병숙은 경희가 이사오기 전 그네의 윗집에 살았다.

"서로 좋아 애 만들어서 그 꼴이 뭐니 도대체. 애들이 불쌍타, 애들이 불쌍해. 나는 그래서 애 안 만들어. 여자는 한달에 한번 정확하잖아. 확실하지. 지가 저질러논 일인데도 여자가 애 배면 멀뚱한 표정 짓지 남자는. 내가 언제 저래났지? 기억이 안 나네야. 닭 잡아먹고 오리발 내미는 격이지. 확실하게 눈에 보이는 아이가 말야, 그 시작에서는 너무 많아 기억에 안 나는 씨 중의 하나에 불과해, 결국에는."

"끔찍한 소리 마라. 그러지 않는 남자도 많아. 제 핏줄에 대해서 얼마나 집착하는데 남자들이."

"바로 그거야. 지 씨앗 퍼뜨리는 일이 그 종자들 하는 원래 일이거든. 그리고 거두는 일은 여자 몫이야. 자기네들은 씨 퍼뜨리는 일로 끝난 거야. 거두는 일은 원래가 지네들 일이 아냐. 야, 왜 처녀가 애 딸린 홀아비한테 가면 그런대로 살아지고 애 딸린 과부가 총각한테 시집가면 문제가 생기는 줄 아니? 왜 미혼모만 있고 미혼부는 없는 줄 알아?"

"너 혹시 여자의 탈을 쓴 남자 아니니?"

"그렇게 무지를 일만도 아니라구. 그네들은 씨가 너무 많아 주체를 못해. 돈을 주고 여자 사서라도 막 뿌려야 직성이 풀리는 거야, 그네들은. 물론 땅으로 치자면 그곳이 불모진지 비옥진지도 모르고 마구 뿌려대는 게 안됐지만."

"남자는 씨, 여자는 밭이라는 그런 이분법적 공식은 이제 너무 지겨워."

"물론, 남성성 속에 여성성이 공존하고 여성성 속에 남성성이 공존하기도 하지. 그걸 전혀 무시하고 하는 얘기는 아냐. 왜 우리 옆집 남자도 홀애빈데 애 잘 키우잖아. 세상이 원래 그래야 하는데 말야, 뿌린 사람이 거둬야지 원. 뿌려놓고는 나 몰라라야, 쌍."

그런 말을 한 얼마 뒤 유병숙은 바로 그 옆집, 애 잘 키우는 홀아비와 결혼했다. 그녀다운 선택이었는지도 모르겠다.

아이들 선물이라며 무슨 수수깡인형인지와 새둥지 같은 '지저분한 것'들을 한보따리 끌고 드디어 남편이 왔다. 홀아비 냄새도 제법 독하게 풍겼다. 남편이 확실하냐고 의심에 찬 목소리로 묻던 파출소 순경의 태도가 그제야 이해되었다. 그럴 때의 남편은 아직까지는 사랑스러웠다. 그러다 아이들이 서먹서먹한 기분을 누그러뜨릴 만할 때 그는 이미 아이들한테 지친 표정을 역력히 드러냈다. 그것은 때로 적의로 둔갑했다. 아이가 웃을 때 깨물어줄 듯이 좋아하던 그가 아이가 울때, 그랬다. 우는 아이한테 말도 안되는 짜증을 낼 때 경희가 만류하

208

기를 몇차례. 그것은 신경전이었다. 그가 작업대를 주먹으로 내리쳤다. 경희의 논문 심사날짜와 그의 전시회가 맞물려 있는 것이 아이를 놓고 신경전을 벌이는 이유가 되었다. 아이 땜에 싸우면서 왜 아이는 또 셋씩이나 가졌느냐고 누가 물어오면 경희는 할말이 없었다. 그래도 난 아이를 낳고 싶더라구요. 아이가 좋으니까요. 싫을 때는 한순간이지만 그외에는 너무 좋으니까요. 그런데 남자들은 꼭 그 반댄 것 같아요. 좋은 때는 한때고 나머지 시간 동안은 애들한테 무관심하죠. 경희는 괜히 혼자 그것이 말이 되는지 안되는지도 가늠하지 못한 채 주절거리다 뒤꽁무니를 빼고는 했다.

"언니네는 어때?"
남편이 씻지도 않고 밥부터 먹으며 언니네의 근황을 물었다.
"몰라, 형부가 집에 들어왔다가 또 나갔대."
"너희 집 여자들은 어찌 그리 남편복도 없나?"
"누가 아니래?"
그러고 나서 말이 끊겼다. 침묵이 어색했는지 남편은 또 불쑥,
"자리는 확정된 거야?"
"보따리장사는 그만 해도 됐어. 점포 얻은 셈이지. 전임이야."
"훌륭하구만. 그 자리 하나 얻으려고 그렇게나 발광한 보람이 있어."
"요즘같이 취직하기 힘든 세상에 그 자리도 감지덕지지 뭐. 그래도 Y시에 하나뿐인 대학이야."
남편이 쓰게 입맛을 다셨다. 애 셋 키우며 논문 쓰랴, 전임강사 자리 알아보러 다니랴, 정신없었던 순간들은 차라리 덜 눈물겨운데 남도 아닌 남편이 제 인생을 '씹는다'고 생각하니 경희는 분노가 치민다.

두번째 침묵. 그 침묵을 깨는 건 늘 남편이다.

"애들 좀 깨워봐."

"이제 막 잠들었는데, 뭘."

"깨워."

저절로 입술이 깨물어지는 순간이다.

"애들아, 아빠 오셨다. 너희들 장난감이랑 신기한 새둥지도 가지고 오셨어."

입은 마음을 배반한다. 아빠란 소리에 두 녀석은 벌떡 일어나 앉는다. 둘째는 일어나긴 했지만 눈이 떠지지 않는지 안면근육을 씰룩거린다. 막내는 짜증을 낸다. 이 세상에서 가장 짜증나는 건 한참 달게 자고 있는데 깨우는 것이다. 눈도 채 뜨지 못하는 아이들한테 남편은 접착부분이 떨어져나가 너덜너덜한 수수깡인형을 집어들어 보인다.

"야, 이거 봐라. 이게 아빠가 만든 건데 집에 오는 동안 다 망가졌다. 그래도 봐라. 이게 춤도 추고 그네도 탄다. 애들아, 이거 좀 봐. 아, 그리고 여기 생쥐둥지도 있다. 요게 얼마나 이쁜지 몰라. 세상에, 아빠 작업실에 생쥐가족이 사는데 하루는 침대 밑에서 생쥐새끼들이 고물고물 기어나오질 않겠니. 바로 이게 그 애기들 집이야."

아이들이 기겁을 한다.

"실망이다."

혼자 열내다가 애들 반응이 신통치 않은 것에 남편은 또다시 화를 냈다. 아이들도 쓴 입맛을 다신다. 아이들은 자라고 그는 날로 작아진다. 그는 소파에 혼자 우두커니 앉아 있고 이번에는 경희가 연극을 해야 할 차례다. 물론 그것이 연극임을 그네 자신 외에는 아무도 모른다.

"왜 그랬어, 왜? 수수깡인형 재밌잖아. 아빠가 너희들 위해 특별히 만드신 건데."

"우리가 뭐 어린앤 줄 아세요? 그건 유치원생들이나 갖고 노는 거라구요."

"그럼 새집, 아니 생쥐집은 왜 싫……"

그건 물어볼 필요도 없이 경희도 싫다. 그래도 끝은 맺어야겠기에,

"앞으로는 그러지 마. 컴퓨터게임만 좋아하지 말고 생쥐의 집이라든가, 수수깡인형 같은 것도 좀 좋아하란 말이야, 알았어?"

"알았어요."

아이들은 야단맞을 때만 존댓말을 쓴다. 대답을 했다고 아이들이 수수깡인형이나 생쥐집을 좋아할 리는 없겠지만 일단 대답은 했으니 그쯤에서 야단치는 것은 그만두기로 한다. 아이들을 그만 자라 해놓고 거실로 나와보니 남편이 없다. 그네 가슴이 철렁 내려앉는다. 그만두라고 고함도 안 치고 가버리다니, 이렇게 갈 바에야 오지를 말든지, 엄마노릇이 뭐 재밌기만 해서 하나, 혼자서 이 구석 저 구석을 훑어다니며 그의 행방을 찾는다. 도대체 이 인사가 어디로 간 거야. 현관문을 박차고 나가본다. 아파트광장에 그가 홀로 서 있다. 담배를 피워물고 엉거주춤 서 있는 실루엣이 남편이다. 안 붙잡고 그대로 두면 그는 틀림없이 집에 들어오지 않을 것이다. 어떡해야 하나 언니처럼 할까, 엄마처럼 할까. 경희는 곰곰이 생각을 가다듬는다. 찬 겨울바람이 아파트 광장을 휘돌아 그의 얇은 바짓단을 뒤흔든다. 바짓단이 무슨 깃발처럼 펄럭거린다. 경희는 불어오는 바람을 훅, 하고 들이마셨다. 담배를 피우던 사내가 담배꽁초를 획 하고 아파트광장에 던지고는 뚜벅뚜벅 멀어져간다. 경희는 그만 악을 쓰고 말았다. 남자가 무슨 일인가 뒤돌아보았다. 남편이 아니었다. 다시 한번 횡하니 바람 한줄기가 가

슴 한가운데를 뚫고 지나갔다. 내 다시는 그를 집에 들이지 않으리라. 아무도, 아무도 기다린 사람 없었다. 승강기를 올라오는 내내 비장한 결심을 굳히고 또 굳혔다.

"어디 갔다 온 거야?"

남편의 목소리가 현관 안에서 났다.

"당신이야말로 어디 있었어?"

"나? 화장실에 있었지."

경희는 그만 맥이 탁 풀리고 말았다. 그네는 재빨리 한숨을 몰아쉬고 나서 시계를 한번 본 다음 소파로 가 텔레비전 리모컨을 눌렀다. 그 시간대에 그네가 누리는 일상이었다. 그녀의 일상으로 끼여들지 못한 남편이 그림자처럼 서서 그네를 바라보고 있는 벽 너머로 일리야 레삔의 그림이 걸려 있었다. 경희는 텔레비전을 보면서 아무도 기다리지 않았다,라고 낮게 읊조렸다. 꼭 그림 때문이 아니라 사실은 그 말이 그 순간에 그네가 가장 하고 싶은 말이기도 했다. 그러나 입은 마음을 배반하기 일쑤인 것을.

"뭐라 그랬어?"

"우리 모두 당신을 기다렸다구."

그네는 온몸에 소름이 오소소 돋는 걸 내버려두었다. 섣달 그믐밤의 텔레비전 화면은 현란했다.

—『문학사상』 2000년 8월호

한장의
흑백사진

이 한 장 의 흑 백 사 진

이 한장의 흑백사진

왜 저 꽃을 보면 그때가 생각나는지 모르겠다. 지금이야 천지사방 길이 넓고 훤하고 탄탄하지마는 그때만 해도 좁고 먼지 풀풀 날리고 차를 타면 엉덩이가 들썩거릴 만큼 울퉁불퉁한 길이 많이 있었던갑더라. 열일곱살서부터 시작해서 스물넷에 한번, 스물아홉에 또 한번, 이렇게 세 번 어떤 한사람을 바라고 그 사람 집을 찾아나선 적이 있는데 그중에 두 번을 좁고 먼지 풀풀 날리고 울퉁불퉁한 길을 엉덩이가 들썩거리는 버스를 타고 갔으니까. 이렇게 얘기하니까 내가 마치 아주 늙어버린 먼 옛날 사람같이 생각된다마는 너하고 나하고 몇년 차냐? 우리가 띠동갑이니 너하고 나하고 딱 십이년 차구나. 니가 스물여섯. 너는 니 자신이 나이를 많이 먹었다고 생각하지만 아주 많이 젊은 나이다. 그러니, 젊다는 것만으로도 너는 지금 축복받고 있으니 부디 너무 슬퍼하지는 말아라. 하기야 아주 젊은 나이에 슬픔도 많은 법이기는 하지마는. 십년이 넘게 차이나는 이 누나도 젊다. 하지만 아주 많이 젊지는 않다. 그냥 젊은 나이다. 그래도 난 너보다는 그렇게 많은 슬픔을 가지고 있지는 않다. 슬픔이 금방 무화되어버리는 걸 느낀다. 슬픔이란 오래 가지고 있으면 사람을 지치게 하더라.

너보고 너무 슬퍼 말라고 말을 하고는 있지마는 해일과 같이 온 가슴을 뒤덮어버리는 그것을 너라고 어찌해보겠니. 다만 묵묵히 견디는 너를 나는 그냥 지켜볼 뿐. 이 띠동갑 누나가 스물여섯 막내동생인 너에게 해줄 수 있는 것이라곤 비오는 날임을 핑계삼아 이렇게 전이나 부쳐주며 경험담이랄 수도 없는 경험담을 들려주는 일밖에. 온통 커져버린 니 슬픔 때문에 누나 경험담이 한갓 우스운 옛날애기로나 들리지 않기를 다만 바랄 뿐이다.

저 꽃이 피었을 때 어떤 사람의 집을 찾아간 것은 스물네살 때 일이다. 어제 일처럼 생생히 기억나면서도 어느 순간 희미한 흑백사진이 되어버린다. 그러고 보니 그때 찍은 흑백사진이 한장 있다. 누나 사진첩 좀 가져와볼래?

이놈의 것을 잘 들여다보지도 않고 살았는데 오랜만에 너랑 같이 보니 그런대로 재미있구나. 어머니가 사진만 찍으려고 하면 혼 나간다고 혼비백산하시던 것도 생각나고. 이 사진인갑다. 전은 조금 있다 부치고 사진부터 보자. 사진이 흑백이다보니 내 기억도 흑백이 되어버렸나보다. 어떻게 해서 이 사진을 찍을 수 있는 사진기를 구했는지는 너도 기억날 것이다. 네가 그때 열두어살이나 되었을 때니? 네가 아직 초등학생이었을 때고 그맘 때 네 사진이 유독 많은 것도 다 누나가 어머니한테 벼락을 맞아가면서 구한 그 사진기 때문이었지. 대학을 나오고도 취직 못하는 주제에 사진기 둘러메고 데모판 쫓아다니는 이 누나 꼴에 어머니 속 무척 상했다는 것은 어린 너지만 기억날 것이다. 오죽했으면 다 큰 딸을 집에도 못 들어오게 하고 대문 밖에서 잠을 자게 하셨을까. 결국은 막내 네가 어머니 몰래 문을 열어줘서 들어가기는 했지만 말이다. 왜 웃니? 웃는 니 얼굴이 이쁘긴 하다마는 웃지만 말고 이 사진 좀 봐라.

내가 털털거리는 완행버스를 타고 그 사람 집에 찾아갔을 때, 저 꽃이 만발해 있었다. 꽃이 활짝 피어 있는 걸 보고 만발했다고는 하지만 저 꽃은 만발해 있다기보다는 만개했다고 해야 더 어울릴 것 같구나. 그래 저 꽃, 저 눈꽃송이같이 몽실몽실 흰 꽃, 자잘한 꽃잎이 마치 벌집을 이루듯 한잎 한잎 모여 드디어 한송이를 이루어낸 저 꽃, 수국 말이다. 불가에서는 불두화라고도 한다더라만. 거길 갔더니 거기 사람들은 상여꽃이라고도 하고, 함박꽃이라고도 하더구나.

아, 이 아이. 왜 여태 이 아이 이름을 잊고 있었는지 모르겠다. 그리고 이 할머니. 그 사람의 어머니다. 사진에 나오는 이 아이, 이 할머니 얘기를 해볼까? 이 사진은 어떤 장면인고 하니 말이다.

내가 막 그 집 대문을 들어섰을 때, 집안은 고요하였다. 반쯤 열린 양철대문을 들어서자 오른쪽으로 예쁜 화단이 가꾸어져 있었어. 그곳에 저 꽃이 피어 있더구나. 반쯤은 담장 밖으로 휘늘어지고 반쯤은 양철대문 쪽으로 휘늘어져서 흰 수국이 장관을 이루고 있었다. 그래 맞다. 참으로 장관이었다. 또 그 옆에는 꽃이름은 모르겠다만 푸른 잎사귀에 수국처럼 크지도 않고 그렇다고 아주 작지도 않은 노란 꽃이, 개나리 빛깔보다 훨씬 샛노란 꽃이 그 또한 한창이더구나. 그뿐인 줄 아니. 연한 보라색의 라일락하며 보라와 노란 꽃창포, 그리고 또 그 빛깔을 뭐라고 해야 할까? 자주라고 해야 하나? 자주색의 모란, 그곳 사람들은 또 모란을 목단이라고 하더라. 그 목단꽃의 자줏빛은 너무 진해서 마치 귀기가 서린 듯했어. 그 큰 꽃잎이 이제 마악 지고 있더구나. 작은 화단에 그런 꽃들이 피어 있었고 그리고 어떤 화초는 이제막 연두색의 여린 촉을 틔우고 있는 것도 있고 한창 푸르른 신록을 이루어낸 것도 있었다. 꽃밭은 참으로 싱그러웠다. 싱그러웠다고 얘기하고 나니 그때가 오월이란 것을 알겠다. 오월 초순의 꽃밭은 정말 좋더구나. 오월에 좋은 것이 어디 꽃밭뿐이겠느냐마는. 오월에 피는 꽃, 오월에 오는 비, 오월에 부는 바람, 이런 것들이 나는 다 십년도 넘은 그날의 꽃이요 비요 바람이다. 맞다. 네 누난 지금도 오월이면 어김없이 스물넷이 된다.

그때 그 사람은 주로 데모를 했고 나는 그 사람을 쫓아다니며 사진 찍는 일을 했다. 돌과 화염병과 각목과 최루연기가 뒤범벅된 교전의 와중에도 막간은 있었지. 소강상태라고나 할까. 서로 지친 거지. 포물선을 그리며 공중을 날던 화염병이 문득 발밑에 떨어지고 시야를 가리던 최루연기가 스멀스멀 꽁무니를 내린다 싶은 순간 양 진영은 얼마간의 긴장상태를 유지한 채 서로를 마주보며 길바닥에 쭈그리고 앉아 있었다. 그때였을 것이다.

"아, 내일이 우리 할아버지 마당제삿날인 걸 깜박했네."

도대체 그 와중에 그가 왜 그 소릴 했는지 모르겠다. 그도 나도 갓 대학을 나와서 취직 대신 돈벌이하고는 전혀 상관없는 재야단체의 말석이라고 해야 하나, 물론 자리 같은 게 존재하지도 않는 조직이지만 말이다. 그런 곳에 몸담고 있던 시절이었다. 우린 학교 다닐 때 못지 않게 열심히 뛰어다녔지만 이젠 더이상 학생 때처럼 그렇게 막 뛰어다니기만 해도 좋을 시기는 아니라는 데서 오는 외로움이 있었다. 재야단체라는 운동조직에 몸담고는 있다 해도 그나 나나 의식이 그다지 철저하지는 못했던 것에서 온 것이 확실한 그 외로움이 우릴 더 힘들게 했다. 자신의 할아버지 마당제사가 내일이라는 말을 앞뒤 맥락 없이 한 것 같았어도 사실 그는 속으로 쭈욱 그 생각을 하고 있었는지도 모르겠다. 손에는 투석을 쥐고 있으면서 머릿속에는 또 딴생각이 들어 있는 이율배반 말이다.

"집에 갈 거야?"

나는 그의 얼굴을 빤히 쳐다보며 낭연한 물음을 물었다. 그러고 보니 그의 얼굴이 조금 다르게도 보였다. 뭔가 근엄해 보인달까. 맑아 보였다. 잘은 모르겠지만 그런 게 할아버지 마당제삿날을 생각하는 장손의 경건함 같은 것일까. 그가 대답하기 전에 교전은 다시 시작되었다. 그가 투석할 준비를 서두르길래 나는 얼른 몸을 뺐어. 그리고 얼마 안 있어 그는 경찰에 에워싸이는 신세가 되고 말았지. 최루연기 매캐한 거리에서 이쪽이나 저쪽이나 사람을 살상할 수도 있는 무기들을 겨누어쥐고서 적의어린 시선으로 서로를 못 잡아먹어 환장한 것 같은 그 거리의 사람들 모습이란 볼썽사나운 게 사실이다. 그때 그 사람들, 이쪽이나 저쪽이나 그 거리에 서서 욕을 봐야 했던 스물 언저리의 사람들이 지금은 또 다들 어찌 살고 있는지. 없는 사람들이 거리에 내몰리는, 거리로 나설 수밖에 없는 또다른 상황이 오고야 말았지마는 한가지 사실은 그때나 지금이나 꼭 거리로 나서야 하는, 거리에 나설 수밖에 없는, 거리로 내몰리는 사람들은 따로 있다는 거다. 그야말로 평소에는 아무짝에도 쓸모없단 소리도 한번쯤 들어보고 누군가의 발길에 걷어차인 경험도 있고 술 한잔 마시고 큰 목소리로 노래 한번

쯤 불러보기도 한 그저 그냥 그런 평범한 한사람을 거리에 나서게 하고, 거리에 나설 수밖에 없게 하고, 거리로 내모는 정체를 알 수 없는, 그러나 그 정체가 너무나 확연한 세력은, 구조는 여전히 안전하고 번성하고 있다는…… 휘유우. 눈물이 나는구나. 그리고 화가 난다. 같은 땅에 사는 그 젊은이들, 아름다운 그 청춘들을 거리로 내몬 자들, 상황들, 구조들, 악의 존재들. 누나가 흥분한다고? 글쎄. 하지만 말이다, 악의 행진, 나쁜 진행에 슬퍼하고 분노하는 건 그리고 저항해야 하는 건 내가 흥분 잘하는 특별한 성질을 지닌 사람이어서가 아니라 뭐라더라, 맞아, 인지상정, 사람이라면 당연히 가져야 할 마음이 아니겠니? 생각해봐라. 독재자의 빨대가 가난한 백성의 심장에 꽂혀 있었다면 자본의 빨대는 소위 개발도상국가나 가난한 제3세계 민중에……

왜 얼굴을 찡그리니? 그래, 미안하다. 그래, 맞다. 누구 말마따나 그래도 삶은 계속되지. 계속되고말고. 아니 계속되어야 하고말고. 지진이 일어나고 화산이 폭발하고 엘니뇨에 라니냐, 오존층에 구멍이 뚫어졌어도, 아내가 제아무리 출산의 고통 속에 신음한다 해도 대기실의 남편은·LA다저스의 박찬호를 봐야 하고, 안 보면 안되고, 자식이 죽었어도 부모는 살아 있으므로 밥을 먹어야 하고, 스물여섯 외로운 청춘인 내 동생은 실연의 아픔을 딛고 일어서 다시 사랑을 해야 하고. 그럼, 해야 하고말고. 이 누나도 어디서 얻어들은 풍월로 읊조리고 있는지도 모르겠다만.

야, 너 누나랑 술 한잔 하지 않을래? 누나가 작년에 담가둔 매실주가 있는데. 여기 부추전에다 한잔씩 하자. 저어기 찬장에서 그것 좀 가져와봐라.

이렇게 너랑 마주앉아 술 마셔보는 것도 오랜만이구나. 한잔 마시니 속도 한결 부드러워져서 좋고. 그래, 내가 무슨 이야기를 하다 말았지? 맞아. 스물네살 때 이야기지. 그때, 데모를 하다 말고 문득 할아버지 마당제사 이야기를 하던 그 사람 집을 내가 왜 찾아갔는지는 누나가 굳이 말 안해도 짐작할 것이다. 그러니까 내가 그 사람 집을 찾아간 것은 그가 할아버지 마당제삿날이라고 말한 그 이튿날이었다. 시골의 마당제사라는 게 그렇게 대대적인 줄은 그때 처음 알았다. 말하자면 일년 내 모셨던 영호를 철거하고 탈상을 하는 날이 바로 마당제삿날인 것이다.

내가 넝넝이가 얼얼할 성노도 늘썩거리는 완행버스를 타고 붙어붙어 그 사람 동네로 들어섰을 때부터 꽃냄새는 진동했지. 아카시아향이었다. 신작로 양켠의 논에는 봄물이 가득 담겨 찰랑대는 것이 참 보기 좋았다. 날씨는 비가 올 것처럼 습기찬 바람이 불어왔는데 그 감촉이 그렇게 부드러울 수가 없더라. 한마디로 인상이 참 좋은 고장이었다. 어쩐지 그 사람에 대한 믿음이 다시 한번 갔다. 저기 아카시아 나무 밑으로 흐르는 그림 같은 시냇물을 보고 자란 그라면, 저 푸른 산을 넘어와서 미루나무 끝을 휘돌아와 봄물 위를 스친 바람을 맞으며 자란 그라면, 적어도 이런 고장에서 나고 자란 그라면 속마음이 그 고장의 자연을 닮았겠지 하는 생각이 들어서 말이다. 계단식 논 사이로 난 황톳길은 걷기에 좋았다. 나는 그 사람한테 당장 시집가고 싶었다. 시집가서, 말하자면 그 고장으로 시집가서 그 고장 아낙이 되고 싶었다. 저 봄물 가득한 논에 들어가 부드러운 진흙을 내 양다리로 양껏 밟아보고 싶었고 황토가 고운 밭에 예쁜 고랑을 내어 고추와 가지도 튼실하게 길러내고 싶었다. 나는 그런 일을 하며 살고 싶었다. 농부의 아내가 되는 것, 그러나 농부는 바로 그 사람이어야 했다. 그 사람이 아니면 안되었어. 그 사람이 내게 자기 집을 찾아가달라고 부탁한 건 아니지만 내가 그 사람 집을 찾아간 가장 근원적인 연유는 아마 그것이었을 것이다.

그러나 막상 그 사람 집 대문을 들어섰을 때, 꽃을 보며 느꼈던 잠시의 환희와 안식은 사라지고 불안이 엄습해오더구나. 나는 그야말로 초대받지 않은 손님이잖아. 절대로 초대하지 않아야 할 사람이 찾아온 것은 아니지만 말이다. 어쨌든 나는 사전연락도 없이 불쑥 찾아온 이 낯선 손님에게 그의 가족들이 화라도 내면 어떡하나, 그애가 당신을 대신 보내더냐고 물으면 어떡하나, 자못 걱정이 되었다.

인기척을 냈는데도 사람 소리가 나지 않더구나. 흠흠, 하고 헛기침을 두어 번 내보아도 계세요, 소리를 또 한번 내보고 해도 당최 아무도 내다보는 이가 없었다. 그러자 난데없이 용기가 솟았다. 반쯤 열린 부엌문 앞으로 다가가 슬며시 안을 들여다보았다.

그리고 그 순간을 포착한 것이 바로 이 사진이다. 어떠니? 네 느낌은? 사진으로 보니 뭔가 안온한 느낌이 든다만 글쎄, 꼭 그렇지만은 않았다. 잔치나 큰일을 치르고 난 뒤의 나른함이나 허망함 같은 것이 그 부엌 안에는 있었다. 그때도 직업근성이란 게 있었는지 나도 모르게 그 순간에 대고 사진기의 플래시를 터뜨렸던가 보다. 뭔가 빛이 반뜩하는 소리에 그 부엌 안의 고요가 깨졌다. 그의 어머니는 이제 막 중년에서 노년으로 넘어온 듯한 얼굴을 하고 있었다. 반듯한 이목구비를 가지신 분이었어. 그 얼굴만 봐도 그가 어떤 사람일 거라는 느낌이 오는 사람이 있어. 그분이 그랬어. 아, 저분은 말수는 적지만 깊은 정을 가지신 분이구나, 싶은 게 나도 모르게 어머니, 소리가 나오더구나. 아직 그 사람의 어머니라는 걸 확인도 하기 전인데 말이다. 내 속에서 그분이 그 사람의 어머니여야만 한다는 어떤 고집 같은 게 그 순간 일었나봐.

눈빛이 맑은 분이었다. 그 집 뒤안에 돌우물이 있는데 거기 고인 물빛하고 영락없더구나. 한세상을 살 만큼 산 사람의 눈빛도 저렇게 고울 수가 있구나, 싶었다.

부뚜막 위에 앉아 있는 이 계집아이 이름이 뭐였더라. 음, 아, 그래 향금이란다. 향금이. 이름만큼이나 예쁜 아이다. 사진에는 옆모습으로 나와서 얼굴이 다소 긴 듯해 보인다만 정면에서 보면 동글동글하게 생긴 것이 그렇게 귀여울 수가 없었다. 그때 한 일고여덟살이나 먹었던가? 그러고 보니 지금쯤은 스무살 다 되었겠구나.

향금이는 그 사람 누나의 딸이었다. 어떤 연유에서인지 외가에서 길러지고 있었다. 향금이가 앉아 있는 이 부뚜막. 사진으로 봐도 반짝반짝해 보이지? 양회칠이 잘 된 부뚜막이었다. 그 집에서 머문 며칠 동안 나는 주로 불때는 일을 했는데 내가 부뚜막이 참 반질반질해서 보기 좋다고 하자 그 어머니가 다 내 손으로 한 거야, 하고 웃으셨던 기억이 난다. 이 집안 구석구석, 낡고 허물어지는 곳은 다 이녁 손 빌리지 않은 곳이 없다는 말이었다. 말하자면 이녁 손 아니고는 돌아가지 못하는 집안이라는 뜻이었다. 그러나 그 어머니 말투에는 짜증이나 한탄 같은 건 섞여 있지 않았다. 그렇다고 자랑이나 으스댐 같은 것이 있었던 것도 아니다. 그저 남편 없이 한량 시아버지 모시고 그 할아버지 밑에서 귀하게만 자란 외아들 손이란 애초부터 바라지도 않고 평생 이녁 손 하나만 믿고 살아온 여자의 담담함이라고나 할까, 그런 목소리였다.

왜 자꾸 웃니? 우리 어머니 때문에? 그래, 울어머닌 그러시진 않지.

어머니의 짜증과 한탄과 또 그 반면의 자랑과 으스댐이란 유별난 데가 있지. 나는 그 사람 어머니를 보고, 아, 세상에는 저런 어머니도 있구나, 처음 알았다. 이렇게 말하고 나니 나도 웃음이 나는구나. 아이고, 어머니 들으실라. 귀 간지럽다 또 야단야단 하실 건데.

이야기 마저 하마. 그 집에 사는 사람은 단 두 사람, 그 어머니와 향금이뿐이었다. 향금이는 내가 거기 있는 동안 내내 나를 쫄쫄 따라다니며 참으로 많은 것을 가르쳐주었다. 내가 향금이한테 가르쳐주었냐고? 아니, 향금이가 나한테 그랬다니까.

맨 먼저 그 집 부엌문을 빼긋이 열고 나도 모르게 사진기의 버튼을 누르고 나서, 그릇들이 엎어져 있는 와상에 앉아 머리를 깊이 숙이고 뭔가를 생각하고 있는 듯한 그 어머니와 너무도 고요하고 너무도 심각한 외할머니와는 전혀 무관하게 부뚜막에 그야말로 철퍼덕 하고 걸터앉아 온 손가락을 동원하여 양푼에 눌어붙은 잡채를 긁어먹는 일에 열중하고 있던 향금이가 내 쪽으로 고개를 돌린 것은 거의 동시였다.

마당제사에 참여했던 사람들은 이틀째 되는 날인 그날 점심을 마지막으로 모두 돌아간 듯싶었다. 씻어서 와상에 엎어둔 그릇들을 정리하는 일로 큰일은 완벽하게 끝나게 되어 있었어. 그런데 새삼스레 찾아든 낯모르는 손님이라니, 그것도 기다리던 아들은 오지 않고 웬 젊은 여자가 말이다. 향금이는 놀란 토끼눈을 하고도 마지막 잡채줄기 한올을 쪼르륵 빨아들이더구나. 나는 픽 웃고 말았다. 낯선 손님이 웃자 그들도 웃었다. 어색하게.

처음에는 그 사람을 향한 마음 하나로 그의 집엘 찾아간 것이었다. 그와 나는 잘 아는 사일뿐더러 우린 서로 사랑하고 있다고 그때 나는 믿었던 것 같다. 사랑의 용기라고나 할까. 촌부인 그의 어머니도 내게 거두절미하고 자네 용기가 장허네, 하셨다. 그 어머니의 우물처럼 맑고 담담한 목소리가 아직도 귀에 생생하다.

"그런디, 이 처사가 오지를 못혔네, 이 사람아,"

그런데 정작 와야 할 이녁 아들이 아버지 대신 저를 키워준 할아버지 탈상하는 데도 오지를 못했다는 말이었다. 그래서 나를 혹시 아들이 저 대신 보낸 사람인가, 하는 생각도 하신 모양이야. 내가 불을 때고 있는 부엌 나무청의 솔가리에 앉아 쪽파를 다듬으시며 "아이갸, 이 숭헌 놈이……" 하고 밑도끝도 없는 웃음을 흘리시던 것이. 아이고, 할아버지 제사에도 오지 못한 이 숭한 놈이 속은 있어서 제 아내 될 여자를 소리도 없이 보냈는갑구나, 하는 혼잣생각으로 흘리는 웃음이었던 게지. 의뭉스럽게 이 누나는 왜 가만히 있었냐고? 글쎄, 군이 그게 아니라고 말하고 싶지 않았다. 어쨌든 나는 그 어머니가 나를 자신의 며느리 될 여자로 생각해주는 것이 내심 행복했으니까.

나는 그 집에서 사흘을 머물었다. 처음에는 그 사람을 향한 마음 하나로 찾아간 집에 나는 마냥 머물고 싶었다. 결코 그 사람 때문만은 아닌 것이 분명하게 그 집이, 그 집에 사는 사람들이, 그 집의 모든 것이 나는 그만 좋아져버린 것이다. 그 마을에, 그 집에 처음 들어섰을 때의 안온감이 결코 예사로운 것이 아닌 듯했다.

그 사흘 동안 내내 비가 왔다. 비가 오지 않을 때도 구름이 끼고 바람이 불었고. 비오고 난 저녁 무렵, 잠시 비가 갰을 때가 참 좋더라. 빗방울들이 수국 꽃잎에 방울방울 매달려 있는 줄 짐짓 알면서도 모르는 척 그 밑을 허리 숙여 지나다가 기분좋게 빗방울 세례를 받았다. 내가 그 꽃나무 밑을 지나기 직전 향금이가, 안되어라우, 하고 이미 경고하기는 했었다. 그래도 나는 까르륵대며 일부러 그 밑을 지나다가 얇은 블라우스가 등짝에 달라붙어버릴 정도의 물벼락을 맞았다. 향금이는 나의 전철을 밟지 않으려고 꽃나무 밑을 살금살금 지나쳤다. 아, 그 모습이라니. 사뿐사뿐하던 향금이 발걸음. 그렇게 걷는 그애의 눈동자는 참으로 진지했다. 마치 그애는 비온 뒤 꽃나무 밑은 이렇게 걸어가세요,라는 시범을 보이는 것 같았다. 우린 그렇게 함박꽃나무 밑을 통과하여 저녁 찬거리를 마련하러 텃밭으로 갔다. 함박꽃만 해도 그렇다. 내가 수국꽃이 참 대단도 하다고 하자 향금이가 대뜸 정정했다.

"아니어라우, 그것은 그것이 아니고 함박꽃이어라우."

향금이가 나를 가르친 건 그뿐이 아니다. 텃밭에 부추가 파랗게 수풀을 이룬 게 그렇게 싱그러워 보일 수 없어서 내가 부추전이나 부쳐 먹었으면 하자 향금이가 또 얼른 고쳐주는 것이었다.

"아니어라우, 그것은 그것이 아니고 솔이어라우."

부추, 아니 향금이 말대로 솔을 한 소쿠리 베어가지고 나올 때 어디선가 꽥꽥 하는 소리가 났다. 아무리 살펴봐도 꽥꽥 소리만 나지 실체는 보이지 않아서 이리저리 고개를 돌리는 중인데 향금이가 고목이 된 감나무 아래로 나를 데리고 갔다.

"여기여라우."

세상에, 감나무 밑둥치에 커다란 구멍이 나 있고 그곳에 거위들이 살고 있었다. 식물이 동물을 품고 있다고 해야 하나. 캥거루가 새끼를 그러듯이 말이다. 나는 그만 앗, 거위다, 하고 말았지. 그랬더니, 아니나다를까 향금이가 아니어라우, 했다.

"아니어라우, 그것은 그것이 아니고 때까우여라우."

그래서 그랬을까. 때까우를 때까우인 줄 몰랐을 때, 향금이가 내게 때까우를 가르쳐주지 않았을 때, 내가 아직 거위를 때까우라고도 한다는 것을 알지 못하였을 때 그것은 그냥 단순히 꽥꽥 하기만 할 뿐이던 것이 향금이가 내게, 아니어라우, 그것은 그것이 아니고…… 한 이후에 비로소 제 이름을 닮은 소리로 운다는 것을 알았다. 바로 이렇게 말이다, 때까우, 때까우.

그가 없는 그의 집에서 머문 사흘째 되던 날, 그로부터 편지가 왔다. 물론 내가 제집에 와 있다는 걸 까맣게 모르는 중에 보낸 편지였다. 그 편지를 향금이가 받아가지고 왔다. 그애는 우편 집배원에게서 편지를 받자마자 뜯어서는 커다란 소리로 읽으며 걸어왔다. 무슨 내용인지, 무슨 뜻인지는 내 알 바 아니고 그저 소리내서 아는 글자나 읽어본다는 투로 말이다. 어어머니별고없으신신지요오불효자인사드립니다아다름이아니옵꼬……

호호, 실제 편지내용이 그랬는지는 생각이 나지 않는다만. 어쨌든 문제는 말이다, 그때부터 생겼다. 나는 그 편지 때문에 더이상 그 집에 있을 수가 없었던 거야. 아들의 편지를 받아본 어머니가 내게 더이상 호의적이지 않았기 때문이다. 호의적이지 않았다? 어쨌든 굉장히 쌀쌀해졌다. 일부러 표시를 하지 않아도 느낄 수 있는 그런 쌀쌀함이었다. 뭔가 깍듯해졌다고나 할까. 피붙이 대하는 것과 생판 남을 대하는 것이 서로 다르듯 말이다. 나는 편지내용이 견딜 수 없이 궁금했다. 여태껏 내게 따뜻했던 어머니였으니, 아들에게서 온 편지내용을 내게 넌지시라도 얘기해줄 것이라 기대했다. 그리고 지금까지의 어머니라면 그럴 것이었다. 그러나 아들의 편지를 받아보고 난 그 사람의 어머니는 은근히 내가 얼른 가주기를, 이제 자신도 귀찮으니, 어서 당신 집에서 나가주기를 바라는 눈치가 역력했다. 어머니는 그런 눈치

226

를 주지 않았다 해도 아들의 편지내용을 다만 대충이라도 전해주길 기대한 내 바람이 무산되자 내가 그렇게 거리감을 느끼게 되었는지도 모르겠다. 그리고 그날 저녁 무렵, 일찌감치 저녁을 먹으며 그 사람 어머니가 내게 물으셨다.

"집에 언제 갈 거여?"

"곧 가야죠. 이 사람 오면 가려고 했는데."

"글쎄, 나도 그 생각이었어. 그런데 그 사람이 안 온대."

"언제 온대요?"

"후제 온대. 지금은 뭔 사무가 그렇게도 바쁜지 못 오고 후제, 지 각시 될 사람이랑 함께 온대요."

그 사람의 어머니는 말투조차도 느닷없이 경어체로 바꾸었다. 덧붙여서 그 어머니는 내게 미안하다고까지 했다.

"어떻게 한대요? 내가 생판 남한테 실수를 해서. 겁나게 미안해요."

밥이 목구멍으로 잘 넘어가지를 않았다. 그 어머니는 자꾸만 많이 먹으라고 했다. 천천히 많이 먹으라고. 깍듯한 경어체로 말이다. 나는 갑자기 그 어머니가 무서워졌다. 그것은 지금 와서 생각해보면 피해망상 같은 것이 아니었나 싶다. 일찍이 열일곱에 어떤 한사람 집을 찾아갔다가 혹독한 곤욕을 치른 경험이 내게 있었으니까.

내가 그 밤 안으로 그 집을 떠나지 않으면, 제 아들이 사랑하지도 않는 여자를 사흘씩이나 집안에 들인 것을 그 아들이 알면, 그래서 아들의 노여움을 산다면, 이 어머니는 그런 아들의 노여움을 한순간도 견디지 못할 거라는 예감이 들었다. 그리고 제 아들을 노엽게 만든 장본인인 여자를, 바로 나를 가만두지 않을 거라는 생각이 섬광처럼 스쳐지나갔다.

우습지? 정말 내게는 꿈결같은 사흘이었다. 한 남자의 아내가 되고 싶은 스물네살 처녀의 지극한 여성성이 그 남자의 가족으로부터 그 또한 지극한 보호를 받았다고나 할까. 그것이 아니면 한 인간이 또다른 인간으로부터 아무런 편견 없이 따스한 보살핌을 받은 것은 분명했다. 사흘째 되던 날 저녁 이전, 아니 그 사람으로부터 편지가 오기 직전까지는 말이다.

어렸을 때 나는 가끔 아프고 싶은 적이 있었다. 그런데도 어머니가 두고 쓰는 말로, '징그럽게' 건강해서 내 원대로 도통 아파주지를 않았어. 몸이 아프면 다른 사람으로부터 보살핌을 받는 그 기분을 나도 한번 느끼고 싶었다. 같은 배를 먹어도 누가 옆에서 숟갈로 긁어주는 배맛하고, 내 손으로 썰어먹는 배맛하고 어떻게 다른가, 나도 한번 알아보고 싶었다. 애기인 너는 자주 아팠지. 열나고 가래 기침에…… 그럴 때 엄마는 배를 살살 긁어서 네 입에 넣어주더라. 너는 또 다른 건 안 먹어도 그것만은 별스럽게 맛나게 먹고. 나도 한번 그렇게 받아먹어보고 싶어서 네 옆에 누워 입을 짝 벌리고 살살 긁은 배물을 기다렸지. 그랬더니 엄마는 살살 긁은 배물 대신 내 뺨을 철썩 갈기시더구나.

그건 그렇고, 나는 내가 생전에 받아보지 못했다고 생각한 '따스한 보살핌'에의 갈증을 그 집에서의 사흘 동안 풀었다고 해야 하나, 어쨌든 무척 감미로운 사흘이었다. 그를 바라고 간 길이었지만 정작 그가 없어서 가능했던 것을 생각하면 지금도 눈물이 난다.

나는 사실 애원이라도 하고 싶은 마음이었다. 어머니, 하고 부르면서 말이다. 어머니, 그 사람은 그 사람이고 어머니 며느리 될 사람은 며느리 될 사람이고, 저는 그냥 이대로 대해주시면 안돼요? 아니, 어머니랑 저랑 친구하면 안될까요? 그 사람은 그 사람이고, 어머니 며느리 될 사람은 며느리 될 사람이고…… 저는 그냥 이따금씩 힘들 때, 외로울 때, 울고 싶을 때, 당신 집에 와서 이렇게 함박꽃도 보고 부추전, 아니 솔전도 부쳐먹고, 아궁이에 불도 때다 가면 안될까요? 그렇게 온 저를 그냥, 또 재가 왔나보다, 하고 가만히 놔두시면 안돼요? 정말 안돼요? 어머니? 그 사람은 그 사람이고 어머니 며느리 될 사람은 며느리 될 사람이고……

내 입속에서는 똑같은 소리가 밑도끝도 없이 맴돌았다. 이제 생각하면 다 큰 스물네살은 또 얼마나 어리냐. 다 커놓고도 어리고 안 커놓고도 실하고. 누구 말이냐고? 향금이 말이다, 후후.

눈물이 비오듯 쏟아지는데 그것을 숨기느라 무지 애썼다. 그래도 그 어머니가 고마운 것은 내 눈물 쏟는 것을 막지 않았다는 것이다. 그냥 내버려두더라구. 너는 어떻게 생각할지 모르겠다만 나는 그것이 오히려 좋더라. 가짜 위로의 말이나 포악한 저주의 말 한마디 보내지 않고 울고 싶은 사람 맘껏 눈물 쏟도록 묵묵히 기다려주는 것. 그것이 그렇게 좋더라, 나는. 사람은 왜 울면서 풀어내잖니. 원한도, 증오도, 사랑도, 미움도, 슬픔도, 기쁨도 다 울면서 말이다.

그렇게 한참을 울고 났더니 차분해지면서 그제사 그 어머니한테 인사할 마음이 생기더라. 밥값은 하느라고 설거지까지 다 하고 그 어머니에게 정식으로 인사하고 그 집을 나왔다. 내일 낮에 훤하면 가라는 말도 군이 뿌리친 채 나는 그 사람도 모르게 들른 그 사람 집을, 그 사람이 나고 자란 고장을 떠나왔구나. 아 참, 그 어머니한테 인사하고 돌아서기 직전에 택호가 뭐냐고 물었다. 가수리댁이라고 하시더라. 가수리댁? 나는 사흘 전 그 집에 들어설 때 그랬던 것처럼 픽 웃고 말았다. 웃는데 또 눈물이 나왔다. 마치 좋은 엄마하고 살다가 나쁜 엄마한테 가야 하는 어린아이 같은 심정이었다, 내가.

노래를 잘하셔서 가수리댁이냐고 묻자 외할머니 손을 꼭 붙잡고 있던 향금이가, 사람이 가도 하나도 서운한 기색을 보이지 않고 있어서 가는 사람이 오히려 서운한 맘을 품고 있는 줄도 모르는 향금이가 또 앞으로 톡 튀어나오듯이, 그것은 그것이 아니어라우, 했다. 그리고 왜 제 할머니가 가수리댁인지, 가수리댁이라는 택호의 연원에 대하여 정식으로 설명을 할 태세였다. 외손녀를 데려다 키우고 있는 저간의 사정은 지금도 잘 생각이 나지 않는구나. 사정이야 어찌됐든 외할머니와 외손녀 사이는 참 좋아 보였다. 그렇게 나성해 보일 수가 없었어. 외손녀는 제 할머니 얼굴을 바라보며 그것은 그것이 아니고, 어쩌고, 하고 그 할머니는 또 그런 외손녀 얼굴을 조용히 바라보고. 아, 그 모습을 사진으로 남기지 못한 것이 아쉽다. 그러나 내 기억 속에는 있는걸 뭐.

그 사람 집을 갔다온 뒤 한동안 많이 아팠다. 어디서도 위무받지 못할 나날이 흘러갔다. 그런 뒤에 어떤 영상 하나가 내게 또렷이 남았다. 사랑의 열정과 상처는 희미하게 잊혀졌는데도 그 영상만은 세월이 갈수록 더 선명해졌다. 영상의 실체는 그 사람의 어머니와 향금이였다. 그 어머니와 향금이를 통해 내가 본 모든 '아름다운 것들' 모든 '그리운 것들'이라고 해야 하나. 사랑 뒤에 내게 남은 건 아무것도 없는 줄 알았는데 꼭 그런 것만은 아니었어. 생각해봐라. 그 사람이 아니었으면, 향금이가 아니었으면, 그 어머니가 아니었으면 내 기억 속에 어떻게 바로 그날의, 바로 그곳의 바람과 비와 구름과 안개와 꽃들을, 중년에서 노년으로 갓 넘어온 시골 부인의 질박함과 순후함과 그 반면의 노심초사를, 꽃보다 더 예쁜 작은 여자아이의 기쁨과 슬픔을,

그 이슬방울 같은 영혼의 반짝임을 간직했겠는가를.

　도대체 그런 것들이 우리 인생에서 무에 그리 필요한 것들이냐고? 글쎄다. 내 손에 확실히 잡히는 것들만이 필요 불필요의 가림을 당하는 것 아니겠니? 손에 잡히지 않으면 그저 오롯이 기억이라는 저장고에 남겨지게 된다. 그리고 그것은 우리가 생각도 못한 사이에 우리 자체가 된다. 바로 너가 되고 내가 된다. 피가 되고 살이 되는 게 어디 음식물뿐이니.

　어쭙잖게 널 위로한답시고 이러쿵저러쿵 말이 많았구나. 어찌됐든 너무 슬퍼하지는 말아라. 지금은 모든 게 쓰린 기억만 남았다고 생각될지 모르지만 말이다. 시간이 좀더 흐른 뒤에 보면 꼭 그런 것만도 아님을 알게 될 테니까. 쓰린 상처의 이면에는 분명 따스했던 기억도 살아 숨쉬고 있을 것이다. 차가운 듯 따뜻한 이 흑백사진 같은 기억들이. 아이고, 날이 벌써 저무는구나.

—『실천문학』 1998년 여름호

한데서
울다

한 데 서 울 다

한데서 울다

길을 건넌다. 아이는 빨간불인데도 자꾸 찻길로 뛰어든다. 아이를 잡느라 속이 다 바짝바짝 탄다. 몇번이나 마른침을 삼킨다. 웬놈의 신호등은 불 바뀌는 주기가 이렇게도 긴지 모르겠다. 오랜만에 시내에 들어와서 맡는 공기는 머리가 어지러울 정도로 매캐하다. 시내 살 때는 정희도 그것을 알지 못했다. 원래 공기냄새가 그런 줄 알았다. 그러다가 그녀가 시골로 이사를 하고 이따금 이곳 도시로 볼일 보러 나오고서부터 원래의 공기맛이 이런 게 아니란 것을 알았다. 하면 우리는 원래가 그렇다는 것들을 얼마나 더 모르고 살아가는 것일까. 또한 '원래가 그런 것', 말하자면 우리 삶의 원형, 혹은 우리 삶이 문명이란 이름으로, 사랑이라는 이름으로 훼손되지 않은 상태의 것들을 얼마나 기억하며 살아가는 것일까. 혹시 우리는 우리가 아닌지도 모른다는, 지금의 내가 내가 아니라서, 원래의 나를 잊어버렸거나 잃어버려서

234

이다지도 힘겨워하며 살아가는지도 모른다는 생각을 하는 그 순간에도 아이는 또 집요하게 찻길로, 찻길로만 기어들려 하고 있다.

"아이고 이놈아, 명수야!"를 신호등 바뀌기를 기다리는 그 짧은 순간에 한 댓 번은 더 부르고서야 파란불로 바뀌었다. 빨간불 켜져 있는 시간은 그리도 길더니만 정희 모자가 건널목을 다 빠져나가기도 전에 파란불은 마치 곧 꺼집니다, 곧 빨간불 들어옵니다, 하듯이 깜박대는 거였다. 아니다. 신호등의 깜박임을 곧 꺼집니다, 곧 빨간불 들어옵니다,라고 해석한 건 다분히 시골스런 그녀식의 해석인지도 모른다. 혹자는 그것을 빨리빨리,라거나, 그도 아니면 그냥 부저의 울림같이 뚜우뚜우, 같은 것을 연상했을지도 모른다. 아니다. 그것도 아닌지 모른다. 아무 생각이 없었을지도. 정말이다. 빨간불이 켜져 있을 때 자동으로 서 있다가 파란불이 들어왔을 때 자동으로 찻길을 건너고 파란불이 깜박이자 아무 생각 없이 자동으로 그저 발걸음이나 좀 빨리했을지도 모르는 것을. 그것이 문제다. 무엇이거나간에 생각의 끄트머리 하나를 붙잡게 되면 그것을 한정없이 붙들고 있는 버릇. 그 버릇 때문에, 언제 생겼는지도 모르게 생겨난 그 버릇 때문에 생활이 즐거워진다면 버릴 필요 없는 버릇이되, 그렇지 않은 데 문제가 있는 게 아닐까.

남편이 그 여자를 태우고 출근하는 것에 대한 지나친 예민함도 끝말 이어가기 놀이처럼 생각의 꼬리를 이어가다보니 생겨난 의심이 아닐까. 그렇다면 자신을 괴롭히는 그 생각도 일종의 의부증일까. 아이고, 이런 식으로 가다간 오늘 집에 다 갔다 싶어 정희는 서둘러 차를 세워둔 주차장 쪽으로 간다. 원래가 개울이던 것을 지방자치단체가 시민들에게 써비스를 한답시고 시멘트로 복개하여 하얀 금을 그어서 주차장으로 개조시켜놓았다. 시내 들어오면 차도 막힐뿐더러 도시에서 차 몰기란 정희같이 시골에서만 운전하던 사람들에게는 가히 아수라장이 따로 없는지라 정희는 도시 입구인 이곳에 차를 대어놓고 대중교통을 이용하여 시내로 들어가곤 했다. 주차하기 편리하고 요금 싼 것은 좋으나 또 정희 같은 사람들에게는 이런 주차장이 막바로 도시 입구에 있다는 것을 믿고서 굳이 차를 가지고 나오게 하는 원인이 되기도 한다. 도로를 넓히면 교통체증이 덜해질까? 그건 아니리라. 도로가 넓어진 만큼 차를 끌고 나오는 사람도 그만큼 많아질 테니까. 악순환인 깃이다. 징밀 교통체증을 없애려 한나년 이미 넓혀진 도로도 좁히고 좁힌 그 부분에 나무를 심어 숲을 만들고 그 숲에 걸어다니기 좋은 오솔길을 만들면 사람들은 그 길을 걷고 싶어서라도 차를 가지고 나오지 않을 것이다. 그러다가 출근이나 약속 시간에 늦으면 어떡하나, 하는 걱정이 있다면 하지 않아도 될 걱정인 것이 바로 오솔길 옆은 자전거도로인데다가 사람들이 걷거나 자전거를 이용하다보니 도로에 차가 없어 오히려 도로 넓었던 시절과는 비교할 수 없을 만큼 차들은 시원하게 달릴 것이기 때문이다. 물론 달리는 차들은 대중교통수단인 버스가 주를 이루어야만 한다.

아차, 또 생각이 길어지고 말았다. 하지만 도시에 올 때마다 도로와 자동차에 대한 생각을 하지 않을 수가 없다. 지금 그녀가 그녀의 고물 자동차를 세워놓은 개울만 해도 그렇다. 개울 옆에는 바로 20여년 전 그녀가 다닌 고등학교와 대학교가 있다. 예전에 이곳이 개울이었을 때 도시의 모든 하천이 다 그렇듯 이곳도 그리 깨끗한 편은 아니었지만 어쨌든 이 개울로 인해서 이쪽 주변은 지금보다는 훨씬 조용하고 한적했다. 아직 포장이 제대로 안된 흙길이었고 지방에서 올라온 그

녀는 바로 학교에 이웃한 이 동네에 방을 얻어 자취를 했다. 아침이면
졸졸졸 흐르는 개울물 소리를 들으며 흙길을 밟고 등교했다. 이곳이
아무리 도시라지만 정희 같은 시골뜨기들에게도 그다지 저항감이 없
는 동네였다. 그러니까 개울을 사이에 두고 왼쪽이 학교고 오른쪽에
흙길과 동네가 펼쳐져 있었던 것이다. 오랜만에 와보는 이곳은 지금
이렇게 변해버렸다. 개울은 복개된 주차장으로, 흙길은 아스팔트 도
로로, 고요하던 동네는 동네를 에워싼 아스팔트 도로에서 울려오는
소음으로 가득 찬 '한데'로 변해버렸다. 정희가 좀전에 들른 부동산소
개소 사람에게 했던 얘기가 바로 '한데'였다. 정희는 또 그 말을 친정
어머니한테 배웠다. 어머니가 말하는 '한데'란 추운 곳이었다. 겨울에
어린아이가 길에서 울고 있으면 어머니는 아가, 왜 한데서 이러고 있
냐? 어여 집에 들어가라,고 하셨다. 한데서 떨고 섰지 말라고. 너희 아
부지하고 신방을 차린 그 집의 부엌은 순전히 한데였다고. 너희 아부
지가 너희들을 한데다 세워놓고 벌준 것 기억하느냐고. 어머니의 한
데는 추운 곳이었다. 까딱하다간 얼어죽는 곳이었다. 가난으로 집을
장만하지 못했거나 혹은 전쟁으로 집을 잃었을 때 한데에서 잠을 자
야만 했던 참혹한 시절의 기억이 어머니로 하여금 '한데'의 공포를 버
리지 못하게 하였으리라. 어머니는 겨울을 '시한[歲寒]'이라고 했다.
모든 입을거리, 먹을거리들을 시한에 입고 시한에 먹으려고 시한이
오기 전에 서둘러 꼭꼭 저장해놓기 시작했다. 어머니의 봄 여름 가을
은 오직 시한에 굶어죽거나 얼어죽지 않기 위한 준비기간과 다름없었
다. 여름에 땅에다 고구마순을 꽂으면서도 이래놓아야 또 시한에 우
리 새끼들 배부르게 먹일 수 있지, 했고 나무를 해서 이고 산길을 곡
예하듯 내려오면서도 올 시한에 이 나무 때서 뜨뜻하게 지내보자꾸

나, 했다. 아, 사람이 배부르고 등 따시면 얼마나 좋겠느냐, 그보다 더 좋은 것이 또 어디 있겠느냐,고 어머니는 한사코 강조하셨다. 모든 것이 그러면 되는 것이었다. 배부르고 등 따시면 만사형통이었다.

어머니는 이런 '한데'도 있다는 것을 상상이나 했을까. 복병처럼 숨어 있다가 느닷없이 튀어나온, 아니 갑자기 어느날부터 이게 아닌데, 하고서 정희의 인식 속에 '한데'의 이미지를 바꾸어놓은 그것.

아파트는 온통 소음의 도가니였다. 남편은, 좀 시끄러우면 어때,라고 말했다. 집 없는 것보다 낫지,라고도 했다. 처음에는 남편의 말에 수긍을 하기도 했다. 하지만 날이 갈수록 그것이 아니었다. 견딜 수 없이 화가 끓어오르기도 했다. 내가 이런 '집구석'을 마련하려고 그 고생을 했던가, 싶어서 눈물이 핑 돌기도 했다. 하루종일 소음은 귀청을 두들겨대다가 그래도 식구들이 돌아오면 좀 나은 듯했다. 집안에서 나는 식구들 소리, 혹은 텔레비전 소리가 잠시잠깐 바깥의 소음을 잊게도 했다. 하지만 근본적으로 없어진 것은 아니므로 식구들이 모두 잠든 뒤에 나는 자동차 바퀴 굴러가는 소리는 여전했다. 그런데 밤에 듣는 자동차 바퀴 굴러가는 소리는 낮에 듣는 것보다 또렷하긴 하지만 그래서 더 들을 만하기는 했다. 특히 비가 오는 밤이면 아스팔트에 밀착한 자동차 바퀴가 빗물 밀어내는 소리까지 선명하게 들렸다. 어찌 들으면 두레박으로 물 긷는 것처럼 찰박찰박하는 소리로 들리기도 했다. 하지만 그런 날 밤이라 할지라도 대형 트레일러나 대형버스, 화물차, 유조차 같은 것이 내는 소리는 여전히 공포스러웠다. 이따금 다급하게 달려가는 병원차의 뚜뚜거림, 경찰차의 삐용거림 같은 것들이 한번씩 지나가는 밤이면 그녀는 이후에 결코 편한 잠을 잘 수가 없었다.

그때는 부끄러웠다. '그 좋은 집'이 단지 '시끄러워서 싫다'는 그 말 할 용기가 나지 않았다고 할까. 남편한테든, 이웃들한테든. 정희가 살 피건대 남편과 아이들, 그리고 이웃들은 분양받아서 들어온 그 아파트에 대해서 그다지 불만들이 없어 보였다. 다들 만족스러운 미소를 실실 흘리고 다니는 분위기라고나 할까. 왜 아니겠는가. 20평 서민아파트였는지라 입주자들 대부분은 이제 맨 처음 꿈에도 그리던 '내 집 장만'을 한 사람들이었다. 그저 내 집 생긴 것만이 좋아 소음에 신경쓸 겨를이 없는지도 몰랐다. 그런 사람들에게 시끄러워서 나는 이 아파트 싫다는 말이 먹혀들 리 만무라는 생각이 정희 스스로 든 거였다. 먹혀들지 않을 말을 할 용기가 없는 거였다. 실지로 정희가 옆집과 인사를 틀 겸해서 과일을 싸들고 방문해서 소음에 관한 이야기를 해보려 했는데 그쪽에서 먼저 아이구, 도로 가까워서 얼마나 편한지 모르겠단 소리를 하고 나오던 거였다. 그러니까 옆집 사람들이 이 집을 선택하게 된 동기 중에 큰길과 면해 있는 편리한 교통이라는 조건도 포함되어 있는 것이었다. 덧붙여서 우리같이 하루 벌어 하루 먹는 거나 다름없는 서민들한테는 그저 뭐니뭐니 해도 교통 편리한 데 사는 게 제일 경제적이라고도 했다. 사는 데 첫째조건은 '경제'였다. 돈 한푼이라도 덜 들어가는 데서 사는 것, 그것이 넉넉히 살지 못하는 모든 서민들의 최고 주거조건인 것은 기실 정희네도 마찬가지가 아닌가. 돈 없는 사람들한테 '쾌적한 주거환경' 따위는 사치였다. 그저 차 타러 나가기 좋고 차 대기 좋은 곳이면 되었다. 그녀가 어쩌다 시무룩해 있으면 남편은 주차장 넓고 아이들 학교 가깝고 저 멀리 산도 보이는 이런 집 한채 가졌으면 됐지 뭐가 더 불만이냐는 다소 짜증스런 반응을 보이곤 하였다. '그 이상의 것들'을 그에게 바라는 것은 아니었고 바랄 수도 없었다. 그 집 장만한 것도 사실 서른다섯 가장인 남편으로서는 최선을 다한 결과가 아닌가. 자동차회사 도장반의 노동자로서 그가 겪은 휴직과 복직의 과정들을 생각하면 더욱 그렇다. 그나마 이만한 집이라도 장만하여 이사 다닐 걱정 안하게 된 것만도 감사할 일이었다. 그래야 마땅했다. 하지만 정희는 서러웠다. 사람이 정말, 이런 데서 살아야 하다니. 누가 살라고 한 것도 아닌데, 자기 부부가 선택해서 들어온 아파튼데 정희는 마치 누군가에게 등을 떠밀려서 할 수 없이 그 집에서 살아야만 하는 것처럼, 실체도 없는 그 '누군가'가 견딜 수 없이 야속스러웠다. 그러니까 정희의 '집보러 다니기'의 대장정은 정작 '내 집 장만'을 한 연후부터 시작되었다. 남편이 출근을 하고 큰아이들이 학교에 가고 시어머니가 노인정에 나가고 나면 정희는 부리나케 이제 겨우 돌쟁이 막내를 놀이방에 맡긴 뒤 마치 도둑질을 하러 나가는 것처럼 소음 가득한 아파트를 빠져나왔다. 서러움이 그녀를 그렇게 하게 했다.

남편이 회사에서 결코 자발적이라고는 할 수 없는 퇴직 압력을 조금이라도 무마하려는 눈물겨운 자구책이란 자동차를 팔아주는 일이었다. 회사는 남편 같은 노동자들에게 자동차 만드는 일만 요구하지 않고 파는 일까지 맡긴 셈이었다. 외아들인데다 공고를 나온 남편은 주위에 아는 사람도 변변치 않아 결국 회사에서 판매용으로 할당받은 차를, 이미 차가 있음에도 불구하고 떠안게 되었다. 남편은 내 집도 장만했겠다, 아내인 정희도 전용차를 갖고 살 때가 되었다고, 짐짓 여유를 부렸다. 그렇게 해서 반강제적으로 갖게 된 소형자동차는 정희가 집을 보러 다니는 데 유용한 발이 되어주기는 했다. 그때 차가 없었다면 또 모를 일이었다. 버스 타고 돌아다니기 번거로워서라도 감히 시골집 보러 다닐 용기 따위는 내지 못했을 수도 있다. 남편 말마따나 그토록 고대하던 집이 마련되고 속사정이야 어찌됐든 차도 남편 차, 제 차 해서 두 대씩이나 굴리게 된 현실이 되고 보니 자기도 모르게 있는 사람들 흉내가 내고 싶었는지도 모르는 일이었다. 아니, 그것은 흉내가 아니라 자기도 모르게 비져나온 욕망의 한 표현이었는지도 모른다. 있는 사람들 사는 모양이란 것이 사실은 있는 사람, 없는 사람 포함한 모든 사람들의 마음속에 내장된 욕망이고 있는 사람들은 그 욕망을 현실적으로 발현하고 살아가고 있을 뿐이고 없는 사람들은 마음속으로 '꿈'이라는 이름으로 살아본 적이 있을 것이고 살아갈 수도 있는 것이다. 아무래도 좋았다. 다만 가족들만 모르면 되었다. 막내 놀이방이 끝나는 오후 세시까지는 시간이 있었다. 정희는 그녀에게 허락된 오후 세시까지 미친 듯이 차를 몰고 시골을 헤매고 돌아다녔다. 그녀는 그때 그랬다. '나와 내 가족이 사는 곳을 더이상 돈에 의해서가 아니라 마음에 의해서 선택하고 싶다'라는 오직 그 생각만이 머릿속에 가득했다. 돈에 의해서 삶이 제한당할 수밖에 없는 사람들이 어찌 서른다섯 남편과 예순다섯 시어머니뿐이겠는가마는 일찍이 가장을 잃은 남편과 시어머니는 모든 일상을 결정하는 가장 중요한 잣대가 늘 돈이었다. 돈 이외의 다른 잣대는 전부 허영이고 사치고 '배부른 자의 허튼소리'였다. 특히 시어머니가 그랬다. 어려서 병을 앓아 청력을 잃어야 했던 시어머니는 앞을 볼 수 없는 시아버지와 결혼하여 정희 남편을 낳았다. 시아버지는 아는 집 혼례식에 부조를 하고 돌아오는 길에 술 한잔 마신 것이 화근이 되어 그만 실족사하였다고 했다. 남편이 아직 걸음마도 제대로 하지 못하던 때 그 일이 났다.

그때부터 시어머니는 평생을 길바닥 노점으로, 취로사업으로, 파출부로, 온갖 궂은일을 하여 아들을 키웠고 그런 어머니의 아들인 남편이 공고를 선택한 것은 당연한 결정일 수밖에 없었다. 그는 공부를 잘했고 그 시절까지 불었던 끝물 산업화바람은 공부는 잘하지만 집안 형편이 좋지 못한 많은 가난한 집의 아들들을 졸업만 하면 바로 취업이 보장된다는 '공고생 혹은 예비산업역군'이 되게 하였다. 결코 나쁜 의미가 아니라 남편이나 시어머니같이 빈한한 사람들에게는 돈 되는 일을 선택하는 게 최선이었던 것이다. 그즈음 들어 평생 바람부는 길바닥을 헤맨 후유증으로 풍기(風氣)가 는 시어머니는 아들이 벌어다준 돈을 바들바들 떨리는 손으로 한장 한장 세어보며 돈이 웬수다, 돈이 웬수야, 하면서도 입은 방그레 벌어지곤 하였다. 아무리 아파도, 이녁 골마리 속에 꼬깃꼬깃한 돈을 뭉치로 넣어두고 있으면서도 병원 갈 생각은 하지 못하는 시어머니였다. 그런 남편과 시어머니에게 인문계 여고를 나오고 부자는 아니지만 곤궁하지도 않은 '따뜻한 농가' 출신의 정희가 구박을 당하는 순간이란 바로 그녀가 같은 조건에서 '돈 들어가는 일'을 선택했을 때였다. 어쩌다 큰맘먹고 식구들끼리 외식을 하게 되는 날 정희가 이왕이면 깨끗하고 분위기 있는 집을 고르는 반면 남편과 시어머니는 허름한 집을 고르는 일 따위가 그런 것이었다. 이왕 남이 해주는 음식을 먹을 거면 깨끗하고 좋은 집에서 먹자는 것이 정희 생각이었고 남편과 시어머니는 똑같은 논리로 기왕지사 남이 해주는 음식 먹을 바에 지저분해도 음식값 싸고 푸짐한 집으로 가자는 것이었다. 그런 일상을, 돈 안 드는 일상을 살아서 그나마도 마련한 20평 아파트였다. 그런데 집장만하자 집을 보러 다니는 정희의 행태를 어떻게 설명할 수 있을 것인가. 정희는 늘 서럽고 급기야 외로워

242

지기 시작했다. 절약하며 사는 것, 돈 안 드는 생활을 감내하지 못하겠다는 것이 아니었다. 사치하자는 것도, 돈 쓰며 살자는 것도 아니었다. 하지만 '그곳'은 아니었다. 그런 곳 얻고자 그토록 발버둥치며 살아야 한다면 너무 억울한 거였다. 사람이 사람답게 산다는 것은 절약하며 검소하게 살 때 더 빛이 나는 법이라는 건 정희도 알았다. 하지만 그토록 염원해 마지않던 20평 아파트가 내 것이 되어 그 속에 깃들이게 되었을 때 정희는 이사한 첫날부터 '그곳'이 '이곳'은 아니라는 걸 알았다. 정희의 '이곳' 말하자면 사람 사는 곳은 그런 콘크리트 닭장집이 아니었다. 차라리 남의 집 셋방살 때가 더 사람 사는 것이었다. 씽크대가 있고 더운물 찬물 번갈아 나오는 그 집에서의 생활은 생활이 아니었다. 마치 누군가한테 그곳에 처넣어져 사육당하고 있다는 느낌이 더 강했다. 차라리 지저분한 동네에 살면서 이웃들하고 악다구니로 싸우는 게 생활이라는 그 느낌을 그러나 정희는 집안식구들 누구에게도 말할 수가 없었다. 남편과 시어머니는 물론 새 아파트로 이사와 너무 행복한, 찬물 더운물 나와 마음껏 물장난도 칠 수 있어 좋은 아이들에게도, 내 집이 생겨서 내 마음대로 전세를 놓아먹을 수도 있고 분양받을 때 낸 돈보다 더 많은 돈을 남기고 팔아먹을 수도 있다는, 그러니까 재산으로서의 집을 갖게 되어 다들 기가 살아 있는 이웃들에게도 정희의 '사육론'은 '배부른 허튼소리'일 뿐이었다. 그렇게 서럽고 외로운 정희는 집장만한 그해 가을 내내 시골길을 배회하였다. 그리고 드디어 '집'을 발견하였던 것이다.

어떻게 해서 마을로 들어서게 된 것일까. 우선 마을 이름이 좋았다. '초현리'라고 새겨진 자연석이 마을 입구에 세워져 있었다. 한문으로 무얼 뜻하는지는 모르지만 우선 초현리라는 그 이름에 내력없이 마음이 끌렸다. 마을 입구 공터에 가득 널린 샛노란 나락도 사람의 마음을 평안하고 풍요롭게 했다. 젊은 여자가 차를 몰고 마을로 들어서자 벼를 말리던 노인들이 순한 눈빛으로 그녀를 쳐다보았다. 내려서 그들을 도와줄 염은 있으나 용기는 나지 않았다. 그래서 내처 길이 허락되는 대로 자동차를 운전하여 갔다. 길은 마을을 휘돌아 옆에 개울을 끼고 하염없이 위쪽으로, 위쪽으로 나 있었다. 시멘트가 발라져 있긴 하지만 좁고 정갈한 소롯길이었다. 위쪽에서 경운기 한대가 내려오고 있났나. 경운기를 뫼하려면 산 쪽으로 차를 바짝 갖다대고 기다려야 했다. 경운기를 몰고 지나가는 농부와 경운기 짐칸에 탄 아주머니가 낯선 얼굴이지만 어디선가 많이 본 듯했다. 바로 그녀의 아버지, 어머니 얼굴이었다. 하면 그녀는 자신이 꿈꾸는 생활이란 바로 그런 얼굴을 한 사람들이 있는 곳에서 사는 것인지도 모른다는 생각이 들었다. 고등학교 때 처음 도시로 유학을 떠나 살게 된 동네도 그곳이 도시면서도 진짜 도시 같지 않은 것이 얼마나 좋았는지 몰랐다. 그랬던 것을 생각해보면 우리가 마음속에 그리는 것은 늘 자신의 과거인지도 모르는 일이다. 언젠가 남편한테 자신은 아마 과거를 그리며 살아가는 것 같다고 말한 적이 있었다. 남편은 대뜸 '사람이 미래를 그리며 살아야 발전을 한다'며 퉁박을 주었다. 정말 과거지향은 퇴보일까. 끝없이 미래를 위하여 과거는 지우고 현재는 희생하며 살아야 그것이 좋은 삶일까. 남편은 더 좋은 미래를 꿈꾸며 살라는 의미로 정희에게 자동차 운전학원 수강증을 끊어다주었다. 정희는 혼란스러웠다. 자신이 운전을 하게 될 '더 좋은 미래'가 사실 엄청난 공포로 그녀를 짓눌렀다. 그녀는 결코 운전하며 살고 싶지 않았다. 도로에 차들이 엄청나게 밀려 있는데 그 속에 자신도 끼여서 오도가도 못하고 낑낑대거나 심지어는 사람을 치여 죽게 하는 무서운 꿈을 꾸기도 했다. 정희가 이런 '정체를 알 수 없는 불안감'에 대해 정희 딴에는 큰 용기를 내어 말했을 때 남편은 아주 신속하게, 그리고 명쾌한 어조로 사람은 '대세'를 따르며 살아야 한다고 말했다. 그렇게 하지 않으면 21세기를 살아남지 못할 수도 있다는 무시무시한 말도 곁들였다. 그런 세상이라면 죽고 말지, 토라지듯 대꾸하긴 했지만 정말로 정희는 그렇게 무시무시하게 사느니 차라리 안 살고 마는 게 더 편안하다, 싶은 생각이 가슴 저 밑자락에서 꼼지락거리는 느낌을 어떻게 처리해야 할지 몰랐다. 남편은 정희의 뾰로통한 대꾸에 '그놈의 돼먹지 않은 시대착오적인 문학소녀 취향은 언제 버리나, 했고 급기야 그날 부부싸움이 났던 것이다. 그런 우여곡절 끝에 면허를 따서 운전을 하게 된 것이 결과적으로 나쁜 일 같지는 않다는 생각을 정희는 운전을 할 수 있게 된 이후 처음으로 했다. 남편이 말한 '살아남을 수 있느냐 없느냐'의 무지막지한 차원이 아니라 그저 '편리'의 차원에서 말한다면 말이다. 편리한 것은 좋되 편리를 위해 치러야 하는 댓가는 싫었다. 그래서 정희는 혼란스러운 것이다. 자신이 생각해도 마음의 갈피를 잡을 수 없는 것이 그녀는 어지러웠다. 집이 생기자 집을 찾아나서다니. 부부싸움하던 날, 남편이 그럼 죽어라, 죽어! 했던 대로 자신은 정말 죽어 마땅한지도 모를 일이었다. 어차피 죽을 건데, 살아서 무엇 하겠는가. 어떤 것은 좋으나 어떤 것을 위해 치러야 하는 댓가는 싫다는 논리대로 한다면 말이다. 사는 것은 좋으나 살기 위해 치러야 하는 댓가는 싫다! 그럼 죽어야지, 도리가 없는 거 아닌가. 하여간에 남편의 말을 수용하며 살다보면 한세상을 그럭저럭 살아낼 수는 있을 것 같았다. 그가 삶을 위해 치러야 했던 엄청난 댓가의 무게가 정희 가슴을 아프게 헤집었다.

경운기를 피하기 위해 기왕 차를 멈춘 김에 정희는 거기서부터는 걷기로 하였다. 가을햇살은 따사롭고 바람은 산들거렸다. 이제 막 붉은빛을 띠기 시작한 까치밥 열매가 햇빛을 받아 투명하게 반짝였다. 마을은 고적했다. 얼마나 그리운 고요인가. 거기다 또 감이 지천이었다. 말랑말랑하게 익은 굵은 감들이 고적한 골목으로 툭툭 떨어져내렸다. 어떤 것은 가지째 낙하했다. 정희는 그것을 주워서 옷자락에 쓱 닦아내고 까먹었다. 말감 하나만으로도 금방 배가 불렀다. 가슴속이나 훈훈했나. 이렇게 좋은 세상이 있는데 어쩌자고 그런 아비규환 속에서 살아야 하는가, 싶은 생각에 정희는 울컥 가라앉아 있던 설움이 또 한번 치솟았다. 꼬부랑할머니가 담배를 피우며 나락덕석에 골을 내고 있다가 아무렇지도 않게 정희를 맞아주었다.

"누구여?"

"동네 구경온 사람이에요."

"이런 촌에 뭐 구경할 게 있어?"

"혹시 마을에 빈집 좀 있나요?"

"빈집이야 쌔부렀지."

그렇게 해서 할머니가 안내해준 그 집엘 들어가게 되었다. 집이 빈지 한 3년쯤 되었다고 했다. 마당은 잡풀이 무성했다. 세칸 홑집이었다. 할머니가 점심때가 다 되었으니 당신 집에 가서 밥을 먹자고 했다. 정희는 괜찮다고 했다. 사람의 법이 그럴 수는 없다고 했다. 할머니 집에서 빈집의 뒤안이 들여다보였다. 밥을 먹으며 할머니는 빈집으로 이사오라고 정희를 채근했다. 이사오면 한집안 식구같이 지내고 얼마나 좋겠느냐고 했다. 할머니의 눈빛이 마치 가을하늘처럼 맑았다. 한점 의심 없이. 한점 티끌 없이. 그곳에 살면 정희도 할머니처럼 그렇게 늙어갈 수 있을 거였다. 그 생각만으로도 정희는 행복했다. 밥을 다 먹고 할머니는 마치 손녀를 떨어뜨려놓듯이, 이녁 딸을 그곳에 놔두고 밭에 일나가듯이 그럼 나는 갔다온다며 핑하니 대문을 나서는 거였다. 혼자 남은 정희는 할머니 집 마루에 앉아 빈집 뒤안을 바라보았다. 확독이 있고 장독대가 있고 지금 아무도 돌보지 않는 감나무, 대추나무의 열매들이 저희들끼리 익어가는 중이었다. 할머니 집과 빈집의 뒤안은 어린아이도 건널 수 있을 만한 높이의 돌담이 쳐져 있었다. 그것이 할머니 집과 빈집의 경계였다. 저 낮은 돌담 너머로 그 옛날 저 빈집에 사람이 살았을 적 지금은 잡풀 무성하지만 그 잡풀 조금 걷어내면 지금도 보이는 저 파릇파릇한 부추 담쑥담쑥 베어서 부추전을 부쳐 이쪽저쪽 나누어먹었으리라. 앞마당은 주로 일마당이고 그래서 자연히 남정네들의 공간이지만 뒷마당은 놀이와 휴식의 공간이지 않은가. 저 장독대 옆 감나무 밑에 멍석을 펴고 앉아 긴 여름날의 오후 봉숭아꽃 짓이겨 꽃물을 들이던 추억, 부추전이며 호박전을 부쳐 먹던 추억, 그것이 정희의 추억이다. 비가 오면 툇마루가 멍석을 대신했다. 백중날, 어머니가 막걸리 넣은 술빵을 한솥 가득 쪄주던 기억, 초경을 남모르게 처리하던 곳도 저 뒤안이다. 누가 볼까봐 뒤안에서 은밀하게 피빨래를 하여 돌로 아궁이를 만들어 월경기저귀를 푹푹 삶아 다른 빨래들 밑에 넣었다가 어머니한테 혼나던 열서너살 때의 기억. 이웃집 동갑내기 '머스마'의 친구가 담 너머로 던져준 '연애편지'를 읽던 곳도 저런 뒤안이었다. 앞마당은 공개적이어서 비밀도 없고 그래서 오래 간직할 추억거리도 없다. 그러나 뒷마당은 그 얼마나 많은 얘기들을 키워준 곳이던가. 뒷마당은 그녀 인생의 보물창고였다.

집이란, 그런 곳이어야 하지 않을까. 육신이 몸담은 가장 정신적인 곳. 그걸 집이라고 할 수 있지 않을까. 뒷마당 없는 집, 우리 인생의 보물창고가 되어줄 공간이 없는 집은 집이 아니라 건물일 뿐이다. 그것은 집이라는 이름을 단 '상품'일 뿐이다. 한데, 지금은 영원히 사라져버렸다고 여겼던 그 '집'이 거기 있었다. 정희는 그 집을 발견한 것만으로도 그날 행복했다.

"뭐? 집을 발견했다구?"
"그렇다니까. 앞마당은 볼품없지만 뒷마당이 얼마나 부궁부진한지 몰라."
"무궁무진? 그게 무슨 말이야. 도대체 사람이 알아들을 수 없는 소리는 쓰지 말고 좋게 말해봐."
정희로서는 '무궁무진'이라는 표현이 자기가 써놓고도 자기가 놀랄 만큼 기가 막히다고 무릎을 칠 지경인데 남편은 또 알아들을 수 있는 말, 쉬운 말로 좋게 말하란다. 좋게! 나쁘게, 사람 신경질나는 말로 하지 말라는 거다.
"내 말이 나빠?"
"기분나빠. 사람 우습게 만드는 소리 작작 하라구. 집이 있는데 웬 놈의 집?"
"………"
정희는 이런 게 '집'이라는 생각은 추호도 들지 않는다는 소리가 목구멍에 걸려 나오지를 않았다. 대신 눈물만 줄줄 흘러나오는 데는 정말 환장할 지경이었다. 정작 환장하겠다는 소리는 남편에게서 나왔다.

"내가 이거 환장하겠구만. 다른 여자들은 말이야, 어떻게 하면 이 집 밑천삼아 더 좋은 집, 더 큰 집 장만할 생각, 재산 늘릴 생각, 아이들 공부시킬 생각으로 다들 눈이 벌건 세상인데 겨우 집장만하니까 이 집 싫다고 딴 집 보러 다녀? 막말로 시골 이사가면 누가 우리 환영해준대? 누가 우리 먹여살려준대?"

남편은 남편대로 '호강에 초친' 마누라 두었다고 분하고 원통하고 서러워했다.

정희는 정희대로 날이면 날마다 윙윙대는 소음 가득한 시멘트 공간 속에서 "이건 집이 아니야, 이런 게 집? 웃기지 말라 그거야. 어떻게 뒷마당은 고사하고 앞마당도 없는 게 집이야? 어떻게 윗집, 아랫집, 옆집 콱콱 막힌 게 집이야? 어떻게 먹고 싸고 자기만 하는 게 집이야?" 하면서 시름시름 앓기 시작했다. 집장만하자 집을 부정하는 아내가 급기야 앓아눕자 아무리 그런 아내가 밉기로서니 남편인데 나 몰라라 할 수는 없는 일이었다. 그 아내와 남편 사이에 모종의 '합의점'이 찾아진 건 그 아내가 한 계절을 고스란히 앓고 난 그해 겨울이었다.

"그래, 내가 어떻게 하면 좋을지 처음부터 자세하게 또박또박 말해봐."

"이사가."

"이 집은 어떡하고?"

"팔고."

"어떻게 장만한 집인데 그렇게 쉽게 팔자는 소리가 나와. 난 못 팔아."

"이건 집도 아냐."

"집도 아닌 걸 왜 팔아? 넌 양심도 없나?"

"그럼 세를 놓지!"

남편의 입이 그제야 헤벌어졌다. 그것이 그들 부부가 한 계절의 씨름 끝에 다다른 합의점이었다. 도시의 '집도 아닌 집'을 세놓은 돈으로 정희는 '집'을 샀고 그녀의 남편은 도시의 멀쩡한 집을 맥없이 세놓아 '집도 아닌 집'을 산 폭이었다.

그렇게 마련했고 그렇게 마련해서 만 3년을 산 집이었다. 그런데 이제 와서 또 도시의 '집도 아닌 집'을 보러 다니는 이유가 무엇인가. 돌배기 막내를 내릴까지 그 집에서 기웠다. 아이는 주차장에 다 와서도 자꾸만 숨바꼭질을 해댄다.

"야, 이놈아, 명수야."

정희는 어찌나 아이 이름을 불러젖혔는지 목이 다 잠길 지경이다.

"야, 인마!"

낯선 목소리가 바로 등뒤에서 나길래 정희는 제 아이를 보고 그러는 줄 알고 덩달아, 야 이놈아를 외쳤다. 엄마가 부를 때는 돌아보지도 않던 아이가 낯선 남자의 야 인마, 소리에 겁을 먹고는 엄마 품으로 쏙 기어든다. 그제야 정희는 뒤를 돌아보았다. 전혀 모르는 남자가 그녀를 빤히 쳐다보며 또다시,

"야, 인마, 오랜만이다!"

알은체를 해도 아주 고약하게 한다.

"누구신데 그러세요?"

"이놈 봐라, 나를 몰라?"

"모르겠는데요."

"시치미떼기는, 인마. 그나저나 오랜만에 만났는데 악수나 한번

하자."

"여보세요! 나는 댁을 모르는데 더군다나 애기엄마한테 야 인마라
니요!"

"어쭈, 너 많이 컸다아."

숫제 이년 저년 하지 않고, 이놈 저놈 한 것만으로도 감사하게 여기
라는 태도 같다. 처음부터 모른 척하는 게 나았다는 판단이 정희는 그
제야 선다. 서둘러 아이를 유아용 좌석에 앉혀 안전벨트를 채우고 행
여라도 남자가 차 안까지 기어들어올까봐 재빨리 운전석 문을 열고
들어가 시동을 건다. 남자가 여전히 백미러 뒤에서 느물거리며 웃고
있다. 미친개들이 가끔씩 저렇게 거리를 배회할 때가 있지, 그런 개한
테는 그저 물리지 않도록 조심하는 게 수지, 때늦은 각성을 하며 도시
를 빠져나왔다. 남편이 돌아오기 전에 집에 가려면 속력을 내야 할 것
이었다. 다행히 도시 외곽으로 갈수록 차가 쑥쑥 빠져서 낯모르는 남
자 때문에 고약했던 기분도 차차 나아졌다. 불쾌감이 사라지자 그 자
리에 불안감이 들어찼다. 팔자에도 없던 '전원생활'을 하게 된 남편은
그 덕분에 길어진 출퇴근길이 주는 스트레스를 툭하면 그녀에게 쏟아
내곤 했다. 그런데 이즈음 남편의 짜증이 갑자기 없어진 이유를 정희
는 '그 여자' 때문이라고 여겼다. 도시에서 한시간 남짓 되는 그 출근
길에 남편은 동네 입구에 사는 그 처녀를 태우고, 그러니까 도시식으
로 말하면 '카풀'하여 다니게 되었던 것이다. 그것 때문인가. 그녀가
도저히 그곳의 생활을 견딜 수 없다고 판단하여 다시 도시로 들어오
려고 하는 이유가. 그건 맹세코 아니었다. 정희가 더이상은 이곳에서
못 살겠다, 하면 남편은 틀림없이 그럼 달나라에 가 살라고 하고도 남
을 거였다. 그것을 생각하면 도시에 집보러 다니는 이즈음 자신의 행

각을 도저히 남편한테 털어놓을 수 없는 형편이었다. 시골로 이사하여 다행히 아이들도 그런대로 잘 적응하고 시어머니도 노인들 특유의 자연친화력으로 도시 살 때와는 사뭇 다른 건강하고 온화한 '시골할머니'가 되어가는 중이었다. 정희가 처음 시어머니를 봤을 때의 느낌은 그녀가 고등학교 때 읽은 도스또예프스끼 소설에 나오는 전당포노인을 연상시키는 바도 있었다. 그처럼 외롭고 각박하고 쓸쓸해 보이는 모습이었는데 이즈음 시어머니는 아주 많이 따스해졌다. 그런데 왜 정희는 도시로 다시 나오려 하는 것일까. 그 이유를 어떻게, 누구한테 설명할 수 있을까. 징희는 아득해졌다. 사람들이 움직이는 이유는, 그리고 살아가는 이유는 모두 다 거창해야만 하고 분명해야만 하는 것일까. 꼭 그래야만 하는 것일까. 왜 자신으로서는 절실한 이유가, 문제가 타인들에게는 하찮고 우습고 그래서 짜증나는 것이 될까.

아침에 정희는 또 그 소리를 들었다. 그녀가 정말 바라지 않는 그 소리. 새소리, 이슬방울 떨어지는 소리보다도 더 빨리 듣게 되는 소리. 남편이나 아이들이나 시어머니나 이웃들은 다들 아무렇지 않고 오히려 은근히 기다릴지도 모르는 소리. 다시 한번 고쳐 생각해보면 정말 정희 자신으로서도 아무렇지 않은 소리. 어찌 해석하면 눈물겨운 삶의 소리. 도시 산동네에 살 때 날마다 들었던 소리. 이를테면 개 사요, 염소 사요, 소리들. 콩나물 사요, 따끈따끈한 두부 사요, 소리. 그 남자는 꼭 세번째에 왔다. 그러고는 확성기를 소리높여 틀었다. 그 남자는 꼭 카세트를 튼다. 중간중간에 기괴한 추임새가 들어가는, 관광버스 안에서 아줌마들이 춤출 때 트는 그 노래들 한곡조가 끝나면 이윽고 남자는 자신이 가지고 다니는 품목들을 열거하기 시작한다. 이미 콩나물, 두부를 파는 사람이 동네를 한바퀴 돌고 나간 뒤인데도 제깟 게 돌고 나갔든지 말았든지 자기로서는 알 바 아니라는 듯, 한가롭게, 태평하게, 천연덕스럽게, 혹은 청승맞게.

번개탄 있어요, 미원 있어요, 왜간장 있어요, 아부래기 있어요, 간고등어 있어요, 화장지 있어요, 계란 있어요, 명태 있어요, 있어요, 있어요…… 한없는 있어요, 소리. 그 남자 때문일까. 시골동네 입식부엌, 기름보일러 안한 집 없는데 도대체 어느 시대를 살다 왔는지, 언제 녹음한 걸 트는 건지 아무도 사지 않을 번개탄부터 사라고 외치는 남자가 자신을 괴롭혔으면 어디를 얼마나 괴롭혔다고, 자신을 짜증나게 했으면 어디를 얼마나 짜증나게 했다고, 남편과 '사투'를 벌여가며 이주를 해온 시골집인데, 그런 집을 놔두고 또다시, 그렇게도 저주해마지않던 도시의 '집도 아닌 집'을 보러 다닌단 말인가. 그렇다면 자신이 남편 출근하고 아이들 학교 가고 시어머니 아파 누워 있는 이웃 할머니네로 병문안차 마실간 사이에 네살배기 옆에 끼고 벌건 대낮에 그놈의 집도 아닌 집을 구하러 도시바닥을 싸돌아다니는 이유가 도대체 뭐란 말인가. 남편의 출근길에 동승하는 그 처녀 때문이 아니라고? 새벽같이 짜증스런 노랫가락 틀어젖히며 고요한 아침을 방해하는 번개탄장수 때문이 아니라고? 그럼 뭔가.

3년째 조용하게 살았다. 그런데 그 소리가 난 것이 한달 전 일요일 아침이었다. 여느 날과 다름없는 평범한 아침이었다. 그날도 여지없이 콩나물장수 두부장수가 지나가고 얼마 안 있어 번개탄아저씨의 있어요, 소리를 들으며 잠에서 깨어난 중이었다. 그럴 기분이 전혀 아니면서도 중얼거리듯이, 정희는 저도 모르게 그 말이 튀어나왔다.

"일요일이라 아가씨를 못 보게 돼서 허전하겠네?"

"그 아가씨 때문이었어? 어째 요새 얼굴색이 안 좋더라니. 난 또……"

별것도 아닌 걸 가지고 속으로만 끙끙 앓았냐고 남편이 킥킥댔다. 정희 얼굴이 화끈 달아올랐다. 정희는 기실 그 아가씨가 어떤 사람인지 다 알고 있으면서도 짐짓 아무것도 모른다는 듯,

"뭐 하는 아가씨야?"

"시내 막 들어가면 왜 소아과 병원 하나 있지, 이소아관가 하는 데. 거기 간호사야. 혼자 벌어 식구들 부양하는 아주 착한 아가씨더라구. 당신도 알잖아, 그 아가씨 부모님 다 아프다는 거."

그때, 그 소리가, 하늘이라도 찢을 듯이 쿵 하는 총소리가 들려왔다. 두 사람 다 서로의 얼굴을 쳐다보았다.

"뭐가 터진 거야?"

"나가봐."

두 사람이 동시에 밖으로 튀어나왔다. 소리를 듣지 못하는 시어머니는 마당에서 천연스레 동부를 까고 있다. 새벽같이 일어나 일하는 것을 즐기는 노인네다. 총소리는 그렇게, 가을날의 일요일에 시작되었다. 그리고 그날 일단의 사냥꾼들이 동네를 에워쌌다. 산으로 둘러싸인 마을이라 그 산을 사냥꾼들이 에워싸면 마을이 사냥꾼들한테 포위당하는 꼴이었다. 총소리는 밤낮의 구별이 없었다. 그것은 참으로 무차별적이었다. 정희가 공포스러워하는 건 단순한 총소리 때문이 아니었다. 사냥꾼들을 피해 쫓기는 짐승들의 발소리가 바로 지척에서 들렸다. 마을이장에게 알아본 바로는 지금이 바로 '수렵금지 해제기간'이라는 거였다. 몇년에 한번씩, 몇개월간 그런 기간이 있다는 거였다. 이제 이런 해제기간이 반복된다면 시골에서도 못 사는 것이 아닌가, 하는 불안감이 적이 가슴속에서 움터올랐다. 그리고 그 다음날, 남편이 출근을 하고 난 뒤, 그날도 시어머니는 세상일은 내 알 바 아

니라는 듯 멍석 위에 도마를 내어놓고 애호박을 나박나박 썰고 앉아 있었다. 그 모습은 완벽한 평화였다. 그리고 그 평화를 둘러싼 세상은 지금 한판 살육제를 펼치고 있는 거였다. 그날도 총을 든 남자들이 마을 안길을 올라가고 있었다. 그런데 공교롭게도 그들이 타고온 자동차가 하필 정희네 집 앞에 주차되어 있었다. 그냥 시어머니처럼 세상일 내 알 바 아니라고, 그저 내 하던 일에만 신경쓰며 살아간다면, 그러면 정말로 세상이 어떻게 돌아가든 적어도 나는 평화로울 수 있을 것이다. 그러나 그것이 안되는 게 볼 수 있고 들을 수 있는 사람의 불행이나 한계인지도 모른다. 총을 든 사내들은 '사냥꾼'들이었다. 사냥꾼이라면 언젠가 아이들에게 읽어주던 동화책에 나오는 그런 사냥꾼만 있는 줄 알았다. ……어디선가 바스락 소리가 났어요. 살려주세요, 사냥꾼이 쫓아와요. 나무꾼은 사슴을 숨겨주었어요. 여보시오, 사슴 한마리 못 보았소? 저쪽으로 갔어요. 고맙소…… 그렇게 고맙다며 사슴이 간 저쪽을 향해 달음질치는 사냥꾼. 그래서 정희가 여보시오, 차를 빼시오, 하면 그 사냥꾼들도 알았소, 하고 순순히 차를 빼줄 줄 알았던 것일까.

"이봐요, 차를 여기다 대놓으면 어떡해요."

정희가 소리쳤을 때 총을 든 사내 중 하나가 흘낏 돌아보고는 가던 길을 그대로 올라갔다.

"이봐요, 사람 말이 말 같지 않아요?"

이번에는 총을 든 모든 사내들이 정희를 돌아보았다. 그러고는 마치 슬로우비디오에서처럼 느린 응답이 돌아왔다.

"아침부터 재수없게 웬 여자가 왈왈거리는 거야?"

"뭐라구요? 아니, 내 집앞에 차를 대놓지 말라고 하는 게 왈왈거리는 소리로 들려요?"

"금방 갈 거야, 그리고 거기가 당신 땅이야?"

"이봐요, 지금 누구한테 반말이에요? 반말이?"

사내들이 히물거리는 느낌에 저치들이 정말 미쳤나, 싶어 좀더 자세히 사내들 표정을 살펴보려 하는데 마침 이제 막 퍼지기 시작한 햇살을 받아 사내들이 들고 있는 총구들이 마치 불을 뿜듯 금속성의 빛을 반사하여 그녀의 눈을 쏘았다. 무슨 일인가 하고 시어머니가 대문 밖을 빠끔히 내다보다가 황급히 정희 옷자락을 낚아채서 집안으로 끌어낭겼나.

"야야, 당최 뭔 소리 마라, 총 든 사람들한테 뭔 소리 말어. 무슨 일이 날지 누가 알겠냐."

바로 그날 오후 '무슨 일'은 나고야 말았다. 옆집 할머니가 사냥꾼들의 총에 맞아 병원으로 실려갔던 것이다.

마을에서 파란색 작은 트럭이 내려오고 있다. 정희는 제 차를 길가 쪽으로 바짝 붙여댄다. 차가 가까이 올수록 귀에 익은 노랫소리도 선명하다. 정희는 모른 척하고 왼 고개를 튼 채 차가 비켜가기를 기다린다. 차가 다 비켜갔겠지, 싶어 고개를 바로 하는 순간 운전석 옆자리에 앉은 아이가 고개를 있는 힘껏 뒤로 젖혀 그녀를 바라본다. 그리고는 손을 흔든다. 아이가 타고 있다니. 한번도 상상해보지 않은 일이다. 아이는 마냥 손을 흔든다. 웃는다. 정희는 클랙슨을 길게 울렸다. 트럭이 멈춘다.

"오늘 아침에는 안 오셨던가요?"

마음에도 없는 소리를 한다. 아침에 안 오더니 기어코 오후에 온 모양이군, 속으로는 삐죽거리는 심보면서.

"예에, 어제 애 엄마가 애를 낳았어요. 뭘 드릴까요?"

"간고등어 있어요?"

"명태도 있고 갈치도 있어요."

"번개탄도 있잖아요."

사내가 씨익 웃는다.

"요새도 분명히 연탄 때는 집이 있는데 번개탄장수는 안 온다 그래서 갖고 다니지요."

언제 간을 했는지 부옇게 소금기가 말라붙어 있는 간고등어 한손만 사려다가 아기를 낳은 엄마 땜에 아빠를 따라다니는 어린것한테 마음이 끌려 '아부래기'도 산다. 산 것들을 차에 갖다놓고 지갑을 찾아봐도 지갑이 없다.

"명수야, 엄마 지갑 못 봤어?"

지갑이라는 말이 뭔 말인지도 모를 아이한테 지갑 얻다 뒀냐고 건짜증을 낸다.

"찌갑? 찌갑 여기쩌."

아이가 내미는 것은 내내 손에 쥐고 다니던 장난감 로봇이다.

낭패다.

"아저씨, 내일 또 와요?"

"오다마다요."

"그럼 오늘은 외상을 달아놓으세요. 저 어디 사는지 아시죠?"

"알다마다요."

트럭은 떠났다. 아이가 손을 흔드는데도 같이 흔들어줄 정신이 없다. 그러면서 또렷이 떠오르는 시내 주차장에서의 일. 진저리가 절로

인다.

　차를 몰아 집으로 오며 정희는 다짐한다. 내일부터는 시내 나갈 일도 없을 것이라고. 분수에 맞지도 않는 이놈의 차도 없애버릴 거라고. 그런데 웬놈의 눈물은 그렇게도 쏟아지는지, 정희는 그만 차의 시동을 끄고 말았다.

—『한국소설』 1999년 겨울호

이유는

이 유 는 없 다

없다

이유는 없다

나는 정말 이유를 알 수가 없었다. 나는 그에게 아무것도 바라는 게 없었다. 그에게 바라는 것이 많기로 치자면 그의 아내인 아이엄마가 더했으면 더했지 덜하지는 않을 것이다. 굳이 내가 그에게 바라는 게 있다면 지금처럼 이렇게 가까이 얼굴 마주볼 수 있게만 해달라는 것, 그뿐이었다. 나는 결코 그가 아이엄마와 이혼하기를 원치 않았다. 나는 결코 예전에 그가 아이엄마인 그 여자와 결혼하기 전, 내게 해줬던 것을 바라는 게 아니었다. 나는 단지 그를 가까이서 만나볼 수 있다는 것이 즐거웠을 뿐이다. 그는 그의 아내인 아이엄마가 자신에게 너무 많은 걸 바라는 게 부담스럽다는 뉘앙스가 풍기는 말을 하기는 했었다. 나는 그래서 그가, 조만간에 그의 아내인 아이엄마와 이혼하게 될 것이 좀 불안하기도 했다. 그러나 나는 그가 아이엄마와 이혼하면 내게로 올 것이라는 기대는 하지 않았다. 그런데 그가 나를 떠나버렸다.

나는 그 이유를 알고 싶었다. 그를 만나 왜 날 떠나려 하는지의 이유를 확인하고 싶었다. 그러나 그를 만날 일은 요원했다. 그는 아이엄마도 모르는 곳으로, 그리고 내가 모르는 곳으로 사라져버렸다. 나는 그가 어디론가 사라져버렸다는 사실보다, 그가 아이와 아이엄마를 버려두고 집을 나가버렸다는 것보다, 그가 왜 나를 떠나야 하는지의 이유가 더 알고 싶었다. 내가 힘든 건 바로 그것이었다. 그가 나를 떠나야 하는 이유를 알지 못한다는 바로 그것.

밤 아홉시였다. 나는 10분 전에 집에 들어온 참이었다. 현관을 들어서자마자 주저앉아 스타킹을 벗고 옷을 갈아입기 전에 세수부터 했다. 막 세수를 하고 세면실에서 나오는데 딸의 비명소리를 들었다.

"아악."

열한살짜리 여자아이의 비명소리는 날카로웠다. 가슴이 덜컥 내려앉았지만 그대로 있었다. 딸이 비명을 지른다 해도 막바로 달려가볼 힘이 내게는 없었다. 아니 정확히 말하면 힘보다는 마음이 없었다고 해야 하리라. 사실을 말하자면 나는 딸의 비명소리에 진저리를 치고 있는 것이다. 딸이 비명을 지를 때마다, 싸늘한 비수 하나가 내 가슴을 쓰윽 베고 지나가는 듯한 통증을 느꼈다. 나는 딸을 사랑하지 않는 게 분명했다. 나는 그애를, 그애를…… 여기까지 생각하고 나자 숨이 막힌다. 담배부터 피워야겠다.

딸은 비명을 지르고 난 뒤 방문을 걸어찼다. 나는 물기 묻은 수건을 탁탁 털어 세면실 수건걸이에 쫙 펴서 걸고 그리고 천천히 옷을 갈아입었다. 내가 세수를 하는 사이에도 안색 한번 변하지 않고 용변을 보던 어머니가 드디어 딸에게 달려갔다. 언제나처럼. 딸은 생짜를 부리고 있었다. 말도 안되는 생짜를. 그리고 어머니는 그런 딸을 건성으로나마 상대해주는 유일한 사람이었다. 어머니가 달래다 못해 싹싹 비는 시늉까지 해 보여도 딸의 생짜부리기는 멈추지 않았다. 그애도 할머니가 건성이라는 걸 알아볼 만큼은 눈치가 있는 애였다.

"누가 내 인형들을 엉망으로 만들어놨냔 말야. 모자도 벗겨지고 신발도 한짝 어디로 가버리고."

"할미가 청소하다가 그런 거여. 그렇게 아가, 한번만 봐주라 잉? 할미가 또 만들어주면 되잖여."

"싫이, 모든 게 다 엄마 때문이야. 엄마가 물어내."

나는 조용히 마른침을 꿀꺽 삼키고 나서 주방으로 가 나 혼자 먹을 밥을 펐다. 딸과 어머니가 저녁을 먹었는지 묻지 않고 천천히 밥을 먹었다. 딸을 달래느라 숫제 우는 상인 어머니 얼굴을 외면한 채. 어머니는 아이 달래기를 포기하고 아이 방을 나서며 누구에게랄 것도 없이 뇌까렸다. 언제나, 늘 그랬듯이.

"순 후레자식 같은 년. 나이가 몇살이여, 나이가."

내일은 집을 나설 수 있을 것이다. 주말이고, 나는 저들의 악다구니와 욕설로부터 이틀은 놓여날 수 있을 것이다. 밥을 다 먹고 나서 물을 먹지 않고 우유를 마셨다. 속이 거북해 찾아갔던 병원의 의사는 밥 먹고 나서 막바로 물을 먹지 말고 우유를 마시면 속이 좀 편할 수도 있다고 조언했다. 얼마 후 나는 또 한번의 비명소리를 들었다. 이번에는 어머니였다.

"누가 내 우유 다 마신 거냐!"

나는 다용도실에 쭈그리고 앉아 담배를 피우고 있었다. 어머니가 다용도실 문을 왈칵 열어젖혔다.

"아니, 넌 그래, 에미 우유를 다 마셔불면 어쩐다냐? 말이라도 하고 마시든지. 시간이 늦어 배달을 시킬 수도 없잖여. 허긴, 지년 담뱃값은 안 아까와도 에미 우윳값은 아까울 것이여."

나는 대꾸하지 않고 담배를 비벼끈 후에 창문을 열고 바깥으로 내던져버리고는 다용도실과 붙어 있는 내 방으로 창문을 통해 들어가버렸다. 문에 버티고 섰는 어머니와 몸이 닿을 것을 저어해서.

"도둑년."

내가 문을 통하지 않고 창문을 넘은 것을 두고 한 소리겠거니, 귓등으로 넘겨버렸다. 아니면 그냥 어머니의 오랜 습성일 수도 있었다. 어머니는 내가 아들로 태어나지 않은 것을, 혹은 내가 아들한테 터를 팔지 않아서 여동생이 태어난 게라고, 그래서 어머니가 아버지한테 버림을 받은 거라고 어려서부터 유독 나를 구박했다. 나는 우유를 사러 나가기 위해 옷을 입었다.

"어디 가는 것이여?"

딸도 방문을 화들짝 열어젖혔다. 두 사람은 내가 그들의 얼굴을 바라봐주기를 고대하고 있음이 분명했다. 내가 한번이라도 바라봐주면, 그러면, 딸이 생짜부릴 일도, 어머니가 욕을 할 일도 없어질 것인가. 그럴 수도 있다는 걸 알지만 나는 차마 그들을 바라봐줄 힘이 없었다. 나는 딸보다, 어머니보다 더 깊이 절망하고 있음에 틀림없었다.

내가 다세대주택이 늘어선 골목을 가로질러갈 때, 두 여자가, 어리고 늙은 두 여자가 난간 없는 다세대주택 창문을 통해 내가 가는 길을 주시하고 있다는 것을 알았다. 그들이 불안해하면 할수록 내 절망감은 깊어진다는 걸 저 힘없는 두 여자도 알고 있을까. 가련한 건 그들이 아니라 바로 나라는 것을.

어제, 아이엄마는 내게 더이상 아이 과외를 할 수 없는 형편이 되었다고 말했다. 그 형편이 어떤 것이라는 걸 알았다. 돈이 없어서가 아니라 그녀의 남편인 그가 그녀에게 더이상 사랑을 주지 않게 되었다는 것을. 아이는 부부 불화의 희생자였다. 그 아이는 분명히 글쓰기 공부가 필요한 아이였고 무엇보다 나와 함께 공부하기를 즐거워하는 유일한 아이였다. 그러나 아이엄마는 남편의 사랑이 끊어지자, 맨 먼저 살림에서 손을 뗐다. 그 다음이 아이 차례였다. 평소 반들반들하던 집안에 세탁물이 쌓이기 시작했고 방바닥에 먼지가 쌓여 양말에 그 민지기 고스린히 묻어니오고 씽크데는 요리한 혼저이 보이지 않아 묻기없이 메말라 있었다. 아이는 아침을 거르고 학교에 갔다가 점심은 학교급식을 먹고 저녁에는 컵라면이나 배달음식을 시켜먹는다고 말했다. 아이는 수척해졌고 아이엄마는 추해졌다. 그 집안의 형편이 어떻든 간에 내게는 또하나의 밥줄이 끊어졌다는 것만이 중요했다. 아이엄마는 아이 과외선생인 내게 자신의 카운슬러 노릇까지 해주기를 바라는 눈치였지만, 나는 피곤했다. 무엇보다 무급의 일은 사양하고 싶었다. 내게는 사랑받지 못하는 아내들을 상담해줄 만한 프로그램이 마련되어 있지 않았고 무엇보다 생계문제가 촉박하여 허투루 시간을 낼 수가 없었다.

이런 형편인데도 어머니의 우유소비량은 날로 늘어가는 것 같았다. 허리가 굽어지기 시작한다는 푸념을 한 지 얼마 안돼서부터 어머니는 갑자기 우유를 마시기 시작했다. 우유를 마시면서는, 뼈에는 우유가 그만이라는 말을 주문처럼 뇌었다.

"뼈에 존 것이 관절에도 존 거 아녀?"

내가 뭐라 할 것을 미리 염려하여 시비조로 덧붙였다. 그러나 나는 어머니의 우윳값이 부담스럽기는 해도 아까워하지는 않았다. 그런데도 어머니가 시비조로 나오는 그 순간, 그리고 딸이 나이에도 맞지 않는 말도 안되는 생짜를 부리는 그 순간, 어머니고 딸이고 다 놓아두고 어디론가 떠나버리고 싶은 충동을 느끼기는 했다. 단지 내가 못 떠나는 이유는 집을 나설 명분이 없어서일 뿐이라고 나는 생각했다.

 어찌됐든 글쓰기 과외자리가 또 생겨나지 않는 한, 다음달부터는 우윳값이 상당한 부담이 될 것이다. 부담으로 치자면 어머니가 미국에 있는 당신의 둘째딸에게 거는 국제전화비도 만만치 않았다. 그러나 어머니가 늘 건강이 두려운 노인이고 촌사람이라 어디 갈 곳도 없이 집안에서 손주에게 시달리는 것을 아는 나로서는 어머니가 당신의 건강을 염려하여 아무리 우유를 많이 마신다 한들, 어머니가 아무리 당신의 둘째딸에게 비싼 국제전화비 물어가며 자신의 외로움을 하소연한다 한들, 따로 보약을 지어드리지도 못하고 어머니의 다정한 말상대가 되어주지 못하는 내가 할 수 있는 일이라곤 어머니의 우윳값과 어머니의 국제전화비용을 벌어다주는 것, 그뿐이었다. 내가 어머니를 위해 할 수 있는 일이라곤 단지 그렇게 돈을 벌어다주는 것뿐이라고 나는 생각했다. 그것으로 내가 할 수 있는 일은 다 한 거라고. 나로서는 어쨌든 어머니와 딸과 나로 구성된 내 집의 생계문제를 책임진 가장으로서 한번도 그 문제로부터 자유로워본 적이 없는 사람이었다. 그런데도 어머니와 딸이 내게 생짜를 부리거나 시비조로 나오면 정말 견딜 수가 없어졌다. 지금이 바로 그런 순간이었다. 우유를 사고 담배를 샀다.

 "애기 우유도 사고 애기아빠 담배도 사면서 이녁 것은 하나도 안 사요?"

늘 들러도 한결같이 싹싹한 인상의 가겟집 여자는 추호의 의심도 없이 말했다. 싹싹한 것이 그녀의 천성인지, 아니면 장사수완인지는 몰라도 가게를 이용하는 손님으로서는 가게주인이 퉁명스러운 것보다는 싹싹한 것이 더 기분좋은 것은 사실이었다. 그런 이유로 나는 다른 가게보다 늘 그 여자의 가게를 이용해오고 있었다. 나는 여자의 물음에 대꾸를 해줘야 할 의무까지는 느끼지 않았지만, 어머니와 딸로 인해서 가라앉은 기분도 살릴 겸 입에서 나오는 대로 대꾸해주었다.

"내 것은 애아빠가 다 사주는걸요."

여자의 물음에 저항감이 없긴 않았지만 이런 상황에선 그 저항감을 드러내면 드러낼수록 상황만 악화될 것임을 나는 몇번의 경험을 통해 알고 있었다. 여자가 원하는 건, 그리고 그리는 건 아이와 남편과 그 아내로 구성된 한집안의 단란한 정경일 수도 있다. 왜 꼭 단란한 가정이란 것이 아이와 남편과 아내로 구성되어야만 하냐고 가겟집 여자에게 따지고 들 필요는 없다. 그리고 대꾸하는 내 쪽에서는 없는 남편을 순식간에 만들어낸 것이 재미있기도 했다.

"좋겠네!"

가겟집 여자는 화들짝, 입을 나팔꽃처럼 벌려 웃었다. 드디어 그 여자가 그리던, 그 여자가 생각하는 한집안의 단란함을 내 대답으로 확인한 것이 그 여자는 기쁜 것이다. 가겟집 여자는 선한 내 이웃임에 틀림없다.

돈을 아껴야 하므로 차를 두고 버스를 타기로 했다. 그를 만나서 왜 무엇 때문에 우리가 헤어져야 하는지를 묻고 싶었다. 그는 가겟집 여자가 아니므로 왜냐고, 무엇 때문이냐고 묻고 따진다 한들 상황이 악화될 일은 없을 것이었다. 그 이유를 확인하고 나면 나도 그를 미련없이 잊어줄 수 있었다. 아니, 나는 이미 그가 나를 떠나려 하는 이유를 알고 있는지도 몰랐다. 알고 있으므로 내가 그를 만나야 할 이유 같은 건 없는지도 몰랐다. 그러면 왜 나는 굳이 그를 만나야 한다고, 마음 떠난 사람 몸 떠나는 건 당연한데도, 그리고 그런 사람 얼굴 마주한다는 게 얼마나 무서운 짓이라는 걸 알면서도 집을 나선 것일까. 나는 어쩌면 그를 만나러 집을 나선 게 아니라 그가 나를 떠난 이유를 확인하기 위해 나선 것이 틀림없었다. 그러니 내가 집을 나설 이유는 충분해졌다. 그러나 나는 그 이유를 확인할 길을 모른다. 우선 그가 간 곳을 알지 못하므로. 그러나 그가 간 곳을 모른다 한들, 내가 집을 나설 이유가 생겼다는 바로 그것이 내게는 더 중요했다. 나는 일이 없는 주말, 어머니와 딸과 함께 보낼 시간들이 끔찍했으므로. 날은 화창했다.

아이아빠인 그가 와야 아이엄마는 내게 다시 아이 과외를 시킬 것이다. 사실을 말하자면 그가 다시 나와의 관계를 회복하리라는 기대보다도 그가 다시 집으로 돌아와야 내 수입이 줄지 않는다는 사실이 내게는 더 중요했다. 더구나 아이엄마는 아이아빠 성격이 매달리면 매달릴수록 더 멀어지는 사람이라고 하지 않았는가.

"선생님도 그 사람이랑 학교 다닐 때부터 알아온 사람이니 제 말이 무슨 뜻인지 알 거예요. 그 사람은 그래요. 내가 울고불고하면 할수록 싸늘해지는 남자예요. 그래서 울지도 못해요."

아무리 내가 그를 대학 다닐 때부터 알아왔다고 하더라도 그를 제대로 알기로 치자면 그와 15년을 함께 산 여자가 더 잘 알 것이다.

"시절이 어떤 시절인데 세상에 한달씩이나 병가를 낸 거예요."

아이엄마는 눈물을 글썽이며 내게 말했다. 아이엄마는 그 여자의 남편인 그가 구조조정 대상이 된 것을 아직 모르는 듯했다.

"우리 애아빠가 이젠 나랑 우리 애를 더이상 사랑하지 않나봐요, 흑흑. 그러게 집을 나가죠. 이유는 단지 그것뿐일 거예요. 이러니저러니 그 사람이 말하는 건 전부 핑계라구요. 안 그래요, 선생님? 선생님은 어떻게 생각하세요? 흑흑. 내가 무슨 잘못을 했길래 이 남자가 느닷없이 집을 나가버렸는지 정말 모르겠어요, 선생님, 흑흑. 내가 이러는 거 알면 또 그 사람은 그러겠죠. 말도 안되는 소리로 사람 힘들게 하지 말라구요, 흑흑."

아이엄마는 미움을 털어놓을 대상이 아무도 없거나, 아니면 지난 일년 동안의 내 행태를 보고 나름대로 내가 인간적 신뢰를 가져도 될 만한 사람이라고 판단했던 모양이다. 그러게 한낱 아이 과외선생인 내게 제 감정의 파고를 스스럼없이 드러내 보이는 것이리라. 그러나 나는 그의 부재로 인하여 내게 지불되지 않은 이달치 과외비만을 계산하고 있었다.

사실, 아이엄마도 아이아빠의 사랑보다는 아이아빠가 사라짐으로 해서 닥쳐올 생계에 대한 공포가 더 큰지도 몰랐다. 아이아빠가 자신들을 먹여살리는 의무를 포기하는 상황이 미구에 닥쳐올 것을 염려하여 우선 아이 과외부터 끊고 식료품 비용을 아끼느라고 요리를 하지 않는지도. 그는 언젠가 내게 아이엄마에 대해서 짧게 말한 적이 있었다. 내가 머릿속으로 전화비를 물어줘야 할 날짜가 오늘임을 헤아리면서 그와 만난 시간에 드는 비용을 고스란히 부담한 날이었다.

그가 왜 아이엄마에 대해서 언급하는지 연유를 모른 채 나는 대학 써클 동기이자 아이아빠인 그의 말을 들으며 고개를 주억거렸다.

"그 여자는 순전히 먹고살기 위해 나하고 결혼한 사람이야. 순전히

나를 돈벌어다 주는 기계로 알지. 그렇다고 써비스가 좋으면 말도 안
해. 이제 나는 그 여자가 원하는 돈버는 기계 노릇도 더이상 할 수 없
게 돼버렸지만 말야. 애엄마한테 나는 이제 더이상 쓸모없는 인간이
돼버렸어. 난 애엄마와 이혼할 거야. 나도 이젠 지쳤어."

그리고 덧붙이기를 내가 혼자서 어머니와 딸을 먹여살리느라 애쓰
는 모습이 보기 좋다고 했다. 나는 그래서 지난달 전화비를 물지 못해
조만간 전화가 끊길지도 모른다는 소리를 꿀꺽 삼켜버렸다. 칭찬을
들으니 딴소리를 더 할 수가 없었다. 내 돈 들어가는 것만 빼면 그의
아내 몰래 그를 만나는 일이 나는 즐거웠다. 그가 날 만나는 것을 생
의 유일한 기쁨이라 말했듯이 나 또한 그러했다. 더구나 그가 아이엄
마를 성토할 때는 내가 그를 만나 쓴 돈도 아깝지 않았다. 결국 내가
쓴 돈도 따지고 보면 아이 과외비 명목으로 그에게서 나온 돈이 아닌
가. 나는 그가 이혼한다고 한 말에 까닭없이 가슴 부풀었고 그리고 나
를 칭찬할 때 어깨가 으쓱했다. 그가 이혼한다고는 했지만, 나와 결혼
한다고는 하지 않았는데도. 그리고 나 또한 그가 이혼한다고 말하기
전까지 그와 결혼하겠다는 생각 같은 건 추호도 하지 않았는데도.

아버지가 어머니와 자식인 우리를 버리고 아버지의 애인에게로 떠
나버렸고 남편이 그랬다. 그럴 때 아버지와 남편의 애인들도 나처럼
즐거웠을까. 아버지와 남편이 처자가 아닌 애인들을 먹여살리러 떠났
다는 걸 나는 몰랐다. 어머니와 나는 아버지와 남편이 단지 어머니와
우리를 그리고 나를 사랑하지 않아서 떠난 걸로 믿고 있었다. 그리고
아이엄마가 그랬다. 사랑하지 않으면 먹여살리는 일도 하지 않는 게
모든 사랑하지 않는 사람들의 공통된 속성이란 걸 그때는 몰랐다. 그
리고 이제 나는 안다. 사랑하지 않으면 먹여살리는 일도 포기하게 된

다는 것을. 그렇다면 나는 내가 딸을 사랑하지 않는데도 먹여살리고 있는 것이 부담스러운가. 아이는 그것을 알까. 내가 저를 떠나고 싶어하지만 떠나지 못한다는 것을 아이가 알고 있어서 그리도 사납게 구는 것일까. 목숨 달린 것의 본능으로. 나 아니면 제 목숨 보전할 일이 요원해서. 그리하여 아이의 사나움은 엄마는 자식인 저를 사랑하든 안하든 먹여살려야만 한다는 시위가 아닐까. 딴은 그럴 수도 있었다.

그는 어디로 갔을까. 아이엄마가 모르는 것을 나는 알게 했던 사람이 사라져버렸다. 그러나 이제 아이엄마가 모르는 것은 나도 모른다. 그는 그렇게 사라져버렸다, 그는 어디로 간 것일까. 사라지기 하루 전에 전화로 그는 더이상 우리 관계를 지속할 수 없는 형편이라고 말했다. 나는 당신에게 아무것도 바라는 게 없다고 말했을 때 그는 다소 짜증스런 어투로 내 형편 잘 알면서, 그리고 나라는 사람을 잘 알면서 왜 그러느냐고 말하곤 전화를 끊었다. 그 전화가 마지막이었다. 그리고 나는 그에 대해서, 그의 형편에 대해서, 무엇보다, 그가 왜 그의 처자와 애인인 나를 떠나버렸는지의 이유를 알지 못한다. 진심을 말한다면, 알지만 알고 싶지 않은지도 모르겠다.

버스는 남쪽으로 달렸다. 남쪽으로 갈수록 풍경은 완연히 여름이다. 가까운 산들에서 꽃향기가 손끝으로 만져질 듯, 밤꽃과 아카시아꽃이 사태져 있다.

아침에 집을 나설 때 어머니가 말했다.

"에미하고 딸년은 눈에 뵈지도 않는겨. 누가 지 애비 딸 아니랄까비, 아조 똑같애. 맴이 콩밭에 가 있는겨."

나는 대꾸하지 않았다. 그럴수록 어머니 입은 거칠어졌다.

"니가 말 안헌다고 내가 모를 줄 아나? 어떤 놈인 중은 몰라도 눈이 제대로 배긴 놈이 너 같은 년을 물겠다고 덤비겠냐? 속창알머리없는 년아. 갈려면 내 약값이나 놓고 가, 약 떨어졌어! 아이고, 관절염약은 벌교 중앙약방 것이 최곤디."

어머니가 탄식처럼 내뱉었다. 딸도 거들었다.

"엄마는 내가 불쌍하지도 않아? 나는 돌보지도 않고 연애나 하고 돌아다니는 엄마 미워. 다른 애들은 얼마나 행복한데 아빠도 없는 나는…… 엉엉엉. 오늘 야외학습 가는데 김밥도 안 싸주고…… 엉엉엉. 갈려면 김밥이나 싸놓고 가. 김밥 못 싸주겠으면 돈 주고 가."

그들이 두려워하는 것이 나는 무서웠다. 나보다 내가 없어짐으로 해서 생길 궁핍을 더 무서워하는 그들이 무서웠다. 아귀 같은 인생들이 18평 다세대주택 안에서 서러워하는 것을 버려둔 채 나는 집을 나왔다. 내 등뒤에서 어머니와 딸이 동시에 통곡했다. 그들에겐 돈이 없는 것이다. 나는 신발장 위에다 지폐 몇장을 올려놓았다. 지폐를 발견한 딸과 어머니가 울음을 딱 그치는 기적을 느끼며 나는 빠르게 다세대주택 계단을 내려갔다.

그도 그랬을까. 그도 아이엄마와 아이가 아귀 같아서 집을 나가버린 것일까. 아무러나 고속버스는 남쪽을 향해 달린다. 그런데 나는 왜 행선지를 남쪽으로 잡은 것일까. 북쪽도 있고 동쪽도, 서쪽도 있는데.

그는 어디로 갔을까. 그리고 나는 어디로 가고 있는가. 차가 고속도로 휴게소에 멈춰섰다. 휴게소 근방 야산은 꽃향기로 충만하다. 나는 우선 화장실에 다녀온 뒤 커피자판기에서 커피를 한잔 뺐다. 커피를 다 마시고서 휴게소를 둘러친 철책 끝으로 나가보았다. 개망초꽃이 철책 안으로 기어들어와 손바닥을 간질인다. 철책 너머는 논이다. 어디선가 꽥꽥, 하는 두꺼비 울음소리도 들린다. 나는 철책선을 가볍게 타넘었다. 그곳이 어디인지도 모른 채. 이유는 없었다. 그냥 두꺼비 울음소리와 개망초꽃이 나를 유혹한 것뿐. 굳이 이유를 대라면 그뿐이다. 고속도로를 따라 논은 끝없이 이어질 듯하다가 어느 틈에 산이 탁 가로막았다. 나는 아무 대책도 계획도 없이 산으로 기어올라갔다. 길이 없는 산이었다. 휴게소에서 방송을 하는 소리가 났지만 나를 찾는 소리인지 아닌지는 분간하기 어려웠다. 차는 떠났을 것이다.

아버지가 빚쟁이를 피한다는 구실로 집을 나가버렸을 때, 어머니는 악을 쓰고 동생과 나는 울었다. 걱정했던 빚쟁이들은 오지 않았다. 집을 나간 아버지가 우리는 모르는 어딘가에서 빚쟁이들이 우리에게까지 오는 것을 무엇인가로 틀어막고 있다는 기척을 느낄 수는 있었다. 아버지는 그 빚 틀어막기 위해 안간힘을 쓰느라 정작 집식구들을 보살필 여력이 없다는 것도 우리는 알고 있었다. 아버지의 자식인 나와 동생은 그렇게 알고 있었다. 여태 집안 텃밭농사도 짓고 아버지 옷 다리고 집안살림 잘하던 어머니가 아버지가 집을 나가버리자 갑자기 할 일이 없어졌다. 어머니는 당최 아무것도 할 줄 아는 게 없는 사람이 되어버렸다. 아버지가 있을 때는 뭐든지 잘하는 사람이던 어머니가 이제는 살림이라곤 전혀 모르는 사람이 되어버렸다. 내가 말했다.

"엄마, 앞엣집 경자네는 경자 어매가 돼지를 많이 쳐서 그것을 장에 내다 팔아가지고 돈을 엄청 벌었다등만."

"거그는 즈그 서방이 없응께 그러지야."

"그러면 우리집은 아부지가 있는가?"

"느그 아부지가 그럼 죽었냐?"

"그러면 엄마, 아부지가 아조 죽어부러야지 엄마도 돼지 칠란가?"

"그때사 뭔 일을 못혀?"

"그러면 당장에 오늘 먹을거리도 없는디 엄마는 새끼들이 불쌍허지도 않혀?"

"느그 아부지가 엄마를 안 볼라고 허는디 내가 왜 느그들을 봐?"

"우리만 불쌍허게 되어부렀구만."

"아부지 어매가 있는디 뭣이 불쌍해야?"

"불쌍허제 안 불쌍헌가? 남에 집들은 전부 아부지 어매가 돈벌어갖고…… 어엉엉."

"시끄럽다. 느그 어매 아부지 죽으면 그때 가서 울어라."

어머니는 완강했다. 아버지가 빚쟁이 피해 집을 나간 게 아니고 순전히 아들 못 낳아준 어머니한테 정이 떨어져서 그런 거라고 어머니는 믿고 있었다. 사랑이 없어져버렸는데 돈이 무슨 소용인가,고 어머니는 탄식했다. 탄식하면서 또 돈타령을 했다.

어쩌다 아버지는 야밤에 손님처럼 집에 들어섰다. 그리고 그날 밤 어김없이 큰소리가 났다.

"나는 밖에서 집에도 못 들어오고 자네들 살리려고 동분서주하는데 자네는 집에서 애들도 제대로 못 거두고 손놓고 있으면 어떡한단가?"

"당신이 나만 애껴봐요. 내가 뭔 일을 못해."

"참말로 구제불능이구만. 이 마당에 시방……"

"왜? 내가 못헐 말 했어요? 밖에 그 여자헌테는 그렇게 잘해주고 싶고 나헌테는 와서 돈 안 번다고 타박이나 허는 것이 남편이여?"

"이 사람아. 그 사람은 순전히 내 사업 파트너."

"파트너 좋아허네. 첩이 아니고 어떻게 파트너여?"

"말 잘했네. 그러면 당신이 그 여자가 허는 일을 헐 수 있어? 당신이 나서서 나를 한번 도와줘봐."

"남편한테 버림받은 년이 뭣을 해."

"이쁨도 미움도 나 본인한테 나오는 것이네."

"내가 뭣을 못혔어? 살림 잘하고 집안 잘 가꾸고 새끼들 잘 키우면 됐제, 또 뭣을 바랜다요?"

"그것만이 아내가 헐 일이 아닌 것이네."

"아이고오, 어머니이, 어머니는 날 뭣 헐라고 나갖고 요런 수모를 당허게 헌다요오!"

어머니의 통곡이 시작되면 아버지는 자리를 박차고 오던 길로 나가버렸다.

돼지 열 마리가 집으로 들어오던 날, 어머니는 이제부터 우리들한테 아버지는 없다고 비장하게 말했다.

"인자부터 이 집에 가장은 나여. 그렁게 느그들도 이 엄마만 보고 살아야 써."

텃밭이 있던 자리에 돼지울을 치고 어머니는 소일거리로서가 아닌 진짜 생계를 위해 일을 했다. 그해 돼지값이 폭락했다. 밖에서의 사업도 실패를 본 아버지가 그해 가을, 돼지농사가 헛일이 되어버리고 만 집으로 돌아왔다. 아버지는 사업에 실패를 봤다고 했지만 어머니는 아버지가 사랑에 실패를 한 거라고 했다. 그 여자가 아이를 낳아주지 않아, 결국 그 여자와도 헤어지게 된 거라고. 그리고 어머니는 날로 그악스러워져갔다. 아버지가 돈을 벌어다주지 않으니 어머니가 그렇게 그악스러워진 건 당연한지도 몰랐다. 그리고 그렇게 하는 것만이 아버지를 붙잡을 수 있는 유일한 길이라고 어머니는 믿었는지도 몰랐다. 그런 어머니한테 어느날 아버지가 말했다.

"나도 이제 새롭게 좀 살고 싶어. 자네는 내가 없어도 잘살 사람 아닌가?"

아버지에게 새 애인이 생긴 것이다.

"언제는 새롭게 안 살았간? 파트너하고 틀어진 것이 요번에 그년 때문이라는 거 내가 모를 중 아남? 못된 것들이 꼭 핑곗거리 하나는 잘 만들어내지."

아버지는 대꾸하지 않았다.

위자료조로 아버지가 가지고 있던 마지막 재산인 읍내의 목재소를 처분한 돈이 어머니에게 지불되었다. 아버지는 어머니와의 이혼을 준비하면서 아직도 지저분하게 마당을 차지하고 있는 돼지울을 말끔히 치워주었다. 새 장판도 깔고 연탄아궁이도 손봐주고 도배도 새로 하고 마당도 정갈히 쓸어주었다. 모든 것을 완벽히 마무리해주고 나서 아버지는 새생활을 시작하기 위해 집을 나섰다. 무일푼으로 나서는 아버지가 우리는 불쌍했고 어머니는 그런 아버지를 불쌍히 여기는 우리를 보고 또 한번 절망했다. 어머니는 이제 완벽히 혼자가 되었다. 혼자된 어머니는 무서웠다. 말끝마다 욕이었고 우리들을 닦달했다.

"야, 이년들아, 가만히 앉아 있으면 어디서 밥이 저절로 굴러떨어질 줄 아나? 헐일 없으면 걸레질이라도 혀."

그러면서 또 히죽거렸다.

"아이고, 그년도 차암, 어떤 년인 중은 몰라도 그 인간 받들고 사느라고 욕깨나 보겠네."

아버지가 어머니한테 사랑 안 준다고 히스테리 부리던 때는 언제고 이제 어머니는 아버지가 주고 간 돈으로 어머니 말대로 극장에도 가고 요릿집도 찾아다니며 마음껏 즐거운 생활을 구가하던 중이었고 죽어나는 것은 우리 두 딸뿐이었다. 정작 어머니한테 필요했던 것은 아버지의 사랑이 아니고 돈이었을까.

아버지는 생활능력 없는 어머니를 버렸고 그 다음에 어머니가 어머니 나름으로 생활전선에 뛰어든답시고 일을 시작하자 이번에는 정말 손에 물 한방울 묻히지 않고 살아온 것같이 생긴 여자를 사랑하러 떠나버렸다. 왜냐하면 어머니는 이제 아버지 같은 사람 없이도 잘살 것이기 때문에.

"못 배우고 힘없는 나 같은 년들이 어떻게 해야 허는 중 느그들도 나를 보면 알 것이다. 어떻게 살아야 헌다고?"

"힘을 길러야 허제."

우리는 야무지게 대꾸했다.

"그 힘이라는 것이 뭣이여?"

"돈."

"돈 없으면 어떡해야 헌다고?"

"몰라."

"바보 같은 년들. 보고도 몰라, 이년들아? 내가 돈 없으면 돈 있는 사람 앞에 나 죽었네, 허고 엎어져야제. 나는 암것도 헐 줄 아는 게 없는 사람이요, 허고는 말이여."

하지만 이제 돈 다 까먹은 어머니는 내 앞에서, 돈버는 내 앞에서 절대로 엎어지지 않는다. 나는 그것이 화가 난 것일까. 어머니가 내 앞에서 절대로 엎어지지 않는 이유를 나는 안다. 어머니가 나 대신 딸아이를 돌봐주고 있기 때문이라는 걸. 어머니가 곧잘 하는 말대로 세상은 아귀가 딱딱 맞아떨어지는 에누리 없는 세상인 것만은 분명하다.

해가 설핏 기울기 시작한다. 차는 이미 떠났을 것이다. 산을 내려온 나는 들어올 때 그랬던 것처럼 휴게소 철책을 가볍게 뛰어넘는다. 사정하여 얻어탄 고속버스에 다행히 맨 뒷좌석이 남아 있다. 내가 남쪽으로 가야 하는 명분을 드디어 만들어냈다. 집을 나서는 이유를 그를 만나러 간다는 것으로 했듯이. 아버지의 파트너는 지금도 그 읍내에 살고 있을까.

밤의 벌교 읍내는 고적하다. 일단 오늘은 여관에서 자고 내일 그 여자를 찾아나서리라. 홍콩장여관에 몸을 부린다. 여관비 이만오천원을 제하고 나니 별로 남은 돈이 없다. 신발장 위에 놓고 온 돈이 아쉽다. 우선 배가 고프니 야식집에 전화를 건다. 대형거울에 '미인 즉시 배달' 스티커가 붙어 있다. 나는 미인은 배달시키지 않고 김밥을 배달시킨다. 김밥을 먹으면서는 목이 멘다. 어묵국물도 같이 배달시키지 않은 것이 좀 후회된다. 어묵국물 대신에 시킨 소주를 한잔 털어넣는다. 그러면서 또 후회한다. 김밥 대신 어묵국물을 시킬 것을. 딸이 시장에서 김밥에 어묵국물을 후루룩거리던 것이 생각난다.

"나는 이렇게 비오는 날, 김밥에 어묵국물 먹고 있으면 참 행복해. 나중에도 비오는 날 이렇게 시장 와서 김밥이랑 어묵 사줘, 엄마."

딸은 행복해했고 나는 쓸쓸했다. 그리고 비오는 날이면 관절염이 더 쑤시는 어머니는 서러웠다. 목이 메서 그런 것일까. 눈물이 난다. 좀 멍해지려고 텔레비전을 켠다. 서울에 비가 내린다는 방송이 나온다. 벌교에는 비가 오지 않는다. 비는 서울에만 내리고 있다. 이만오천원이면 어머니 관절염약 일주일분이다. 내가 놓고 온 돈으로 약값을 하기에는 빠듯하다. 오늘 아이는 김밥 아닌 맨밥을 싸가지고 갔을까. 그랬을 것이다. 맨밥 먹으며 딸도 나처럼 목이 멨을까.

아무리 직장을 구하려 해도 쉽지 않았다. 육체노동은 대학 중퇴자라고 안됐고 정신노동은 고졸이라고 안됐다. 고향 벌교로 내려가 있던 그때 남편이 나타났다. 구해지지 않는 직장을 구하느니 고향친구 경자가 시집가느라 내놓은 인조꽃가게를 돈벌면 갚기로 하고 우선 넘겨받았다. 경자는 고등학교 다닐 때부터 저 혼자 사모하던 담임선생이 상처를 하자 옳다구나, 딴생각할 것도 없이 바로 그 자리에 들어앉았다. 남편이 교사라는 평생직장 가졌고 자신이 또 그 사람의 아내라는 평생직장을 갖게 됐으니 자기 걱정은 하시 밀라고 오히려 돈 못 주고 미안해하는 나를 위로했다. 살다보면 나도 좋은 남자 만나 잘살게 될 거라며. 경자가 하는 말에 나는 진심으로 고개를 끄덕여주었다. 왜 아니겠는가. 경자는 결혼만이 자신이 행복해질 수 있는 유일한 탈출구라 여길 수밖에 없는 생활을 주욱 해온 참이었다.

남편은 내 꽃가게 바로 맞은편 '가보리 라사'에서 일하는 양복쟁이였다. 그가 하얀 와이셔츠 입고 양복을 만들어내는 모습을 나는 꽃가게에서 꽃을 파는 것보다 더 열심히 지켜보았다. 인조꽃은 잘 팔리지 않았다. 잘 팔리는 생화가게를 하자니 돈이 없었다. 돈이 벌리지 않아 가게세가 밀렸다. 전기세 같은 공과금도 밀렸다. 가보리 라사의 양복쟁이인 남편이 그때 내게로 왔다. 가게가 잘 되지 않아 제과회사의 냉장고를 임대받아 들여놓고 빙과를 팔았다. 점심때나 휴식시간에 그가 빙과를 사먹으려고 내 가게로 왔다. 빙과를 사먹고 나서 그는 내 꽃가게 이층의 당구장으로 당구를 치러 갔다. 그가 하얀 와이셔츠 소매를 걷어올리고 당구 치는 모습을 보게 된 것은 내가 건물주인 당구장 주

278

인에게 가게세를 연기해달라는 부탁을 하러 간 참이었다. 내가 주인에게 사정하는 것을 본 하얀 와이셔츠의 양복쟁이가 한달 월급 전부를 내게 주었고 나는 그 돈으로 밀린 가게세와 공과금을 처리하고 난 다음 그 양복쟁이와 결혼했다. 나중에 남편에게 그때 왜 내게 돈을 주었느냐고 물었을 때 남편은 사랑하면 뭐든지 다 주고 싶은 것이 사람 맘인데 거기에 무슨 이유가 있겠느냐고 말했다. 사랑하니까 뭐든지 주고 싶은 마음에서 돈을 준 것이고 사랑하는데 무슨 이유가 있느냐고. 나는 그래서 남편이 내게 돈을 주어서 그를 사랑하게 됐는지, 아니면 사랑을 하게 되어서 그의 돈을 받았는지, 헷갈리고 말았다.

어머니는 동생과 함께 살다가 동생이 결혼하여 미국으로 이민을 가는 바람에 내게로 왔다. 어머니를 초청형식으로 미국으로 불러들이겠다는 약속을 동생은 수년째 지키지 못하고 있다. 어머니도 이제는 미국행을 포기했다. 어머니는 노인이 되었고 노인이 되니 살던 땅에 살다가 살던 땅에 묻히고 싶다는 생각을 미국에 가고 싶다는 생각보다 더 자주 하게 되었고 그러다보니 미국행은 포기한 것이 되었다. 어머니는 자연스럽게 내게로 왔다. 내 이혼이 결정적으로 어머니가 내게로 와도 좋을 명분이 되어주었다. 어머니는 내게로 오면서 아이를 돌봐주기로 하는 조건을 내걸었다. 내 처지가 아이를 데리고 아무것도 할 수 없는 처지였으므로 나는 어머니가 내건 조건을 수락했다. 기실 어머니가 내게로 오는 데 무슨 조건이 필요한 것은 아니지만 어머니가 먼저 조건을 내걸고 나오니 나도 그렇게 했다. 어머니는 그래서 내게로 당당히 왔다. 당당하지 않다 해도 누가 뭐라 할 사람도 없는데 어머니는 그렇게 했다. 어머니가 내게로 올 명분이 있다는 사실이 어머니를 터무니없이 당당하게 했다. 집을 들고 나는 데 필요한 명분이 있었던 아버지가 그러했듯이.

양복쟁이 기술은 사양길에 접어들었다. 결혼하고 나서 양복점을 그만둔 남편은 세탁소를 차렸다. 애 키우고 할일이 없던 나는 남편을 도왔다. 내 일이 서툴다고 타박을 준 날이면 남편은 어김없이 당구장에 갔다. 그가 당구장에 가고 나면 세탁물이 쌓였다. 불성실한 세탁소 주인에게 실망한 고객들은 다른 세탁소로 갔다. 세탁소는 문을 닫았고 남편과 나는 이혼했다. 세탁소 처분한 돈과 아이가 내게 남았다. 나중에 갚기로 하고 우선 나는 백화점에서 일하는 동생의 도움을 받고 아이는 어머니한테 맡기고 대학에 복학했다. 대학을 졸업하던 해 남편의 재혼소식을 들었다. 남편의 아내는 세탁일 질히는 여자라고 했다. 나는 참 잘되었다고 생각했다. 그리고 그로부터 또 몇년이 지난 어느 해 겨울, 명절이 가까웠을 때, 서울의 어느 거리에서 우연히 경자를 만나 남편소식을 들었다. 경자는 대학원 나와 전문대 교수가 된 남편을 따라 서울 와 산다고 했다. 경자가 말하기를 남편이 세탁일 잘하는 여자와 이혼하고 일은 못하지만 당구 잘 치는 젊은 여자와 산다는 소식을 고향 가서 들었다고 했다. 딴은 그럴 수도 있겠다, 생각했다. 세탁일 잘하는 여자가 있으므로 남편은 세탁일은 그 여자한테 맡기고 당구장에 나갔다고 했다. 당구 잘 치는 여자는 세탁일을 잘하지는 못할 것이다.

나는 갑자기 남편과 이혼한 세탁일 잘한다는 여자가 궁금해졌다. 아버지의 파트너였던 여자보다도 우선 세탁소 여자를 만나보고 싶다. 그들을 만나서 뭘 어떻게 한다는 생각은 없다. 단지 나는 그들이 보고 싶을 따름이다. 그리고 나는 그들이 지금 어디 사는지 모른다. 아직도 이곳 벌교 바닥에 사는지 어쩐지.

낮이 되니 벌교는 번화해졌다. 나는 거리를 가로질러간다. 아버지의 풍향목재소는 우시장 바로 건너편에 있었다. 아버지의 파트너였던 풍향목재소 경리담당 김영분을 찾기란 쉬운 일인 듯싶었다. 풍향목재소는 간판 하나 변하지 않고 그대로였으므로. 아버지는 거기 없어도 김영분은 거기 있을 듯싶었다. 우시장의 쇠철책은 미로와 같다. 서울에는 비가 온다는데 벌교에는 비가 오지 않는다. 우시장의 미로와 같은 철책 안에서 나는 잠시 하늘을 바라보고 서 있었다. 좀 어지러운 것이 어젯밤 마신 술 때문일 것이다. 우시장에 서 있으니 경자 아버지가 생각난다. 경자 어머니는 돼지를 쳤고 경자 아버지는 소장수였다. 경자 어머니는 돼지금은 알아도 소금은 몰랐다. 경자 아버지는 소금은 알아도 돼지금은 몰랐다. 그래도 두 양반은 잘살았다. 경자 아버지가 소뿔에 받쳐서 애꾸눈이 되었을 때 경자 어머니는 돼지 팔아 경자 아버지 눈을 치료했다. 애꾸눈 소장수 경자 아버지는 경자 어머니 덕분에 개눈을 해넣었다고 했다. 소와 돼지와 개와 함께 살았던 경자 아버지는 절대로 소와 돼지와 개같이 살지 않고 끝끝내 사람으로만 살았다, 했다. 벌교 읍내 사람들이 그렇게 말했다. 나는 왜 벌교사람들이 경자 아버지를 칭찬하는지 연유를 알지 못했다. 그는 단지 소장수에 불과한 사람이었는데. 경자 아버지가 특별히 사람들에게 좋은 일을 한 것도 아닌데. 그리고 사람들은 내 아버지를 성토했다. 내 아버지가 처자 버린 것을 두고 그런다는 것은 알았다. 그러나 아버지는 처자를 버렸을지라도 벌교바닥에서 특별히 나쁜 짓을 하지는 않았다. 군데군데 빚진 것도 아버지는 성실히 갚았다. 오히려 경자 아버지가 죽었을 때 몇몇 술집들에서 술값을 받으러 상갓집 대문을 기웃거렸다는 것을 나는 경자가 말해줘서 알고 있었다. 그에 비하면 아버지는 깔끔했다. 그런데도 사람들은 경자 아버지를 참 좋은 사람이었다고 추모했다. 그럴 때마다 나는 경자 아버지가 당신들한테 뭘 잘해줬길래 그러느냐고 묻고 싶었다. 우리 아버지가 우릴 버렸기로서니 당신들이 해입은 건 없지 않냐고 따지고도 싶었다.

나는 풍향목재소로 들어가기 전에 해장부터 하고 싶었다. 그러나 해장국집을 찾으려다가 그만두고 중앙약방에 들러 어머니 관절염약부터 사기로 마음먹었다. 중앙약방은 보이지 않는다. 그리고 어머니가 말한 중앙약방은 이미 없어져버렸다는 걸 나는 알고 있었다. 그곳은 내가 벌교를 떠나기 한달 전에 주인영감이 죽고 나서 도시에서 젊은 약사가 와서 중앙약국으로 이름이 바뀌었다. 젊은 약사는 어머니가 원하는 관절염 특효약을 지어주지 않을 것이다. 그것은 오직 중앙약방 시절의 그 영감만이 지어낼 수 있는 약이므로. 그래도 나는 중앙약국으로 갔다. 그새 주인이 바뀌었는지 약사는 여자다. 그리고 중앙약국은 부부약국으로 이름도 바뀌어 있다.

"환자분이 먼저 병원에 가서 처방전을 받아가지고 와야 약을 지어줄 수 있어요. 의약분업이 되어놔서."

"죄송합니다. 환자가 지금 여기 있지 않아서요. 굳이 이곳 약을 원해싸서 서울에서 왔는데⋯⋯"

여자가 웃는다. 얼핏 가겟집 여자의 웃음 같다. 입을 살포시 벌려 웃는 품이. 약사복을 입지 않고 여자 옆에 앉아 있던 남자가 약사를 제치고 심각하게 말한다.

"손님, 죄송합니다. 불원천리 와주신 것까지는 고맙지만 법이 그래서요. 정말 죄송합니다."

약국문을 나설 때 남자가 약사에게 손님 앞에서 웃지 말라고 주의

주는 소리가 들린다. 뒤돌아보니 남자의 표정은 사뭇 근엄하고 여자
는 고개를 수그리고 있다. 굳이 잡기로 치자면 웃는 것도 죄가 되기는
하는 모양이다.

　저들이 부부라면 부부약국은 언제까지 부부약국일까. 저들이 이혼
하면 어떻게 될까. 그래도 부부약국이 될까. 나는 약 사기를 포기하고
다시 풍향목재소 앞으로 온다. 그 앞까지 와서 나는 생각한다. 왜, 무
엇 때문에 내가 김영분을 만나려 하는지를. 이유가 없지 않은가. 그래
서 나는 다시 그 앞을 떠난다. 이왕 이곳까지 온 김에 예전에 내가 살
던 곳을 찾아볼까, 하다가 그것도 그만둔다. 나는 터미널 쪽으로 서둘
러 간다. 벌교에 중앙약방이 없듯이 풍향목재소의 김영분도 이미 그
곳에 없을 것임을 알아차린 것이다. 무엇보다 그녀를 만나야 할 이유
를 아직 만들지 못한 것이다. 풍향목재소에 김영분이 없듯이 내가 살
던 집도 소방도로가 뚫고 지나가서 허물어져버렸다는 걸 나는 알고
있다. 집이 허물어지지 않았다 한들 내가 옛집에 가서 뭘 어쩌겠다는
것인가. 언젠가 경자한테 벌교 옛동네에 한번 가보자 했을 때 경자는
집도 없어졌는데 그곳엘 왜 가냐고 반문했다. 자기 집이 없어졌으니
다시는 벌교에 올 일이 없어졌다고 했다. 터미널 앞에서 나는 다시 주
춤했다. 그래도 세탁일 잘하는 남편의 아내였던 여자는 만나보고 싶
었다. 그냥 보고 싶은데 이유가 무슨 필요 있는가. 그리고 나는 그 여
자를 만나기 전에 해장부터 하고 싶었다. 나는 다시 우시장으로 갔다.
벌교에도 비가 내리려는지 대낮의 허공에 하루살이 떼가 무더기로 맴
을 돈다. 우시장의 미로와 같은 철책을 잡고 나는 잠시 어지럼증을 삭
였다. 그리고 나는 다시 내가 세탁일 잘하는 여자를 왜 만나려고 하는
지 생각했다. 이유가 얼른 떠오르지 않았다. 급기야는 내가 왜 이곳에

와 있는지, 내가 왜 남쪽으로 왔는지, 내가 왜 그를 만난다고 집을 나왔는지 알 수가 없어졌다. 그리고 그 이전에 과연 내게 무슨 일이 있었는지 까마득해지고 말았다. 이곳이 벌교인지 아닌지, 정말 나를 떠난 그라는 사람이 있기는 했는지……

그리고 그렇게 아무것도 모르겠는 상황에서 나는 알았다. 내가 바로 김영분이고 내가 바로 세탁일 잘하는 여자일지도 모른다는 것을. 그리하여 그가 왜 나를 떠나려 하는지 이유를 알았기 때문에 내가 그를 만나야 할 이유도 없다는 것을. 이유가 있다 해도 이유 같은 게 무슨 소용이란 말인가.

나는 집에 전화를 건다. 통화정지를 알리는 안내음성이 들린다. 밀린 전화비까지 벌려면 다음달에는 더 애써 일을 해야 하리라.

나는 우선 집에 들어가기 전에 우유와 담배를 샀다. 가겟집 여자가 예의 나팔꽃처럼 웃으며 인사했다.

"또 애기아빠 것하고 애기 것만 사요? 이녁 것도 좀 사지."

"우유는 어머니 것이고 담배는 제 거예요."

여자가 웃음을 싹 거두었다.

"아유, 미안해요. 물건이나 팔 것이지 괜히 참견해서."

"괜찮아요."

나는 다시는 여자의 가게에 오지 않을 것이다. 여자는 가게일 잘 보는 여자가 아닌가. 이유는 그것이었다. 그 여자는 내가 오지 않아도 여전히 장사 잘하는 여자라는 것. 거기에 생각이 미치자 나는 그만 소리내서 웃고 말았다.

"왜 웃어요?"

가겟집 여자가 덩달아 웃음 띤 얼굴로 물었다.

"'묻지 마, 다쳐'······ 모르세요?"

내 농담에 가겟집 여자가 폭소했다.

나는 천천히 집으로 가는 골목을 올라갔다.

—『문학과경계』 2001년 여름호

억척 어미의 여성성, 가난과 마주하는 문학

양진오

1. 측은지심, 야성, 자연친화의 여성성

90년대 우리 소설이 젊은 여성작가들에 의해 주도된 문학이었다는 것은 이제 하나의 상식처럼 받아들여진다. 그런데 이 상식을 당연하게 받아들일수록 여성작가들 개개인의 고유한 문학적 개성을 확인하는 일은 언제나 유보되기 마련이다. 적지 않은 여성작가들이 90년대에 등단했으며, 이들의 작품이 독서대중의 각광을 받은 게 사실이지만, 우리가 더 살펴야 할 문제는 여성작가들의 문학적 개성이 어떻게 표현되는가를 밝히는 데 있다. 이럴 경우 유독 우리의 관심을 끄는 작가가 있으니 그 주인공이 바로 공선옥이다.

공선옥은 우리 시대의 여성작가들 중에서 그 유례를 찾아보기 어려울 정도로 '5월 광주'를 통찰해온 작가로 알려져 있다. 「씨앗불」「목마른 계절」「목숨」「떠도는 나무」「내 생의 알리바이」 등 그의 작품에는 역사적 기호인 5월 광주가 중심 모티프로 출현하고 있으며 기타 여러 작품들에도 5월 광주가 주변 모티프로 나타나고 있다는 사실을 공선옥의 독자들은 이미 알고 있다. 그런데 이번 작품집에서 작가는 5월 광주를 뒤로 물리고 예전부터 논란을 일으켜온 문제를 더욱 과감하게 붙잡고 있는 모습을 보여준다. 그 문제가 바로 여성성에 관한 작가의 인식이며, 그것의 문학적 표현이다. 공선옥 문학의 여성성은 독자들에게 언제나 뜨거운 토론을 유발하는 쟁점이었다. 이 쟁점은 공선옥이라는 한 개인의 문학과 관련된 문제가 아니라 우리나라 여성문학의 일급 문제로 여겨질 정도로 많은 독자들의 반향을 불러일으켰다. 아래의 예문을 읽는 독자들의 심정은 어떨까?

　어미들이 그 아비들보다 자식으로 해서 더 큰 행복감을 맛본다고 한다면 그건 아마 출산의 고통을 겪어낸 때문이 아닐까. 남자는 쾌락 때문에 자의와는 다르게 아이를 만들지만 여자는 속 깊은 곳에서 좀더 근본적인 욕구, 어미이고 싶은 욕구에 의해 아이를 낳고 기르는지도 모른다는 생각이 든다. 여성성이란 무언가를 속에 품지 않으면, 키워내지 않으면 안되는 속성을 가진 것이 아닐까. (「아무도 기다리지 않았다」)

　당혹스럽지 않은가? 남성과 여성의 관계를 가해자와 피해자의 이항 대립적 관계로 서술하는 방식은 그렇다 하더라도 "무언가를 속에 품지 않으면, 키워내지 않으면 안되는 속성"을 여성성으로 정의하는 이 대목이 우리를 당혹스럽게 만들지 않는가? 신화에서나 볼 수 있었던 이 초역사적인 여성성, 여성의 성적 정체성을 임신과 분만의 모티프로 축약하는 여성성을 우리는 어떻게 이해해야 하는가?

독자에 따라서는 공선옥의 여성성을 남근주의에 길들여진 보수적인 여성성, 현대성의 흔적을 전혀 발견할 수 없는 봉건적인 여성성으로 비판할 수 있다. 이와 같은 비판이 전혀 일리 없다고 말할 수는 없다. 그러나 우리는 공선옥 문학의 여성성을 비판하기에 앞서서 5월 광주로 요약되는 역사적 지평과 임신과 분만의 모티프로 요약되는 여성성의 지평 안에서 뿌리를 내리고 자라온 공선옥 문학이 오늘에 이르러 역사의 지평에서 여성성의 지평 쪽으로 몸을 더 기울이고 있는 현상의 의미를 다시 생각할 필요가 있다.

여러 논란에도 불구하고 우리가 공선옥 문학의 여성성을 주목해야 하는 이유는 작가가 이것을 매개고리로 삼아 부계가족 중심의 사회에서 모계가족의 가능성을 실험한다는 데 있다. 공선옥의 신작 소설들을 읽어본 독자들은 쉽게 파악할 수 있을 것이다. 이번 소설집에는 '억척 어미'의 여성성 계열의 작품이 적지 않다는 것을. 그런데 여성성의 성격을 논의하기에 앞서서 먼저 알아야 할 것이 있으니, 공선옥 문학의 여성성이 본래부터 남성과 대척관계에 선 것은 아니라는 것이다. 이를 확인시켜주는 사례가 「이 한장의 흑백사진」이다. 실연한 남동생에게 들려주는 누이의 체험담과 같은 이 소설은 "한 남자의 아내가 되고 싶은 스물네살 처녀의 지극한 여성성"을 서정적인 문체로 풀어내고 있는데, 문제는 주인공 여성의 욕망이 현실에서는 철저히 배반된다는 데 있다. "엉덩이가 얼얼할 정도로 들썩거리는 완행버스를 타고

물어물어 그 사람 동네로" 찾아간 '나'였다. 그러나 그의 집에 그는 없었다. 그 대신 '나'는 인자한 모성을 지닌 그의 어머니를 만난다. 이 만남은 '나'에게 보살핌을 받는 아이의 행복을 며칠 동안 느끼게 하지만 이 행복은 며느리가 될 여자를 데리고 귀가하겠노라는 그의 편지가 도착하면서 깨지고 만다. 이처럼 이 소설은 결말이 배반으로 처리되기는 했지만 남성과의 행복한 관계를 욕망하는 처녀의 순수한 여성성을 그려냄으로써 공선옥 문학이 본래부터 남성과 결별한 여성성의 문학이 아니라는 걸 확인시켜주고 있다.

그런데 공선옥 문학이 비중있게 그려내는 여성성은 배반의 현실 이전에 있는 처녀의 여성성이 아니라 배반의 현실 이후에 있는 홀로된 억척 어미들의 여성성에 있다고 하겠다. 홀로된 억척 어미들은 「홀로 어멈」 「고적」 「이유는 없다」 「아무도 기다리지 않았다」 등의 소설에서 자식들과 함께 악전고투의 나날을 살아가는 모습을 보여주는데, 흥미로운 건 이 어미들이 여린 생명들을 감싸고 보살피는 측은지심의 여성성을 보여주는 어미들이고 술마시고 담배피기를 즐기는 야성의 어미들이라는 것이다. 이 어미들은 남편을 아무도 기다리지 않는 불청객으로 여기면서 남편의 개입 없이 오로지 "자신의 의지대로 아이들을 사랑"(「아무도 기다리지 않았다」)하기를 소망하고 있다. 오로지 어미를 정점으로 한 모계가족을 완성하려는 노력을 공선옥 소설의 억척 어미들은 보여주는 것이다. 요컨대 공선옥 문학에서의 여성성은 남편으로 상징되는 성인남자를 배제하고 여린 생명들을 적극적으로 포용하는 어미—자식의 행복한 이자(二者) 관계를 욕망하는 특징을 보여준다고 얘기할 수 있다.

이와 함께 살펴야 하는 또하나의 특징은 공선옥 문학에서의 여성성이 자연친화적인 성격을 보여준다는 점이다. 「한데서 울다」에서 확인되듯 공선옥 소설의 어미들은 남성적인 공격성과 폭력성이 횡행하는 도시로부터 탈주하여 "말하자면 우리 삶의 원형, 혹은 우리 삶이 문명이란 이름으로, 사랑이라는 이름으로 훼손되지 않은 상태"를 그리워하는 여성으로서, 이들의 여성성이 근본적으로 자연친화적이라는 점을 확인시켜준다. 소설의 제목이 가리키듯 도시에서의 삶은 추운 곳이라는 의미를 지닌 한데에서의 삶이며 시골에서의 삶은 "앞마당과 뒷마당"을 거느린 자연에서의 삶인데, 여성성의 충만한 발현은 바로 자연적 환경에서 가능하다는 점을 이 소설은 암시해주고 있다.

정리하자면 공선옥 문학에서의 여성성은 측은지심의 여성성, 야성의 여성성, 자연친화적인 여성성이며 공선옥의 문학은 이 여성성을 적절하게 배합해 만든 것이라고 말할 수 있다.

이 여성성의 세 가지 특징을 온전히 구현하는 소설이 「홀로어멈」이다. "저녁에 술 마시고 늦게 들어오고 아침에 늦게 일어나 지각을 하고 결근"을 되풀이하던 남편이 "이제 갓 셋째아이를 낳은" 정옥을 구타하는 사건이 일어난다. 이것이 빌미가 되어 정옥은 이혼하여 친구 순아가 사는 시골의 폐교로 내려오게 된다. 이 시골의 폐교는 살구나무, 감나무, 비, 바람 등을 품고 있는 자연친화적인 공간으로 정옥의 여성성이 드러나는 생활의 현장이 되고 있다. 이 생활의 현장에서 모계가족을 힘겹게 이끌어가던 정옥은 "이렇게 춥고 눅눅할 때는 술이라도 한잔 마시면 그래도 좀 나을까 싶다"는 어미, "술이 일단 몸속으로 들어가면 제정신이 아니라서 힘든 일도 힘든 줄 모르고 하게 된다"는 어미로, 둘째딸이 사달라고 한 머리띠를 어미를 흉보는 딸의 면전에서 작살내버릴 정도로 야멸찬 야성의 여성성을 보여주기도 한다. 그렇지만 정옥의 내면에는 측은지심의 여성성이 꿈틀거리고 있으니, 이 측은지심의 여성성은 여린 생명들을 배반하지 않는 사랑을 실천한다.

이 세 가지의 여성성을 소유한 억척 어미를 설정하여 모계가족의 실현을 실험하는 작가는 그 효과를 배가하기 위해 남편 혹은 아버지로 상징되는 남성 인물을 가족갈등의 요인으로 설정하고 있으니 「아무도 기다리지 않았다」가 그 적절한 예라 하겠다. 이 단편의 주인공 경희는 전임강사이며 언니는 보험설계사로 "딸들이 줄줄이 남편 없이 아이 키우고 있는 상황이 동네사람들한테 부각되어 괜히 엄마 아버지 한테 누가 되지 않을지" 염려하는 어미들이다. 이 소설은 몇몇 장면에서 소설의 서술시간을 과거로 옮겨 생리중인 사춘기 소녀 경희와 아버지의 심리적 불화를 재현한다. 흥미로운 점은 이 불화가 경희의 딸과 그녀의 남편 사이에서도 반복적으로 재현된다는 데 있다. 여성으로서의 성적 정체성이 형성되어가는 초기 단계에서 아버지는 딸들에게 그 정체가 묘연한 이질적인 타자로 이해되고 있으며, 이 이질적인 타자로서의 아버지는 딸들만이 아니라 그의 아내와 가족들에게 일방적인 횡포를 강요하는 불편한 존재로 받아들여진다. 공선옥 문학에서의 모계가족은 아내와 가족을 배반한 남편에 의해 형성의 계기가 마련된다는 약점이 있지만, 이 약점은 억척 어미의 여성성으로 희석되어간다. 남편들이 새 여자를 찾아 대책 없이 집을 떠나는 무책임한 남근들이거나 오랜만에 집을 방문하여 괜히 자식들의 기를 죽이는 권위적인 가부장이라면, 억척 어미들은 사랑과 포용의 태도로 집과 가족을 통합하는 끈질긴 모성을 구현하는 윤리주의자들일 수 있다고 공선옥의 문학은 말한다.

그런데 억척 어미의 여성성 계열의 작품 중에서 이채로운 사례는

「이유는 없다」가 아닐까 한다. 이 소설의 주인공인 '나'는 여타 작품의 어미처럼 모계가족을 이끌어가는 억척 어미이다. 그런데 이 작품의 억척 어미는 여타 소설의 억척 어미와 달라 보인다. '나'는 "어머니가 시비조로 나오는 그 순간, 그리고 딸이 나이에도 맞지 않는 말도 안되는 생짜를 부리는 그 순간, 어머니고 딸이고 다 놓아두고 어디론가 떠나버리고 싶은" 가출의 충동을 느끼는 억척 어미로 설정되었다는 점에서 그 모습이 이채롭다. 모계가족의 관계틀에 발목잡힌 어미가 아니라 여성의 욕망에 귀기울이는 모습을 보여주기 때문이다. 급기야 어머니와 딸의 악다구니와 욕설로부터 탈주를 시도하는 '나'는 남행고속버스를 타고 벌교에 도착한다. 대학써클 동기이자 '나'가 과외를 하는 아이의 아빠인 '그'가 아내와 이혼을 하고 '나'를 떠나버리자 마음의 번민을 겪던 '나'는 벌교행을 결행한 것이다.

악다구니와 욕설이 오고가는 모계가족의 집에서 악전고투하는 어미들과는 달리 '나'는 가출을 감행했으니, 이 얼마나 돋보이는 장면인가? 그러나 어렵사리 벌교에 도착한 '나'는 "급기야는 내가 왜 이 곳에 와 있는지, 내가 왜 남쪽으로 왔는지, 내가 왜 그를 만난다고 집을 나왔는지 알 수" 없었던 까닭에 아버지의 애인인 김영분과 "세탁일 잘하는 남편의 아내"를 뒤로하고 상경 버스에 몸을 싣고 만다. 솔직히 말하자면, 이 소설의 결말이 불만스럽다. 작가는 왜 '나'를 다시 어머니와 딸이 있는 집으로 돌려보내는 방식, 달리 말해 여성 욕망에 솔직하게 반응하는 결말이 아니라 어미의 여성성으로 귀환하는 것으로 작품을 끝내는 걸까?

'나'의 여성성이, 아니 작가의 여성성이 '나'의 가출을 귀가로 처리하게 한 걸까? 이 작품이 돋보이는 점은 진짜 가련한 존재는 딸과 어머니가 아니라 '나' 자신이라는 고백에 있으며, 이 고백이 고백으로만 그치는 게 아니라 '나'를 구속하는 집으로부터 가출한다는 데 있다. 그런데 아쉽게도 '나'의 가출은 여성으로서의 '나'의 욕망에 부응하는 가출로 이어지지 않는다. 어미로서의 의무와 여성의 욕망 사이에서 흔들리는 어미―여성으로서의 '나'의 존재를 공선옥은 향후 어떻게 처리할지 매우 궁금하다. 앞으로도 그의 문학을 여전히 주목해야 하는 이유를 이 작품이 제공하고 있다.

2. 가난과 마주하는 문학

공선옥의 문학은 감각적인 형용사와 부사들로 장식되어 있지 않다. 그의 문체는 비유하는 문체가 아니다. 그의 문체는 욕설, 비속어, 입담, 농담 등으로 사건의 진실을 향해 거칠게 육박해 들어간다. 공선옥 작품의 인물들은 한적한 까페에 턱을 괴고 앉아 클래식 교향곡을 들으며 정신적 허기를 위로하는 미씨족이 아니다. 그의 소설의 인물들은 남편들이 버리고 간 어린아이들을 돌보며 술을 마시거나 괜히 화를 내는 어미들이다. 이처럼 가공된 보석이 아니라 가공되지 않은 원석(原石)을 연상시키는 공선옥의 소설들을 읽노라면 인간의 사무친 육성이 들린다. 삶을 진짜로 살아본 한 여성작가의 육성이 귀를 때린다.

그 육성이 들려주는 주제는 사회적 리얼리티로서의 가난이다. 공선옥의 문학은 사회적 리얼리티로서의 가난을 소설화하는 데 강렬한 의욕과 남다른 성과를 보여준다는 것을 우리는 이미 알고 있다. 이 얘기를 우회해서 설명하면 이렇다. 우리 시대의 사회적·문화적 환경이 리얼리즘 문학의 존속을 어렵게 할 정도로 변모했다는 의견은 이제 소수의 의견으로 여겨지지 않고 있다. 상전벽해(桑田碧海)라는 말의 의미를 실감할 정도로 우리 시대의 겉과 속이 바뀌고 또 바뀌어 21세기의 벽두에 이르고 있다는 말도 과장처럼 들리지 않는다. 과거 우리 사회의 성격을 설명하는 키워드처럼 받아들여지던 국가, 민족, 계급 등은 자명한 진리의 용어일 수 없다는 비판은 아주 허황된 비판으로 들리지 않는다.

그렇지만 상전벽해의 현실 속에도 리얼한 사건들과 이것에 연관된 인간의 체험은 지속되고 있다는 걸 우리는 인정해야 한다. 많은 비평가들이 변모된 우리 시대의 사회적·문화적 환경을 감안하면서 앞으로 우리 문학이 성취해야 하는 새로운 미학적 태도와 방법을 여러가지로 예측하고 있지만 리얼한 사건들은 사라지지 않고 있으며 문학은 이 리얼한 사건들과 대화해야 한다는 점을 공선옥의 작품들은 일깨우고 있다. 공선옥의 작품들은 문학이론 이전에 존재하는 게 문학이며 문학 이전에 존재하는 게 인간의 삶이며 인간의 삶 중에서도 가난은 리얼한 사건의 전형이라는 사실을 환기시켜준다.

공선옥의 작품은 가난을 이 화려한 21세기에도 사라지지 않는, 아니 오히려 더 심화되는 사회적 현상으로 이해한다. 가난은 우리 사회가 구조조정과 대량해고를 허용하는 신자유주의 사회로 변모해감에 따라 시대의 대세처럼 우리들에게 다가오고 있으며, 이 가난의 대세 앞에서 무참하게 희생되는 민중들이 증가하고 있노라고 공선옥의 작품들은 경고한다.

이런 점에서 공선옥의 문학은 우리 사회가 상전벽해의 사회로 변모했다는 의견의 대두가 우리 사회의 리얼한 문제로서의 가난을 은폐하

는 오류를 일으키고 있다는 생각을 갖게 한다. 작가의 자전적 소설인
「멋진 한세상」에는 다방 아르바이트, 고속버스 안내원, 가정부 일자리
를 구하는 가난한 시골소녀의 신산한 세상살이로 읽힐 만한 대목이
나오는데, 이 대목을 거듭 읽노라면 공선옥의 인생 체험은 온통 가난
에 붙들린 체험이며 그의 문학은 가난 체험을 고백하는 성격이 강하
다는 점을 파악할 수 있다. 그의 문학은 가난에서 시작하여 가난과 싸
우면서 가난의 고통과 진실을 독자들에게 이해시키는 문학이라는 생
각을 갖게 할 정도다.

이런 점에서 「그것은 인생」은 우리 시대의 가난을 비판적으로 고발
하는 수작으로 읽힌다. 행복동 영구임대아파트 1304호에 부모 없이
사는 나이어린 오빠와 여동생이 있다. 부모의 보호와 양육으로부터
방치된 이 어린 오누이들의 이야기는 단지 붕괴되어가는 가족의 알레
고리나 소년소녀 가장들을 도와야 한다는 얄팍한 휴머니즘의 고취로
읽어서는 안된다. 엄마 아빠가 떠나버린 단수, 단전된 아파트에서 하
루하루 어렵게 살아가는 이 오누이의 이야기는 굶주린 두 어린아이들
의 궁핍을 통해 가난의 시대성을 끔찍스러울 정도로 형상화하고 있
다. 오빠는 돈을 강탈할 목적으로 증오의 심리와 폭력의 행동을 자연
스럽게 받아들인 어린 폭군으로, 여동생은 친구로부터 빵조각을 얻어
먹으며 살아가는 어린 걸인의 모습으로 독자들과 만나고 있다. 그런
데 더 큰 문제는 이 어린 오누이들에 대한 어른들의 방관이다. 어른들
은 여자아이의 실수로 1304호에서 일어난 화재를 방관하는 구경꾼에
불과했다. 그 어떤 어른도 단수, 단전된 1304호에서 살아가는 어린 오
누이들의 가난을 이해하려 하거나 도움을 주기를 거부했다. 오늘날의
가난은 어린아이들의 생존을 위협하고 어른들의 윤리의식을 마비시

키는 광란적인 절대악과 같다고 이 소설은 얘기해준다.

이와 함께 우리는 공선옥 문학에서 가난이 가족 유랑 및 이산과 불가분의 관계에 있다는 점을 주목해야 한다. 이 신작 소설집에서 우리 시대의 가족들은 삶의 뿌리가 뽑힌 채 끊임없이 떠다니는 유랑자처럼 묘사되고 있다. "수자원공사에서 나온 인부들이 철거된 집의 잔해들을 그러모아 불태우는 것으로 철거작업"(「정처 없는 이 발길」)을 완전히 끝낸 폐가에서 넋을 놓아버린 한 어른이 있다. "보상금이 지급되었을 때 맨 처음 달려온" 농협 직원들에게 농협 융자금 갚는다고 돈을 빼앗긴 이 어른은 아내와 함께 상경하여 아들을 만난다. 아들 집에 의탁하여 살아볼 계획이었다. 그러나 아들의 집도 이미 거널난 상태였다. 아들은 와병중이고 며느리는 가출중이었다. 전주 딸의 집도 사정은 마찬가지였다. 사위는 집을 나갔고 카드회사는 딸의 집 여기저기에 딱지를 붙여놓았다. 이처럼 「정처 없는 이 발길」의 가족들은 하나같이 탈가(脫家)하는 가족들로 묘사되고 있다. 이 탈가하는 가족을 우리 사회의 보편적인 가족모델로 보기는 어렵다. 그러나 궁핍 때문에 유발되는 가족들의 유랑과 이산을 재현한 공선옥의 소설은 가족 해체의 결정적 원인으로 사회적 가난을 제시함으로써 이 문제를 부부 사이의 심리적 차원의 문제로 환원시키는 동시대의 여성작가의 작품과는 달리 문학의 사회성을 강력하게 성취하는 성과를 올리고 있다.

현존하는 우리 시대의 여성작가, 아니 우리 시대의 모든 작가 중에서 공선옥처럼 가난의 문제를 정면에서 응전하는 작가의 예는 희귀하다. 처절하다고 해야 할까 아니면 눈물겹다고 해야 할까, 공선옥의 문학은 우리 시대의 가난과 힘겨운 싸움을 벌이고 있다. 이 싸움은 허위적인 포즈로 보이지 않는다. 최서해(崔曙海), 김유정(金裕貞), 강경애

(姜敬愛) 등이 근대문학의 전통으로 창조한 사회적 리얼리티로서의 가난과의 싸움을 공선옥은 오늘날 되살려내고 있다. 이런 점에서 공선옥의 문학은 가난과 정면으로 마주하는 문학이라는 평가를 받을 만하다.

3. 공선옥을 위한 변명

공선옥의 문학은 세련되고 장식된 문학이 아니다. 그의 문학은 세련과 장식 같은 기교 이전에 존재한다. 세련과 장식과 기교 등으로 현란하게 무장한 문학 속에서 공선옥의 문학은 재야의 활기와 활력을 보여준다. 이 생명력 넘치는 활기와 활력이 우리 소설문학의 막힌 혈로를 뚫어줄 원동력이라고 말하면 지나친 억측일까?

공선옥 문학이라고 하여 왜 한계와 문제가 없겠는가? 남성과 여성의 관계를 단순한 이항대립적 관계로 설정하는 서술방식에 대한 비판, 모성신화로 귀결될 수도 있는 위험성 등은 예전에도 그랬지만 지금도 공선옥 문학의 한계로 지적될 수 있다. 그러나 세련의 포즈와 인위적인 기교의 문학이 우세한 현시점에서 공선옥의 문학은 진짜배기 문학의 당당함을 증거하고 있다. 그 당당함은 오로지 삶과 맞장뜨는 문학만이 보여줄 수 있는 당당함이며 솔직과 정직의 태도로 작품을 쓰려는 작가가 보여줄 수 있는 당당함이다. 공선옥 문학의 거친 활력과 활기는 참으로 아름다운 매력이다.

梁鎭午 / 문학평론가, 경주대 교수

작가의 말

　여수에서 썼던 글을 춘천에 와서 묶는다. 이 소설집에 묶인 글들보다 사실, 이런 작가의 말 쓰기가 더 어렵다. 소설가가 소설 이외에 또 어떤 말이 더 필요한가 싶어서다. 더군다나 이 책에 묶인 소설들을 쓰던 나날에 대한 기억조차도 내겐 벌써 희미하다. 다만 지금 내가 확실하게 말할 수 있는 것은 그 소설들이 내게 밥을 가져다주었다는 사실뿐. 나는 그리하여, 밥을 버는 일 중에 소설을 쓰는 것 이외에는 아무것도 할 줄 아는 게 없는 사람이 되어버린 것이다. 나는 지난 1990년대 10년간을 소설 써서 먹고살았다. 그러나 나는 생존을 위하여 소설을 썼을 뿐 소설을 쓰기 위해 살았던 것은 아니다. 내게 소설은 삶보다 우선하지 않는다.

　소설집에 묶인 글들 중에는 실화가 몇개 있다.

「그것은 인생」의 소년을 만난 적이 있다. 애초에 소설을 쓰기 위해서 누구를 만난 적은 없다. 다만 나는 소설가이고 소설을 써서 벌어먹는 사람이라, 소년의 참혹한 현실을 소설로 쓰는 일 이외의 아무런 일도 할 수가 없었다. 소설을 써서 벌어먹고 사는 일에 대해 이따금 회의감이 밀려왔다. 과연 소설이 그 소년이 처한 현실을 바꾸거나 혹은 조금이라도 나은 방향으로 변화시킬 수 있을까. 그럴 수 없을 거라는 생각에 고민도 하고 괴롭기도 했다. 그러나 나 또한 '가난하고 외롭기'는 소년하고 다를 바 없는, 작고 힘없는 소설가일 뿐이라고 나는 나를 위로했다.

「정처 없는 이 발길」의 갑생씨는 용담댐 수몰지에서 만났다. 나는 그에게 그의 이야기를 소설로 쓰겠다고 말했다. 그는 그러라고 했다. 나는 그의 이야기를 소설로 썼다. 그러나 그는 내 소설을 읽지 않는다. 읽지 않는 이유야 몇가지가 되지마는, 그 이유 중에는 그가 처해 있는 현실이 내가 쓴 소설보다 더 기가 막히기 때문이다. 그래서 소설을 읽는 세상의 모든 사람들은 처해 있는 현실이 갑생씨보다는 덜 기막힌 사람들일 거라는 생각을 했다.

어찌됐든, 이 소설집을 사 읽으실 독자들이여, 인생에 '인'자도 모를 나이에 인생 운운해버리는 소년이나 정처 없는 발길로 정처를 찾아헤매는 이 땅의 갑생씨들을 부디 잊지 말아주세요.

여기저기 흩어져 있는 못난 글들을 모아 소설집을 만들어준 창작과비평사에 무궁한 발전 있기를……

2002년 8월 봄내에서
마흔살 공선옥 씁니다.